Mathias Petry

Gailing
Ein verschwörerisch-kurioser Heimatroman

Die Handlung dieses Romans und die handelnden Personen in und um Hudlhub sind frei erfunden. Ähnlichkeiten mit lebenden oder auch toten Personen wären durchwegs reiner Zufall und keinesfalls beabsichtigt.
Absicht sind hingegen die Kochrezepte aus Hudlhub. Sie stammen von Linda Weichelt und sind ausdrücklich zur Nachahmung empfohlen.

Mathias Petry

Gailing

Ein verschwörerisch-kurioser Heimatroman

SüdOst Verlag

Bibliografische Information der Deutschen Nationalbibliothek

Die Deutsche Nationalbibliothek verzeichnet diese Publikation in der Deutschen Nationalbibliografie; detaillierte bibliografische Daten sind im Internet über http://dnb.dnb.de abrufbar.
ISBN 978-3-95587-749-1

Abbildungen: 123rf.com: 1stchoice, leonidtit, nomadsoul1

1. Auflage 2019
ISBN 978-3-95587-749-1

www.battenberg-gietl.de

1 | 00:01

Helga Dürnbichler war eine durch und durch ehrenwerte Frau.

Jeder, der den Darkroom ihres Swingerclubs im Hudlhubber Ortsteil Gailing besuchte, konnte sich ihrer Diskretion gewiss sein.

Erst recht, wenn er sich an die Regeln hielt.

Der Bürgermeister zum Beispiel, er pflegte immer pünktlich zu sein. Er kam nie vor 23 Uhr, und spätestens um 1.30 Uhr verließ er das Dürnbichler'sche Anwesen wieder. Man konnte fast die Uhr danach stellen.

Oder die Wildwengers aus Wolnzach. Sie führten eine offene Ehe, und wenn sie sich bei Helga Dürnbichler wieder hinreichend Inspiration für daheim geholt hatten, zogen sie entspannt von dannen. Sie schmutzten nicht, sie waren stets gut gelaunt und immer höflich.

Helga Dürnbichler schätzte das sehr.

Oder der Hudlhubber Landtagsabgeordnete Ludwig Haderlein, seit vielen Jahren ein Hinterbänkler, aber in der richtigen Partei. Seinen Bentley parkte er immer an der örtlichen Bushaltestelle zwei Höfe weiter, er kam und er ging zu Fuß. Beim Trinkgeld war er niemals knausrig.

Heute hatte er es allerdings etwas eilig. Er musste nachher noch nach Berlin, die Bundesversammlung tagte, wieder einmal wurde also der Bundespräsident gewählt. Und er, der Hudlhubber, durfte dabei sein. Haderlein war sich der Ehre durchaus bewusst, seine gewohnten Strukturen wollte er dennoch nicht mehr als nötig über Bord werfen. Und samstags schaute er halt schon gern mal bei der Helga vorbei. Sie war ja auch wirklich eine ganz besonders bezaubernde Dame.

Der erste ICE ging um 4.53 Uhr am Bahnsteig 2 des Ingolstädter Hauptbahnhofs, den durfte er nicht verpassen. Denn Haderlein wollte spätestens um halb elf in der Hauptstadt sein, das war eh knapp kalkuliert.

Helga Dürnbichler wusste nicht, was heute für ein Tag war, sie interessierte sich nicht für Politik. Ihr war nur eines wichtig: dass ihre Gäste zufrieden nach Hause gingen. Und nicht alle Gäste kamen paarweise. Der gelegentliche Männerüberhang stellte sie vor ein Problem, das logistisch nicht immer ganz einfach zu lösen war. Entsprechend froh war sie, dass sie immer wieder Besuch von einigen lieben Freundinnen erhielt, allesamt Single, allesamt von untadeligem Charakter. Und sehr besondere Fähigkeiten hatten sie obendrein!

Ling-ding Dao, Su Mei und Dong Chiuwah waren allesamt zertifizierte Chiropraktikerinnen und Masseurinnen, sie wussten ganz genau, wo sie hinlangen mussten, damit ihre Patienten glücklich waren.

Ja, Helga Dürnbichler war sehr froh über ihre drei Freundinnen, die garantierten, dass es niemals Stress gab in ihrem kleinen, aber feinen Swingerclub.

Und damit es ihren Freundinnen gutging, buk sie ihnen gern appetitliche Kuchen, die sie mit nach Hause nehmen durften, meist garniert mit aufwendig verziertem Papier.

Natürlich fälschungssicher.

So nett, so zuvorkommend waren die Damen des Hauses, dass Helga Dürnbichlers Club stets gut besucht war. Gar nicht so sehr von Gästen aus der Nachbarschaft, sondern überwiegend von weither.

So wie dieser etwas müde wirkende, mediokre, maulfaule Mittfünfziger, der heute zum ersten Mal den Weg in Helga Dürnbichlers Etablissement gefunden hatte.

Vom Akzent her war er Augsburg-Schwabe, mit dem besonders offenen A. Er hatte sich zuvor telefonisch angemeldet und gefragt, ob er heute noch vorbeikommen dürfe.

»Aber natürlich«, hatte die Dürnbichlerin erwidert. Dann kündigte er noch an, er werde allein kommen, ob das ein Problem sei.

»Nein, gar kein Problem«, erwiderte die Chefin.

»Des isch ja ganz wunderbaaar«, hatte der Augsburger sich gefreut und noch angefügt, ihr Haus stehe »im vorzüglichen Ruf, höggschd dischkrääät zu sein«. Da fühlte sich Helga Dürnbichler geschmeichelt.

Entsprechend enthusiastisch hatte sie den neuen Gast willkommen geheißen. Er war unauffällig gekleidet, trug dunkle Hosen und graues Sakko, dazu einen grauen, enganliegenden Pulli und schlichte, schwarze Schuhe. Die grau werdenden, einst dunklen Haare schmiegten sich korrekt gescheitelt an den eher kleinen Kopf. Er sah nicht nur unauffällig aus, er bewegte sich auch so, fand Helga Dürnbichler.

Im Gegensatz zum Augsburger vermittelte sie in jeder Hinsicht Fröhlichkeit. Ihr ansteckendes, offenes Lächeln hatte ihr über die Jahrzehnte kecke Fältchen neben den Augen beschert. Sie hatte einen noch immer schönen Mund. Die dunklen Augen bildeten einen passenden Akzent zum nackenlangen, glatten, aber voluminös geföhnten kastanienbraunen Haar. Sie trug einen pfiffigen hellgrau-organgefarben quergestreiften Pulli, dazu eine passende Lederjacke.

So aus dem Ei gepellt, wie sie ihre Gäste begrüßte, hätte sie gut und gerne auch in einer Vorabendserie im Fernsehen mitspielen können: eine leuchtende, jung gebliebene Mitsechzigerin, die man sah und sofort mochte.

Helga Dürnbichler begleitete ihren neuen Gast zum Umkleidebereich und präsentierte ihm auf dem Weg dorthin die verschiedenen Zimmer, die sie über die Jahre liebevoll und mit viel Pfiff hergerichtet hatte, jedes nach einem anderen Motto.

Der neue Gast hatte weder Fragen noch stellte er große Ansprüche.

»An Oraaaaschnsaft, bitte«, raunte er mit seiner leisen Stimme, als Helga Dürnbichler ihm ein Getränk anbot. Ein paar Vitamine, sehr vernünftig. Die Gastgeberin nickte.

»Ich stelle ihn hier auf der Kommode ab«, sagte sie und zog sich zurück. Sie wusste genau, wann ihre Gäste allein gelassen werden wollen. Und es gab ja auch noch eine Menge zu tun, Buchungsbestätigungen versenden, die nächste Lieferung beim Getränkegroßhändler anfordern und natürlich noch ein paar Kuchen für ihre lieben asiatischen Freundinnen backen, die – was für eine wunderbare Überraschung! – auch heute wieder vorbeigekommen waren.

Ja, Helga Dürnbichler hatte es schön.

Sie konnte alle Vorteile des Lebens auf dem Land genießen, sie war, wenn sie es wollte, unter Leuten, sogar unter Freunden, und es bereitete ihr ein königliches Vergnügen, anderen eine königliche Freude zu bereiten. So vergingen die Jahre, die Monate, die Wochen, die Stunden wie im Flug.

Helga Dürnbichler schaute kurz auf die Uhr, es war inzwischen Nulluhrdreiunddreißig.

2 | 00:33

Flatsch!

»Ich sagte: zwei Schaufeln Zement auf sechs Schaufeln Sand!«

»Hab ich doch!«

»Ja … aber, sieh dir das doch mal an! Was soll das denn für ein ekliger Schleim sein? Das hält doch niemals!«

»Aber es sind sechs Schaufeln Sand und zwei Schaufeln Zement!«

»Aber – wie das wabert! Wie soll denn das jemals fest werden? Da kann man doch kein Haus drauf bauen!«

»Das seh ich auch, aber da kann ich doch nichts dafür.«

»Wie – da kannst du nichts dafür. Wer hat denn den Beton hier angemischt?«

»Na, ich.«

Flatsch!

»Wie viel Wasser hast du denn genommen?«

»Ja, keine Ahnung, Wasser eben.«

»Kann das sein, dass du es mit dem Wasser vielleicht etwas gut gemeint hast? Da, schau, da schwimmt doch alles wieder nach oben.«

»Warte, ich schaufel einfach mal ein bisschen Sand direkt drauf … so … vielleicht klappt das ja … schau … einfach oben drauf – und schon siehst du nichts mehr.«

»Und wie bringst du den Beton jetzt dazu, dass er pappt? Der muss ja irgendwann auch mal fest werden …?

»Ja, äh, was weiß denn ich. Schau, ich rühr einfach ein wenig um. Mit der Schaufel. Das ist doch sowieso eine blöde Idee, dass man eine Leiche nicht im Sarg bestattet, sondern in einem Fundament.«

»Du hast wohl noch nicht viele Leichen bestattet …?«

»Tatsächlich – noch nie.«

»Deine Oma?«

»Ist 92, es geht ihr blendend. Die gute sizilianische Luft.«

»Und dein Opa?«

»Der ist schon 100, und er spielt immer noch regelmäßig mit seinen Schulkameraden Boccia. Er trinkt immer schön seinen Grappa, und drum geht's ihm gut, Paolo. Musst du auch machen: Jeden Tag ein, zwei Grappa, dann wirst du auch 100.«

Flatsch.

»Mensch, Giacomo! So wird das nichts. Du musst da wirklich mehr Zement reintun! Jetzt mach schon! Ich würd's dir ja vormachen, aber ich muss heute noch zurück nach Bayern.«

»Was gibt es denn wieder Wichtiges.«

»Weißt du doch, Giacomo. Geschäfte. Immer Geschäfte. Irgendwer muss sich ja um alles kümmern.«

»Um die Lebenden und die Toten. Der hier ist keine 100 geworden.«

»Nein, ist er nicht. Ich glaube, er war 39. Da, pass auf, da treibt der Fuß wieder hoch.«

»Verzeihung Paolo. Warte, ich drück ihn gleich wieder runter.«

»Wieso bestattest du den armen Mann überhaupt kopfüber?«

»Entschuldigung, Paolo, das war keine Absicht. Er ist mir beim Abladen aus der Hand gerutscht. Und schon lag er so drin. Naja, und ich dachte mir: Ist doch egal, wie er drinliegt, er ist ja eh tot.«

»Giacomo, Giacomo! Für dieses Mal ist es zu spät. Aber du solltest eines nicht vergessen: dass unsere Auftraggeber Ehrenmänner sind. Und die Würde des Menschen ist unantastbar.«

»Da hast du recht, Paolo. Beim nächsten Mal taste ich seine Würde nicht an.«

»Sehr gut, Giacomo.«

»Aber angetastet hat ihn ja schon jemand, den hier.«

»War wohl so.«

»Woran ist er denn gestorben. Paolo?«

»Woran? Lustig, dass du das fragst, Giacomo. Ich will es dir sagen: Er starb an Gier.«

»Wie kann man denn an Gier sterben, Paolo?«

»Ach, Giacomo! Du weißt ja wirklich überhaupt nichts! Dieser Mann hier hat für uns Expertisen ausgestellt.«

»Expertisen, Paolo?«

Schhhhhphhh.

»Da schau her, Giacomo! Jetzt klingt's schon viel besser. Ich glaube, du hast die richtige Mischung gefunden.«

»Dann kann ich ja jetzt eine Expertise ausstellen.«

»Du sollst dabei allerdings keine Fehler machen.«

»Was hat der Typ hier für Fehler gemacht, Paolo?«

»Es geht um Geschäfte, Giacomo. Immer um Geschäfte. Und deswegen muss ich jetzt auch los.«

»Nach Bayern.«

»Richtig, Giacomo, nach Bayern.«
»Kann man da gute Geschäfte machen, in Bayern?«
»Oh ja, Giacomo. Du würdest dich wundern.«

3 | 01:30

»Pfiat di, Bürgermeister«, sagte Helga Dürnbichler, strahlte ihn an und kontrollierte ihre Uhr.

»Pfiat di, Helga!«, erwiderte der knurrige Bär von einem Mann und schob seine über Weihnachten wieder ein Stück gewachsene Senkbrust vor sich aus dem Haus. Er war kein Mann großer Worte, so lange er nicht auf einer Bühne stand, um eine Rede zu halten. Da allerdings war er kaum zu bremsen und baute Kunstpausen derart ausufernd ein, dass das Publikum ihm begeistert an den Lippen hing. Glaubte er. Tatsächlich liefen Wetten wegen seiner Aussetzer. Keiner hörte zu, alle zählten mit.

Ling-ding Dao und Dong Chiuwah standen draußen im Hof, sie hatten sich dick eingepackt, auch wenn es erstaunlich warm für diese Jahreszeit war. Auch mit ihren Schals und Mützen waren sie noch überaus attraktiv, zwei wunderschöne, makellose junge Frauen. Vor einer Weile hatten sie den Landtagsabgeordneten Haderlein verabschiedet. Heute war der 12. Februar, so etwas Ähnliches wie Winter. Richtige Winter gab es hier ja schon lange nicht mehr.

Ling-ding Dao und Dong Chiuwah störte das durchaus nicht. Sie genossen die Nachtluft draußen vor der Tür, surften auf ihren Smartphones, rauchten eine Zigarette, die sie mit ihren zarten Fingern ganz hinten, genau am Übergang vom Filter zum Tabak, hielten. Jedesmal, wenn sie den papstwahlgeeigneten, weiß-grauen Rauch in den klaren und noch pechschwarzen Morgenhimmel bliesen, legten sie den Kopf genüsslich in den Nacken. Ling-ding Dao und Dong

Chiuwah hatten heute eh nichts mehr vor, daheim wartete niemand auf sie.

Helga Dürnbichler nahm die beiden durchs alpenländische Sprossenfenster im fahlen Licht der Hoflampe wahr und winkte ihnen zu. Und die beiden winkten freundlich lächelnd zurück.

Diese Fenster hatten schon für viel Gesprächsstoff in der Gemeinde gesorgt. Der ganze Hof war gebaut wie eine Bergalm, und das passte eigentlich überhaupt nicht nach Hudlhub, und auch nicht in den Gemeindeteil Gailing. Heutzutage wäre so etwas überhaupt nicht mehr genehmigungsfähig. Denn das Hudlhubber Land war zwar ziemlich hügelig, vom Voralpenland aber doch ein gutes Stück entfernt.

Die Alm hatte natürlich eine Vorgeschichte: Die Großmutter ihres verstorbenen Mannes hatte einst einen echten Senner kennengelernt. Und der hatte versprochen, dass er sich brav um alle Liegenschaften der Familie in Gailing kümmern werde, aber nur, wenn er ein Stück Heimat mitbringen dürfe. Weil er ein lieber Kerl war, willigte die Großmutter ein. So durfte der Senner in die Familie einheiraten, und er stellte eine blitzsaubere Alm hin. Aus dicken Balken, mit einem Schindeldach, mit Schnitzereien und allem Drum und Dran.

Ling-ding Dao und Dong Chiuwah winkten freundlich lächelnd zurück. Auch sie mochten Helga. Man musste sie einfach gern haben. Deshalb machte es ihnen auch nichts aus, dass es heute womöglich etwas länger gehen würde als sonst.

Der neue Gast, der sich unter dem Namen Traugott Foss eingetragen hatte, war zum ersten Mal da, und einen neuen Freund gewinnt man nicht, wenn man ihn beim ersten Mal rauswirft. Ling-ding Dao und Dong Chiuwah wussten, worauf es ankam, Helga Dürnbichler auch.

Klar, ein Unternehmen erfolgreich zu führen, war schließlich kein Pappenstiel. Das erforderte die ganze Frau. Da konnte man sich nicht mal eben nebenbei hinstellen, ein paar Telefonate führen und darauf setzen, dass der Rest von ganz allein lief. Man muss sich die Menschen schon anschauen, sie und ihre Bedürfnisse verstehen, dann klappt's auch mit dem Nachbarn.

Also übte sie sich wie schon in so vielen Nächten zuvor in Geduld, zupfte noch einmal das Schleifchen an Su Meis Küchelchen zurecht, kontrollierte zwischendurch im Spieglein an der Wand den perfekten Sitz ihrer pfiffigen Frisur und perfektionierte anschließend die Kanten des kleinen Stapels Visitenkarten, die sie ihren Gästen bisweilen für den Heimweg mitgab.

Dann erstarrte sie zur Salzsäule.

Der gellende Schrei erfüllte das ganze Haus. Kein Zweifel, er kam aus dem Tausendundeinenachtharem.

Helga Dürnbichler fackelte nicht lange, griff nach ihrem nagelneuen Smartphone und rannte, so behände sie um diese Zeit noch konnte, los, vorbei an der Las-Vegas-Honeymoonsuite, am Auf-der-Alm-da-gibt's-koa-Sünd-Kammerl, vorbei am russischen Lederkeller, an der Käptn-Hook-Kajüte, am Krankenschwestern-Raum und am Grönland-Iglu. Kaum zu glauben, dass das alles hier einmal ein stinknormaler Schweinestall gewesen war.

Vor der Tausendundeinenachtharemstür blieb Helga Dürnbichler stehen. Der Orangensaft stand noch unangetastet auf der Kommode. Vorsichtig öffnete sie die Tür. Helga Dürnbichler sah, wie die zierliche Su Mei gerade dabei war, sich von der Last des bewegungslosen Mannes zu befreien, der sie fast vollständig bedeckte. Sie fackelte nicht lang und packte mit an, bis sich Su Mei mühsam unter ihm herausgewunden hatte.

Helga Dürnbichler schloss sie direkt in die Arme.

»Su Mei«, sagte sie, so ruhig, so mütterlich, wie es ihre Art war. »Su Mei, bist du in Ordnung?«

»Del Mann!«, krächzte Su Mei. Vor lauter Schreck brachte sie kaum einen Ton heraus, deutete nur auf das Bett, wo Traugott Foss regungslos bäuchlings mit gespreizten Beinen das rubinrote Seidenlaken bedeckte. Helga Dürnbichler konnte erkennen, was sich zwischen seinen Beinen befand, das nötigte ihr Respekt ab. Sie nickte anerkennend.

»Ist er …?«, fragte sie, und Su Mei machte mit dem Kopf eine Bewegung, die Helga Dürnbichler bedeutete, dass Traugott Foss definitiv kein Stammkunde für ihren Club werden würde. Seufzend aktivierte sie ihr Smartphone und wählte die 112. Auch wenn das hier mutmaßlich kein Notfall mehr war.

Su Mei zog sich etwas über, Helga Dürnbichler legte ihr noch einen dicken Wollmantel über die Schultern und führte sie zu den anderen in den Hof. Die beiden Freundinnen nahmen sich ihrer liebevoll an.

Der gellende Schrei hatte sie nicht sonderlich erschreckt. War ja nicht das erste Mal, dass hier jemand unerwartet laute Laute von sich gab. Die asiatischen Fachkräfte hatten die Ruhe weg, wusste Helga Dürnbichler.

Zen und so.

Sie selbst kehrte in den Tausendundeinenachtharem zurück, nahm ein Papiertuch aus der Box vom Nachttisch, wickelte es um die rechte Hand und griff Traugott Foss in die Sakkotasche. Sie fand ein paar korrekt zusammengefaltete Din-A4-Blätter und eine korrekt-unscheinbare Geldbörse, schmal und abgegriffen. Viel war nicht drin, abgesehen von drei Hundertern, zwei Fuchzigern und einem Zwanziger.

Den Zwanziger und einen Hunderter für die Glaubwürdigkeit ließ sie ihm, der Rest verschwand mit einer geschickten Handbewegung auf Nimmerwiedersehen. Für die Auslagen und den Umsatzausfall. Man muss ja sehen, wo man bleibt, dachte Helga Dürnbichler.

Dann fand sie Traugott Foss' Visitenkarte.

»Oh Gott!«, sagte Helga Dürnbichler. Das Design seiner Visitenkarte ließ keinen Zweifel aufkommen: Dieser Mann hier war ganz offensichtlich ein Geistlicher. Traugott Foss wohnte auch nicht in Augsburg, sondern direkt in Rom.

Die zusammengefalteten Zettel aus der Jackentasche enthielten Namen und Adressen. Deutsche, Österreicher und Italiener. Zumindest auf den ersten Blick, Helga Dürnbichler hatte nicht die Muße, alles ganz genau zu lesen. Nur noch dies: »Fondazione Rotonda Tiberiana« stand obendrüber.

Fondazione Rotonda Tiberiana.

Was sollte das denn sein? Fondazione, das war eine Stiftung, da war sich Helga Dürnbichler sicher.

»Tiberiana«. Rom lag am Tiber. Eine tiberianische Rotonda. Irgendwas Rundes. Eine Runde. Ein Zigarrenclub. Ein Grappaverein vielleicht? Oder am Ende was mit der Mafia?

Helga Dürnbichler holte ihr Smartphone heraus und fotografierte die Blätter ab. Es schien sich um mehrere Kopien derselben Liste zu handeln. Sie faltete sie korrekt wieder zusammen und steckte sie in die korrekte Jackentasche des korrekten Toten zurück. Ihre Fingerspitzen wurden dabei durch das Kosmetiktuch vom direkten Kontakt mit dem Papier getrennt.

Fondazione Rotonda Tiberiana.

Vielleicht war das ja auch so etwas wie eine Kirchenstiftung, die sakrale Bauwerke instandsetzte, ein Kirchenverschönerungsverein? Und dieser Traugott Foss war ein Wohltäter, der der Nachwelt Schätze der Vergangenheit bewahrte. So was in der Art.

Oder er war Mitglied einer Vereinigung wie die Illuminati. Helga Dürnbichler hatte in Ingolstadt, wenige Kilometer von Hudlhub entfernt, schon einmal an einer Führung teilgenommen. Die Illuminati waren ja seinerzeit genau dort begründet worden, von einem gewissen Adam Weishaupt.

Das allerdings würde Ärger bedeuten. So richtig Ärger. »Ein Geheimbund«, murmelte sie, »das wär ja ein … Sakrileg …«

4 | 05:12

Haderlein hatte es geschafft.

Er saß im Zug nach Berlin.

Überraschend pünktlich hatte der ICE am Ingolstädter Hauptbahnhof Halt gemacht. Um 4.55 Uhr, mit gerade zwei Minuten Verspätung.

Es war nicht das erste Mal, dass Haderlein einen Bundespräsidenten wählen durfte. Auch damals war er mit dabei, als die Kanzlerin unbedingt und mit aller Gewalt ihren bevorzugten Staatsmanndarsteller durchdrücken wollte. Was für ein jämmerlicher Akt das war! Das fand sogar Ludwig Haderlein, der von seiner Grundeinstellung her garantiert kein Linker ist.

Das Volk wollte damals einen anderen, aber die Kanzlerin wollte ihn nicht. Die Bundesversammlung wollte am Ende, was die Kanzlerin wollte, aber nicht ohne ihr zu zeigen, dass sie eigentlich schon etwas anderes gewollt hätte.

Es kam, wie es kommen musste: Als das Ergebnis des Unterlegenen genannt wurde, gab es nicht den Hauch einer Regung im Kanzlerinnenlager. Nicht einmal eine höfliche Respektbezeugung, stattdessen versteinerte Mienen. Wie peinlich für die Regierenden, dass der Unterlegene seinerseits dem Gewinner sehr wohl respektvoll applaudierte und auch herzlich gratulierte.

Selbst Haderlein war das zu schmutzig gewesen. Und Haderlein war auf dem politischen Feld eines garantiert nicht: ein Kind von Traurigkeit.

Aber am Ende bekam das Volk den damals Unterlegenen dann ja doch noch, und er hatte seine Sache, wie sich im Nachhinein zeigte, auch nicht schlecht gemacht, fand Haderlein. Aber das war alles schon wieder lange her. Nun also würde er ein weiteres Mal bei einer Bundespräsidentenwahl dabei sein. Das gefiel ihm.

Die Nacht war etwas kurz gewesen, vielleicht hätte der Abstecher nach Gailing heute nicht unbedingt sein müssen.

»Was soll's«, dachte Haderlein, »man lebt nur einmal.« Er schielte kurz zu seinem Mitfahrer rüber, als hätte der seine Gedanken entlarvt. Zugegeben: Sein Gehirn fühlte sich etwas sämig an, ein wenig übernächtigt war er tatsächlich.

Der Mitfahrer, das war Ferdinand Adler, ebenfalls ein Hudlhubber. Auch er war in die Bundesversammlung berufen worden, auch er durfte den Bundespräsidenten mitwählen, obwohl er dem Landtag nicht angehörte. Aber Ferdy Adler war seit vielen Jahren Delegierter, engagierte sich überregional für die gemeinsame Sache, und weil die Grippewelle in diesem ausgesprochen virenreichen Winter den eigentlichen Delegierten und auch noch dessen Stellvertreter niedergestreckt hatte, durfte er einspringen.

Viren konnten Ferdy Adler nichts anhaben.

Er war nämlich nicht nur Geschichtslehrer an der Realschule in der benachbarten lebenswertesten Stadt des Universums, sondern vor allem auch Schamane. Einem, der mit ihr im Einklang lebte, legt die Natur kein Ei. Wäre ja auch noch schöner.

Auch diesen Tag hatte Ferdy Adler mit einem rituellen Morgengruß begonnen. So stimmten er und die Natur sich aufeinander ein. Dann hatte er sich die Augen verbunden und war ein wenig im Wald spazieren gegangen.

Er spürte, wenn Bäume kamen, an manchen ging er vorbei, andere umarmte er, denn wie die Pflanzen ihre Kraft in die Wurzeln zurückziehen, nahm er, was er nehmen, und gab, was er geben konnte. Ehe er umkehrte, rief er noch – ebenfalls wie jeden Morgen – die Himmelsrichtungen, bis ihn die Kraft des Nordens erreicht hatte. So im Einklang mit allem war er Teil von allem.

Aber eben nicht Teil von lästigen Viren.

Ludwig Haderlein hatte Ferdy Adler angeboten, gemeinsam in die Hauptstadt zu reisen, schließlich kannte er sich dort aus und der schamanische Lehrer nicht. Sie waren froh, dass sie nun im ICE saßen, und dass diesmal die Neigetechnik funktionierte. Mit etwas Glück würden sie es pünktlich nach Berlin schaffen, na, wer sagt's denn.

In Hudlhub sagte um diese Zeit noch niemand etwas.

Nicht einmal Luigi, der stolze, italienische Gockel von Resi Meiers Hof drüben in der Eichenstraße. Ganz kurz hatte er mal mit dem Kopf gewackelt, als das Taxi mit Haderlein und Adler durch den Ort tuckerte – er erkannte messerscharf, dass dieser Radau nichts mit seinen Hühnern zu tun hatte, und träumte ganz einfach weiter. Von den Hühnern natürlich.

5 | 05:14

»Dann zeigen Sie uns mal, wo Sie den Toten gefunden haben, Frau Dürnbichler.« Die Polizei war da.

»Gerne, Herr Wachtmeister. Gut, dass Sie so schnell kommen konnten. Das war vielleicht ein Schreck.«

»Das kann ich mir vorstellen.« Wachtmeister Leo Preckel kannte solche Situationen. Wenn man das nicht gewöhnt war, konnte einem der Anblick eines Toten schon die Füße wegziehen. Der hier allerdings sah eher unspektakulär aus. Ein Herr in den besten Jahren lag bäuchlings auf einer medizinischen Behandlungsliege. Offensichtlich war ihm der Rücken massiert worden.

Er trug eine Jogginghose und weiße Tennissocken, von der Hüfte abwärts war er mit einem Handtuch abgedeckt. Das Gesicht steckte in dem dafür vorgesehenen Loch, damit der Kopf entspannt gerade liegen und man dennoch weiteratmen kann.

Dieser Mann sah nicht aus wie ein Toter, sondern wie ein Patient, der bei der Massage ganz einfach eingeschlafen war. Leo Preckel dachte kurz nach, er konnte mittlerweile auf einen bemerkenswerten Erfahrungsschatz zurückgreifen. Gerade hatten ihm seine Kollegen zum 40. Geburtstag eine Art Maibaum in den Garten gestellt, mit lauter versteckten Hinweisen auf die vielen Fälle, die er schon gelöst hatte.

Das hier sah nicht nach einem Fall aus; er fragte sich vielmehr, was er hier überhaupt sollte. Das war etwas für einen Arzt, der einen Totenschein ausstellen würde, oder vielleicht noch fürs Gewerbeaufsichtsamt. Aber nichts für die Polizei.

»Sie, Frau Dürnbichler, wieso behandeln Sie eigentlich sonntagmorgens Patienten – haben Sie denn bei der Gemeinde eine Ausnahmegenehmigung für Nachtarbeit beantragt?«, fragte Preckel pflichtgemäß. Er wollte sich nicht nachsagen lassen, er hätte irgendwie geschlampert.

»Du meine Güte, nein!«, rief Helga Dürnbichler eine Prise zu entsetzt. »Das muss ich vergessen haben, wie konnte mir das nur passieren? Aber wissen S', Herr Wachtmeister, das war wirklich ein Notfall. Der Mann hatte angerufen, und er klang furchtbar. Und ich habe ja so gutes Personal …«

»Sie betreiben hier also eine Praxis für Krankengymnastik, Frau Dürnbichler?«, fragte Preckel. Er entschied, zunächst auf der offiziellen Schiene zu bleiben. Natürlich hatte er schon von Helga gehört. Aber nachdem es nie Klagen über sie gab, hatte die Polizei auch keinen Grund, einzuschreiten.

»Nicht ganz, Herr Oberwachtmeister«, antwortete Helga Dürnbichler. »Sie befinden sich hier in meiner Wellnessoase. Aber ich habe so gut ausgebildete Mitarbeiterinnen, dass man eben auch einmal etwas fester massiert, wenn es den Patienten gut tut.«

»Mit happy ending?« Verdammt. Jetzt war es ihm doch rausgerutscht.

»Ich verstehe nicht, was Sie meinen, Herr Kommissar, ich kann leider kein … war das Englisch?« Sie konnte ja so was von naiv schauen.

»Nicht so wichtig, Frau Dürnbichler. Und haben Sie schon einen Arzt angefordert, um den Totenschein auszustellen?«

»Aber nein, Herr Oberkommissar, ich dachte, das machen Sie. Ich hatte bisher keine Erfahrung mit Toten, seit damals mein Mann, wissen S' schon … er ist viel zu früh gegangen. Aber meine Gäste verlassen uns sonst immer entspannt, erholt und gesund auf zwei Beinen, Herr Hauptkommissar.«

»Kein Problem, Frau Dürnbichler, wir veranlassen das gleich.« Und er nickte kurz seinem Kollegen zu, der griff sofort zum Funkgerät.

Preckel ließ den Blick durch den Raum streifen. Wie eine Wellnesspraxis sah der Raum eigentlich nicht aus, da fehlte es an den typischen Farben, braun, gelb oder auch grün. Keine Buddhas, keine Klangschalen, das war schon alles sehr steril. Eher wie im Krankenhaus. Naja, aber das war ja kein Verbrechen, dachte Preckel.

»Arzt ist unterwegs!«, meldete der Kollege.

»Danke«, sagte Preckel und wandte sich wieder Helga Dürnbichler zu. »Und wie genau ist das nun passiert?«

»Mei, Herr Chefkommissar, er ist halt massiert worden, und dann hat er kurz aufgeschrien, und dann lag er plötzlich tot da.«

»Waren Sie dabei?«

»Nein, meine Mitarbeiterin, Su Mei.«

»Kann ich sie mal sprechen?«

»Sie steht unter Schock, Herr Hauptwachtmeister, sie ist hinten in meiner Küche und weint.«

»Dann lassen wir ihr noch ein paar Minuten«, nickte Preckel verständnisvoll. »Kannten Sie den Toten?«

»Nicht persönlich, Herr Meisterkommissar, er war zum ersten Mal da, aber er hat so nett geklungen, am Telefon, und ich sei ihm empfohlen worden, und er habe solche Schmerzen – da habe ich halt eine Ausnahme für ihn gemacht, gell, das verstehen Sie doch, Herr Oberermittler.«

»Mein Name ist übrigens Preckel. Es reicht völlig, wenn Sie mich mit meinem Namen ansprechen, Frau Dürnbichler.«

»Oh, Herr Preckel, wie wunderbar. Natürlich, Herr Preckel. Sehr gern!«

»Wissen Sie denn den Namen des Toten?«

»Des Toten, Herr Ober … Herr Preckel … aber natürlich. Er heißt Traugott Foss. Hier ist seine Karte.«

»Ein Kirchenmann?«, fragte Preckel. Er musste nur einen kurzen Blick auf die Karte werfen.

»Es sieht so aus.«

»Dann ist das womöglich doch ein Fall für die Polizei. Frau Dürnbichler. Es war doch gut, dass Sie uns gerufen haben.«

»Danke, Herr Ober …«

6 | 05:44

Der Herr Pfarrer war schon auf.

Er liebte es, vor dem Frühstück einmal durch seine Kirche zu gehen – diese wunderbare, nicht fassbare Stille –, und wie so oft rechnete er auch an diesem Morgen fest damit, dass das Hauptportal wie von Geisterhand aufgehen und eine Klosterschwester hereinschweben würde, wie damals bei den »Blues Brothers«, als sich Elwood und Jake ihren göttlichen Auftrag abholten. Sie nannten die Klosterschwester Pinguin, erinnerte sich der Herr Pfarrer, und er mühte sich redlich, bei dem Gedanken nicht zu grinsen.

Das schickt sich schließlich nicht für einen Geistlichen. Ein klein wenig lustig war's in dem Zusammenhang eigentlich schon, wie er insgeheim zugeben musste.

Ein ganz klitzekleines bisschen.

Dann riss er sich zusammen und er hörte besonders genau hin, um – angesichts solch unschicklicher Gedanken – die Stimme seines Herrn nicht zu verpassen, die für ihn klang wie die in den Don-Camillo-Filmen. Ernst Kuhr hieß der Synchronsprecher, dem diese Stimme geschenkt worden war.

Gerade wandte sich der Herr nicht an ihn, es blieb alles ruhig.

Der Pfarrer sah sich um. Seine Bewegungen waren nicht gleitend und elegant, sondern eher ein bisschen steif, eigentlich wirkte er viel zu alt für einen Mann seines Alters, hoch aufgeschossen und schlank obendrein. Allerdings hatte er sich über die Jahre eine leicht vorwärts gebeugte Haltung angewöhnt, sie war Teil seines Wesens geworden.

Nach einem großen Brand in der Sakristei an Fronleichnam war alles wieder vollständig hergestellt.

Bald ein Jahr war das her. Um ein Haar wäre er in den Flammen umgekommen. Es war Charlie vom Feuerwehrtrupp von Hudlhub, der ihm mit einem gleichermaßen verrückten wie heroischen Akt das Leben gerettet hatte.

Inzwischen waren das nur noch Erinnerungen, eher wie aus einem Film als real. Der Pfarrer war manchmal gar nicht ganz sicher, ob er das wirklich erlebt oder ob er das alles nur geträumt hatte.

Das Handy klingelte. Um diese Zeit? Diese Nummer kannte er. Eines seiner Schäflein, in die Jahre gekommen und bedürftig. Der Pfarrer atmete kurz tief durch, dann ging er ran.

»Ja?«

»Herr Pfarrer, sind Sie das? Ich möchte ja nachher so gern in den Sonntagsgottesdienst gehen, aber wissen Sie was, Herr Pfarrer, ich muss Ihnen da etwas erzählen …«

»Gute Frau, halten Sie ein, heute ist keine Sonntagsme ...«

»... weil es ist nämlich so, Herr Pfarrer. Gestern, da bin ich nämlich ...«

Der Pfarrer wusste, dass er keine Chance haben würde, jetzt noch einmal zu Wort zu kommen. Nicht bei dieser Dame, einer ehemaligen Friseurin, die stramm gen Neunzig marschierte. Ihre Friseurstube hatte sie noch immer, und sie sah noch genauso aus wie vor 50 Jahren. Ein sanftes Lächeln legte sich in sein Gesicht, er erinnerte sich an ein früheres Telefonat mit der Dame am Festnetztelefon.

Als er eine Weile nicht zu Wort gekommen war, hatte er sich einfach in sein Auto gesetzt und war zu ihr hingefahren, sie wohnte etwa sechs Minuten vom Pfarrhaus entfernt. Dann war er ausgestiegen, hatte seine Sachen sauber zurechtgezupft, geklopft, die Tür war offen, und dann war er zu ihr in die Küche gegangen.

»... und ich kann mich einfach nicht daran erinnern, dass ich mein Gewand ins Bad getan hätte ... und wissen S' was, Herr Pfarrer, es war dann am Abend einfach nicht mehr da. Sie, Herr Pfarrer, das ist doch ein Zeichen, nicht wahr? Da will mir doch jemand ...«

Und da war sie gesessen, in ihrem Kittel am Küchentisch, Kaffeetasse und Knabbergebäck vor ihr, das Telefon in der Hand und überhaupt nicht bemerkend, dass der Pfarrer in diesen Minuten während der Fahrt kein einziges Wort gesprochen hatte. Der Pfarrer hatte dann noch einmal an den Türrahmen geklopft, die Friseurin schaute auf und bedeutete ihm – einfach mit ihm weiter telefonierend – ungerührt, dass er doch reinkommen und sich setzen möge.

Dann nahm sie das Telefon vom Ohr, starrte es ungläubig an, starrte ihn ungläubig an und sagte: »Ja, Herr Pfarrer, das ist ja jetzt ein Wunder, oder? Gerade habe ich mit Ihnen geredet – und jetzt sind Sie da!«

»Die Wege des Herrn sind unergründlich«, hatte Hochwürden mit einem milden Lächeln geantwortet.

„Aua!“

Jetzt war ihm doch tatsächlich das Handy aus der Hand geglitten und zielsicher so was von genau auf dem kleinen Zeh gelandet. Das tat vielleicht weh. Da hatte er doch tatsächlich vergessen, vor seinem frühmorgendlichen Kirchgang Socken und Schuhe anzuziehen, an diesem 12. Februar. Drum hatte er so kalte Füße.

Der Pfarrer sog vor Schmerz zischend Luft durch die Zähne. Er bückte sich, um den Zeh zu reiben, während es aus dem Telefon munter weitersprudelte.

»Und Sie glauben ja nicht, Herr Pfarrer, was ich dann heute Morgen hier in meinem Bad ...«

»Doch, glaube ich, gute Frau«, stöhnte er, immer noch ungelenk gebückt ins noch am Boden liegende Smartphone, »ich glaube nämlich ...«

»Sehen Sie, Herr Pfarrer, und ich glaube ja auch! Aber Sie werden nicht glauben, wie mein Glaube an diesem Morgen geprü ...«

Der Schmerz im kleinen Zeh ließ langsam wieder nach. Ganz schön hart, so ein Smartphone, wenn es auf die falsche Stelle knallt. Der Pfarrer griff nach dem brabbelnden Telefon, hob es auf, richtete sich auf und rammte sich dabei den Holzhaken in die Hüfte, der seitlich an der Kirchenbank angebracht war. An Fronleichnam wurde hier der Himmel verankert.

»Aua!«

Jetzt schrie der Pfarrer auf, hielt sich instinktiv mit der Hand die lädierte Stelle und ließ das Smartphone erneut fallen. Klar, wo es landete. Immer auf der gleichen Stelle. Der Pfarrer spürte, wie die Hüfte und der kleine Zeh gleichzeitig im Takt pochten. Wie viel Pech kann ein Mensch haben?

»Gell, Herr Pfarrer, Glaube tut manchmal weh!«, hörte er vom Boden aus das Smartphone sagen. Wenigstens war das Display noch ganz. »Und Sie werden verstehen, dass ich mich jetzt auf die Suche nach meinen Sachen ... und deshalb kann ich heute nicht zu Ihrer Sonntagsmesse ...«

»Sie … Frau … äh … ich habe Ihnen vorhin schon gesagt, dass heute keine Sonntagsmesse ist, weil das Bistum …«

»Ja, Herr Pfarrer, so ist das. Dann wünsche ich Ihnen also eine schöne Sonntagsmesse, auch wenn ich heute ausnahmsweise nicht dabei bin.« Klack.

Der Pfarrer stöhnte, und er war nicht sicher, ob er stöhnte, weil er die Dame los war oder weil der Zeh immer noch pochte. Er dehnte sich kurz und atmete tief durch, bis der Schmerz weg war. Manchmal, da lässt das Leben dann doch Fragen offen.

Und eine Frage gab es ja tatsächlich, die ihn immer wieder umtrieb, und die war (nicht nur) für Hochwürden bis heute unbeantwortet geblieben: Warum um alles in der Welt hatte die Feuerwehr damals, am Tag jenes großen Brandes, kein Löschwasser? Warum war kein Druck auf der Leitung, als die Einsatzkräfte am Kirchplatz standen und dem Feuer in der Sakristei den Garaus machen wollten?

Was für eine himmlische Fügung, dass genau zum richtigen Zeitpunkt ein gigantischer Platzregen über dem Kirchplatz niederging, der den Flammen keine Chance ließ!

Alle Hydranten am Kirchplatz waren im Nachhinein mehrfach überprüft worden, eine Leitungssonde wurde eingesetzt, über ein Kilometer Rohrleitung untersucht – ohne Befund. Niemand hatte eine Erklärung für dieses technische Versagen. Bis heute nicht.

Alle in Hudlhub waren sie ahnungslos.

Sogar derjenige, der schuld gewesen war an der Misere: Ludwig Haderlein. Der hatte nämlich vor Jahren schon die einzige Wasserleitung, die nach Hudlhub führte, angezapft, um so seine geheime Testbierbrauerei zu speisen. Ausschließlich, um keine große bürokratische Sache draus zu machen, versteht sich. Die paar hundert Kubikmeter Wasser standen schließlich in keinem Verhältnis zu all den selbstlosen Beiträgen, die er für die Gesellschaft und das Gemeinwohl einbrachte. Also bitte.

Jedenfalls hatte er ausgerechnet an jenem Fronleichnamstag, an dem die Kirche Zur Heiligen Mutter Gottes Verkündigung brannte, nichtsahnend einen Brauvorgang eingeleitet – und ließ der Feuerwehr vorübergehend kein Wasser zum Löschen übrig.

Denn Haderlein hatte einen großen Traum: Er wollte die Menschheit mit dem gesündesten Bier der Welt beschenken. Dazu bedurfte es nicht nur gehöriger Investitionen und zahlreicher Experimente, sondern eben auch der Unterstützung der Allgemeinheit. Haderlein fand das folgerichtig und keineswegs dreist oder gar unverschämt. Denn das gesunde Bier würde ja später ebenfalls der Allgemeinheit zugutekommen.

Hochwürden war jedenfalls froh, dass inzwischen alles wieder halbwegs im Lot war.

Noch einmal sah er sich in seiner Kirche um, dann sprach er ein kurzes Gebet, lauschte, ob Gott ihm mit der Don-Camillo-Filmstimme etwas sagen wollte (das war heute nicht der Fall), dann ging er zurück ins Pfarrhaus. Immer noch barfuß.

Zeit fürs Frühstück.

Dachte er.

Und für Socken.

Der kleine Zeh war ganz rot.

Dann vibrierte sein Smartphone, eine SMS. »Werter Herr Pfarrer, ich erlaube mir, Ihnen für heute gegen 11 Uhr den Besuch unseres neuen Generalvikars anzukündigen. Gez. Vorzimmer Dr. Dr. Höllenmeier.«

Wie bitte? Der Generalvikar kam nach Hudlhub? Das hatte es ja noch nie gegeben! 100 Gedanken gleichzeitig schossen dem Pfarrer durch den Kopf, es gelang ihm nicht, sie zu sortieren.

Fast im selben Augenblick klingelte das Telefon.

Ein Toter in Gailing. Vermutlich ein Priester. Ob der Herr Pfarrer nicht kommen und ein Gebet sprechen könnte.

Der Pfarrer seufzte.

Dieser Tag ging ja gut los. Er riss ein Blatt vom Zettelblock und schrieb eine Nachricht an seine Haushälterin, dass heute Mittag mit Besuch vom Generalvikar zu rechnen sei, und ob sie nicht eine etwas größere Portion vorbereiten könne.

Er riss den Zettel ab, klebte ihn an die Küchentür des Pfarrhauses, holte sich ein paar Socken, zog sie an, schlüpfte in bequeme schwarze Schuhe, setzte sich sein Don-Camillo-Käppchen auf, das er so sehr liebte, strich sein Hemd glatt, zog sich einen Mantel an, richtete den Kragen, nahm die Autoschlüssel und machte sich auf den Weg zu Helga Dürnbichler.

7 | 05:55

Als Charlie erwachte, hatte der Wecker noch nicht geklingelt. Sonntagsmodus. Normalerweise waren sie um diese Zeit längst auf.

Steffi hatte sich an ihn gekuschelt – ihre Hand lag auf seiner Brust –, sie grunzte ein wenig. Naja, sie seufzgrunzte. Naja, oder so ähnlich.

Charlie wusste nicht so genau, wie das richtige Wort dafür war, wenn eine Frau sich an einen kuschelt und ein entspanntes, zufriedenes Seufzgrunzen von sich gibt.

Mit einem leichten Schmatzschmachten dazu.

Naja, eigentlich auch kein Schmatzen, er mochte es nämlich gar nicht, wenn jemand schmatzte, und das hier, das mochte er sehr wohl. Irgendwie war es schon ein Schmatzen. Ein Schmachtschmatzen eben. Mit Seufzgrunzen.

Jedenfalls fand er das schön.

Vorsichtig wagte Charlie einen Blick auf sein Schrittzählerarmband. Eine leichte Bewegung, und das Display zeigte die Zeit an. Fünfuhrfünfundfünfzig. Noch fünf Minuten, dann würde der Wecker bimmeln.

Naja, genau genommen nicht, er hatte nur eine Wecker-App, die so tat, als wäre sie ein Wecker. Und auf dem Display hüpfte dann auch eine Vektorgrafik eines altertümlich anmutenden Blechdingens aus grauer Vorzeit auf einem nicht minder altertümlichen Nachttisch hin und her, bis es, wenn man die Bildschirmsperre entriegelte und noch rechtzeitig auf die Schellen tippte, vom Nachttisch stürzte und in tausend Teile zerbarst.

Am nächsten Morgen war dann, oh Wunder, alles wieder ganz. Als wäre all das nie passiert.

Charlie bekam die Animation meistens nicht zu sehen. Er hatte sein Smartphone nämlich unterm Bett liegen – natürlich im Flugmodus, wegen der Strahlen –, weil er immer noch keinen Nachttisch gebaut hatte (und kaufen wollte er keinen), und bis er erfolgreich nach dem Gerät gegrapscht und es aufgehoben hatte, bis er es endlich so in der Hand hielt, dass er die Animation hätte erleben können, hatte sich der Wecker meistens schon selbst zerstört.

Heute, da könnte er es hinbekommen, weil er ja früher wach war als der Wecker. Aber um ans Smartphone zu kommen, müsste er Steffis Hand zur Seite schieben, und er wollte keinesfalls riskieren, dass sie dann mit dem schmachtschmatzenden Seufzgrunzen aufhören würde. Viel zu gefährlich.

Also ließ er es. Der Wecker würde also seinen wilden Tanz einmal mehr alleine unter dem Bett ausüben müssen.

Bis dahin war aber noch Zeit.

Eine ganze Weile.

Mindestens drei Minuten.

Vielleicht dreieinhalb.

Charlie war geneigt, einen weiteren Blick auf sein Schrittzählerarmband zu werfen, dann hätte er auch gleich schauen können, wie der Puls so war, und ob er gut geschlafen hatte und ob ihm jemand eine Nachricht geschickt hatte – er blieb fest und verhielt sich ruhig.

Charlie versuchte, möglichst nicht zu atmen.

Er liebte ihre Nähe.

Dieses Gefühl der Geborgenheit, es war priceless. Unbezahlbar.

Sie hatte ihm schon oft gesagt, dass es ihr genauso ging.

Beide hatten sie ihre Geschichte, und die hatte mit genau diesem Gefühl zu tun.

Mit Geborgenheit.

Charlie, selbstständiger Mechatroniker in Hudlhub mit eigener Werkstatt, der eigentlich Karl-Heinz Wendler hieß, war einst als Baby in einem Weidenkorb ausgesetzt worden. Ein alter Hudlhubber, Valentin Hausknecht, hatte ihn aufgelesen. Charlie war in eine Pflegefamilie gekommen, er hatte Liebe erfahren, aber der Schatten dieser Herkunft, dieses Verstoßenseins – er war immer geblieben.

Und Steffi Bichler, die rothaarige, sommersprossige Hudlhubber Postlerin, hatte als Kind mit ihrer Mutter rübergemacht, aus dem Osten, hinein ins tiefste Bayern.

Sie beide hatten zwar eine Herkunft, aber keine Heimat. Inzwischen war Hudlhub zu einer Heimat geworden.

Charlie drehte ganz vorsichtig den Kopf, um ihr schönes Gesicht anzusehen.

Da öffnete sie die Augen.

»Morgen.«

Grunzschmatz.

8 | 05:59

Steffi streckte sich und gähnte ausgiebig. Dann rollte sie sich auf ihn drauf und grabbelte mit der Hand unter dem Bett herum, holte das Smartphone rauf, wischte seinen Code über das Display und sorgte dafür, dass der doofe Wecker an diesem Morgen keinen Mucks von sich geben würde.

Charlie grinste sich eins und versuchte, so zu atmen, dass der fahle Geruch, den er mutmaßlich von sich gab, möglichst weit an ihrer Nase vorbeizog.

Steffi entging das nicht.

Als sie fertig war mit Handyweckertöten, beugte sie sich zu ihm herab und gab ihm völlig ungerührt einen langen, andauernden, innigen Zungenkuss.

Nach ein paar Sekunden schmeckte er ganz wunderbar.

»So!«, sagte Steffi.

»Wer sö socht …«, setzte Charlie an, um den Lieblingsspruch vom ebenfalls rübergemachten Hudlhubber Feuerwehrmann Meik anzubringen – »Wer sö socht, hat noch nüscht gedon« –, aber Steffi ließ das nicht zu.

»Sag's nicht!«, empfahl sie ihm und legte ihren Zeigefinger auf seine Lippen.

Dann ließ sie sich wieder von ihm runterkullern, um noch einmal herzhaft zu gähnen.

»Und? Aufgeregt?«, fragte Charlie.

»Ich? Wieso?«

»Na, wegen heute Abend.«

»Ach so. Nö.«

Sie sah auch nicht so aus. Heute Abend spielte Steffi mit ihrer Band ein Konzert. Das war auch der Grund, warum sie so luxuriös lange ausschlafen konnte. Und weil Sonntag war. Um sechs Uhr war sie sonst nämlich längst in der Arbeit. Die Post wollte schließlich sortiert sein. Heute hatte auch die Post Pause.

War ja auch vom Herrn so verordnet worden: Am siebten Tage sollst du ruhn und so weiter.

Steffi sah sich um.

Den halbfertigen, von Charlie selbst konstruierten Kleiderschrank, der nun auch schon bald ein Jahr lang seiner Fertigstellung harrte, nahm sie schon gar nicht mehr wahr. Von wegen Kleiderschrank. Ein paar Stützen, ein paar Bretter – mehr als ein trauriger Haufen Elend war das noch nicht.

Dass das mal ein stylisches Möbel werden würde, so wie auf der Urban-Outfitters-Website, wo Charlie die Vorlage beim Browsen im Netz entdeckt hatte – Steffi fehlte da der rechte Glaube. Urban Outfitters mochte ja ein trendiger Laden sei, aber das half hier auch nichts.

»Wie lang liegt eigentlich diese Socke schon unter dem Heizkörper?«, fragte sie maximal beiläufig.

»Was für einen Tag haben wir heute?« Charlie antwortete mit einer Gegenfrage.

»Sonntag.«

»Seit zirka zwei Monaten. Höchstens drei.«

»Hätte ich auch geschätzt.«

»Stört's dich?«

»Mei, Charlie, es ist deine Wohnung. Aber wenn wir zusammengezogen sind ...«

Das war der Moment, wo Charlie wie von einer Sprungfeder unterstützt aufrecht im Bett saß.

»Wie, zusammenziehen?«

»Naja, zusammenziehen halt.«

Steffi richtete sich an der Bettkante auf und tat so, als hätte sie seine Panikreaktion nicht wahrgenommen. Sie nestelte wie abgelenkt an sich herum, als hätte ihr Nachthemd ein Schleifchen, das nicht richtig saß.

Nur, dass ihr Nachthemd gar kein Schleifchen hatte.

Sie hatte ja auch gar kein Nachthemd an.

Genau genommen hatte sie überhaupt nichts an, sie war vielmehr splitterfasernackt.

Charlie war viel zu paralysiert, um sich zu fragen, was Steffi da wohl nestelte, wo es doch eigentlich nichts zu nesteln gab.

»Wie meinstn das?«

»Wie mein ich was?«

»Das mit dem Zusammenziehen, halt.«

»Was meinstn, wie ich das meinen könnte?«

»Dass du mit mir zusammenziehen willst?«

»Na, wär doch praktisch, oder? Wir sind doch eh die ganze Zeit zusammen. Und wir bezahlen beide Miete. Stell dir mal vor, was wir alles anstellen könnten, wenn wir eine Miete weniger bezahlen müssten.«

»Ich könnte mir das Material kaufen, um einen Nachttisch zu bauen.«

»Und den Kleiderschrank fertigmachen?«

»Dir gefällt mein Kleiderschrank nicht, oder?«

»Naja, wie soll ich's sagen, von der Idee her schon. Und das, was hier zu sehen ist, ist auch wirklich großartig gemacht. Ganz wunderbar. Wirklich.«

»Dir gefällt mein Kleiderschrank nicht.«

»Das würde ich so nicht sagen.«

»Wie würdest du es denn sagen?«

»Also, wahrscheinlich wird er wirklich sehr schön sein, wenn er denn mal fertig ist.«

»Du willst mir sagen, dass ich ihn eher fertigbringe, wenn wir eine Monatsmiete sparen?«

»Charlie, darum geht's doch gar nicht.«

»Ich weiß.«

Charlie ließ sich in sein Kopfkissen zurücksinken. Er tippte auf seinen Schrittzähler. Der Puls war bei 64 Schlägen pro Minute.

Er war also überhaupt nicht aufgeregt.

Er dachte nur, er wäre aufgeregt.

Steffi nestelte derweil imaginär weiter an der imaginären Schleife.

»Was machstn da eigentlich? Hastn Pickel?«

»Ob ich einen Pickel habe? Nein, ich habe keinen Pickel. Wie kommstn darauf?«

»Mei, weil du da halt so rumnestelst, da vorn.«

»Mei, ich nestel da halt so rum, stört's dich?«

Da musste Charlie grinsen.

Er gewann seine Fassung zurück, und er legte seine Hand auf Steffis Schulter.

Steffi liebte Charlies kraftvolle Hände. Mit den Fingern ihrer Rechten fuhr sie die Sehnen nach. Ihr Charlie war ein schöner Mann, er hatte irgendwie was von Micky Beisenherz. Dann spürte sie, wie seine Hand sie sanft, aber doch fest zu sich herabzog, sie ließ es geschehen.

Steffi drehte sich, bis sie wieder auf seinem nicht minder nackten Körper lag. Für einen Moment blieb ihr Blick an der Narbe an seiner Schulter hängen, eine Erinnerung an den Einsatz beim großen Kirchenbrand.

Diese Narbe, sie war alles, was geblieben war; außer ein paar dunklen Erinnerungen an einen schrecklichen Tag und das Wissen, dass sie ihren Charlie, das Licht ihres Lebens, das gerade erst ein paar

Monate davor für sie angeknipst worden war, bei dieser Rettungsaktion um ein Haar wieder verloren hätte.

Charlie musterte seine Freundin. Er liebte ihre klaren, warmen Augen, ihren offenen Blick, die Sommersprossen, die ihr etwas Pfiffiges verliehen.

»Du willst wirklich mit mir zusammenziehen?«

»Ja, Charlie«, sagte Steffi mit fester Stimme, »das will ich.«

»Und was ist mit meiner Videosammlung? Du weißt, dass ich über 1000 Filme auf rund 500 Videokassetten habe.«

»Echt, ich dachte, es sind nur noch 400. Hattest du nicht mal die weggeschmissen, die du monatelang in deiner Badewanne gelagert hattest?«

»Stimmt. Hab ich. Das waren meine gesammelten Raumschiff-Enterprise-Folgen. Komplett. In deutsch und englisch.«

»Aber die hast du ja inzwischen auch alle auf DVD.«

»Stimmt. Drum hab ich die Videokassetten weggeschmissen. Also sind's nur noch 400.«

»Also, mit 400 kann ich gut leben.«

»Echt?« Charlie sah seine Steffi beseelt an. »Und der Kleiderschrank?«

Steffi würdigte das unfertige Ungetüm keines Blickes, sondern fixierte ihren Charlie fest.

»Darüber wird noch zu reden sein. Und jetzt halt endlich deinen Mund und schlaf mit mir.«

9 06:01

»Der Tod ist zwischen 4.15 und 4.30 Uhr eingetreten«, flüsterte die Hausärztin aus der Nachbargemeinde Polizist Preckel ins Ohr. »Wahrscheinlich Herzinfarkt, jedenfalls kann ich – ohne der Obduktion vorgreifen zu wollen – nichts anderes erkennen.«

Helga Dürnbichler hatte Ohren wie ein Luchs, auch mit ihren gut 60 Jahren. Sie verstand jedes Wort, und genau das entging Leo Preckel nicht.

»Lassen Sie uns eben nach draußen gehen«, sagte er, und wies der Ärztin bestimmt den Weg mit der Hand. Sie sah erstaunlich frisch aus, für diese frühe Stunde. Preckel kannte die Ärztin schon seit Jahren, sie befand sich in der Schlussphase ihrer Laufbahn; in nicht allzu ferner Zukunft würde sie ihre Praxis wohl übergeben – wenn sie denn jemanden finden würde, der eine Hausarztpraxis auf dem Land übernimmt. Ein Thema nicht nur für sie, sondern auch für etliche andere Landärzte um sie herum.

»Also Herzinfarkt?«, hakte Preckel nach, als die beiden unter sich waren.

»Alles spricht dafür. Keine Auffälligkeiten.«

»Würden Sie sagen, dass der Tote bei seinem Ableben Sex hatte?«

»Sex? Ejakulat habe ich zumindest keines gefunden, sein Penis war sehr sauber, abgesehen davon, was bei der typischen Entleerung nach dem Exitus an ihn herankam. Dass ihm jemand den Penis gereinigt haben könnte«, sagte die Ärztin leise, »mag ich aber nicht ausschließen.«

»Glauben Sie, dass er in genau dieser Position auf dem Massagetisch gestorben ist?«

»Auch hier kann ich nur sagen: Ich kann keine Hinweise entdecken, dass er nicht bei einer Rückenmassage starb.«

»Was halten Sie davon, den Toten obduzieren zu lassen, Frau Doktor?«

»Naja, lieber Herr Preckel, nachdem Sie mir hier solche Fragen stellen, erübrigt sich doch eine Antwort schon fast, oder? Wäre hier alles unbedenklich, würden wir doch dieses Gespräch nicht führen. Was war das denn für ein Zeitgenosse?«

»Möglicherweise ein Kirchenmann, Frau Doktor.«

»In einem Swingerclub?« Die Ärztin grinste. »Pardon, in einem Wellnesstempel …«

Jetzt lachten beide.

»Na, dann wünsche ich Ihnen viel Spaß, wenn Sie Ihren Bericht schreiben, Herr Preckel.«

»Besten Dank auch«, sagte der und grinste von einem Ohr bis zum anderen.

10 | 06:10

Der Bürgermeister war etwas irritiert.

Er war es nicht gewohnt, dass Frauen zur Jagd mitgingen. Er fragte sich, ob das nicht ein ähnlich schlechtes Omen war wie damals bei den Seefahrern. Käptn Ahab hatte garantiert auch nicht gern Frauen an Bord. Und Käptn Hook auch nicht. Außer als Gefangene.

Aber Anton Entleitner, den man in Hudlhub infolge seines großflächigen Früchteanbaus Himbeer-Toni nannte, unternahm so gut wie nichts mehr ohne die Frau an seiner Seite, die sein Leben so sehr verändert hatte.

Er wollte es so.

Und seiner Lebensgefährtin ging es ihrerseits nicht anders.

Ja, der Himbeer-Toni und seine wunderschöne Elfenbeinprinzessin, sie waren ein unzertrennliches Paar geworden.

Nicht gesucht, aber gefunden.

Das Leben auf dem Land tat der früheren Spielerfrau eines Bundesligamittelfeldstars gut, sie hatte die Natur neu für sich entdeckt.

Einst war sie Teil der Society, damals in Düsseldorf. Über die »Bild«-Zeitung war sie zu ihrem Namen gekommen, Elfenbeinprinzessin, aufgrund ihres hellen Teints, ihrer hellen Haare und ihrer Vorliebe für helle Kleidung.

Über ihr früheres Leben als Spielerfrau in Düsseldorf konnte sie heute nur noch lachen. ARD-Fußballexperte Mehmet Scholl war mal gefragt worden, was eine Spielerfrau ausmacht. Er sagte: »Naja, außer Shopping sollte sie keine weiteren Hobbys haben.«

Da war schon was dran, wusste die Elfenbeinprinzessin heute.

Gut, ihr Faible für Mode war geblieben, aber das konnte man auch hier, auf dem Land, ausleben – mit einem Unterschied: Sie tat es für sich und nicht für andere.

Eine Freundin hatte sie inzwischen auch gefunden: Sylvie Huber, die bildhübsche Gattin des Dorfbäckers. Die hatte nichts gegen ein bisschen Glamour – und zu ihr passte das auch. Aber eben alles in Maßen.

Selbst mit der Natur hatte die Elfenbeinprinzessin ihren Frieden gemacht, auch wenn sie Hudlhub zunächst als eine einzige, große Bedürfnisanstalt wahrgenommen hatte.

Weil halt die Tiere dann machen, wenn sie machen müssen.

Auch die Kuhherde, die in Hudlhub noch auf die Wiese darf und nicht eingepfercht im Stall ihrer Schlachtung entgegenlebt.

Und die Tauben, die über Hudlhub hinwegfliegen.

Und die Pferde, die die historische Kutsche vom Bauern und Gemeinderat Haller zogen.

Und die Hudlhubber Katzen und Hunde.

Und der Bulldog, der die Güllepumpe zieht.

Also, da lagen schon jede Menge Bomben herum, aber wenn man ein wenig auf der Hut war, dann kam man sicher durch.

Die Elfenbeinprinzessin hatte ihre Einstellung zum Leben auf dem Land in vielen Punkten geändert.

Sie verstand inzwischen auch, dass die Jagd sein muss, sie akzeptierte das Töten von Tieren als Teil des Kreislaufs. Nur selber zu schießen, danach war ihr nicht.

Aber sie ging gern mit auf die Pirsch, sie genoss die Intensität des Morgens, auch heute.

Es war kein Zufall, dass der Bürgermeister den Entleitner mit auf die Jagd genommen hatte, und dem Entleitner war das mehr als klar.

Er war gespannt, was er von ihm wollen würde, und so tauschte er immer wieder bedeutungsschwangere Blicke mit seiner Elfenbeinprinzessin aus, nach dem Motto: Jetzt kommt's.

Aber der Bürgermeister war ein erfahrener Taktiker, er ließ sich nichts anmerken, spazierte frohgemut durch den leicht matschigen Wald und tat so, als könnte er kein Wässerchen trüben.

Die Elfenbeinprinzessin hatte ihr Smartphone gezückt und jagte nebenbei ein paar Pokémons. Der große, weltweite Hype war längst wieder vorbei, manche Trends halten sich in Hudlhub dann länger. Allzu viele Pokémons gab es hier, in den Hudlhubber Fluren, eh nicht.

Drum achtete sie darauf, dass sie keine Gelegenheit zur virtuellen Jagd in der analogen Welt ausließ.

Sie trug fingerlose weiße Handschuhe zu ihrem mit weißem Pelz verzierten weißen Skianorak, der sie auch in dieser Situation, auf der Schwarzwildpirsch im Februar, nicht nur hervorragend wärmte, sondern ebenso kleidete.

Sie waren im Hoabat unterwegs, in Hudlhub ist das geheiligtes Land.

Ein Kraftort, ein wahrer Quell der Schönheit im Südwesten der Gemeinde.

Fast könnte man meinen, die Landschaft wäre bewusst gestaltet worden, womöglich durch Slartibartfass, jenen legendären Landschaftsarchitekten, der schon in »Per Anhalter durch die Galaxis« Preise für seine norwegischen Fjorde eingeheimst hatte.

Es hatte in Hudlhub einen kleinen Aufschrei gegeben, als die Nachbargemeinde Gerolsbach Windräder unmittelbar am Rand zum Hoabat genehmigte, die trauten sich was. Wir sind doch hier nicht in Unterleuten, hatten die Hudlhubber gestöhnt.

Inzwischen standen die Dinger, und es war nur so halb gut. Wenn wenig Wind war, nahm man sie tatsächlich nicht wahr. Aber wenn es kräftig aus Südwest blies, dann verfing sich der Schall manchmal in den Hudlhubber Häusern und verursachte überaus unangenehmes Dröhnen. Von wegen Infraschall.

Schall!

Aber so richtig.

Heute, an diesem Sonntagmorgen, wehte nur ein laues Lüftchen. Zu wenig, um den Windrädern mehr als ein sanftes Rauschen zu entlocken.

Das Hoabat, es war so friedlich wie eh und je.

»Ahhhh!«, seufzte der Bürgermeister, als er sich auf dem gerade erst überholten Hochsitz niederließ. Er hatte eine dicke Decke als Sitzunterlage für alle auf den feuchten Planken ausgebreitet.

Der Hochsitz bot locker Platz für drei Personen, der Bürgermeister kam der Elfenbeinprinzessin dennoch etwas zu nahe. Dass ihm der betörende Duft ihrer Haare in die Nase stieg, nahm er billigend in Kauf, und sie hatte keine Wahl.

»Es ist schon schön bei uns, nicht wahr?«, sagte der Bürgermeister und nahm schnell noch eine Nase voll.

»Oh ja!«, hauchte die Elfenbeinprinzessin, und ihre Stimme war derart von warm klingenden Obertönen angefüllt, dass es dem Bürgermeister ganz schwurbelig wurde.

»Allerdings denke ich«, fuhr der Bürgermeister fort, und er legte dabei eine seiner berühmten Kunstpausen ein, mit denen er gern die Spannung steigerte, »ich denke, dass wir uns unter Wert verkaufen.«

Der Entleitner starrte stur geradeaus und sagte nichts.

»Schaut's, wir haben hier einen so gesegneten Ort«, sagte der Bürgermeister und ließ den Blick über die Landschaft streifen. Mein Reich, mein Wille geschehe. Der Gedanke kam dem Bürgermeister wohl in den Sinn – er behielt ihn lieber für sich.

»Ist es nicht ein Jammer, wenn wir all das nur für uns behalten, wenn wir all das mit niemandem teilen?«, fragte der Bürgermeister nun. Er merkte selbst, dass die Frage so rhetorisch war, dass er darauf keine Antwort bekommen würde.

»Ich meine, Hudlhub – das ist so ein wundervoller, ein großartiger, ein einzigartiger Ort. Es steht uns doch gar nicht zu, dass wir all das für uns allein beanspruchen. Der liebe Gott ...«, und jetzt schaute er innig nach oben und ging in unmittelbaren Blickkontakt »mit dem, der über uns steht«, wie er sich sonst gern auszudrücken pflegte, »der liebe Gott möchte doch, dass wir Menschen füreinander einstehen.«

Der Entleitner starrte immer noch stur geradeaus, er hatte inzwischen die Arme vor der Brust verschränkt.

Die Elfenbeinprinzessin war nicht ganz so hart. Sie ließ für einen Moment ihr Smartphone Smartphone sein, schenkte dem Bürgermeister ein leises Lächeln und nickte beipflichtend, wandte sich dann aber wieder dem Display zu.

»Unser Hudlhub!«, sagte der Bürgermeister und strahlte.

»Besser als jede Nudlsupp'«, nuschelte der Entleitner, ohne eine Miene zu verziehen.

Der Elfenbeinprinzessin kam ein kurzes Kichern aus, sie schluckte es, so schnell sie konnte, runter.

»Wie meinen ...?«, fragte der Bürgermeister, aber er ließ sich nicht aus der Ruhe bringen. Dann lachte er.

»Ha! Genau, Toni! Hudlhub – besser als jede Nudlsupp'! Witzig!«
Jetzt hatte er den Spruch kapiert.
Dieser Entleitner!

11 | 06:24

Vor ihnen lag das Tal, in dem sich die Hudlhubber einst angesiedelt haben, schon zur Zeit der Römer, wie Ausgrabungen belegen.

Von hier oben konnte man fast die gesamte, zurzeit ziemlich eingefrorene Gemeinde sehen, den Dorfplatz und den Dorfweiher, das flache, aber feine Feuerwehrhaus, die neun dreistöckigen Bürgerhäuser, die genauso in Wasserburg am Inn hätten stehen können, Adelheid Kirchmairs Wirtschaft, dann die Abzweigung in die Eichenstraße, wo ein Bauernhof neben dem anderen stand, dahinter den Palast des Bürgermeisters mit seinem säulenumsäumten Treppenaufgang, und schließlich, etwas außerhalb gelegen, die Dorfkirche Zur Heiligen Mutter Gottes Verkündigung nebst Pfarrhaus. Dahinter erhoben sich weitläufige Hügel. Eine schmale Straße schlängelte sich hinauf, sie führte in den Ortsteil Gailing.

»Ahhh!«, sagte der Bürgermeister noch einmal, voller Stolz auf das, was er und seine Vorfahren hier geschaffen hatten.

Der Entleitner und die Elfenbeinprinzessin schauten ebenfalls ins Tal, wahrscheinlich nicht minder begeistert; von ihren Gesichtern konnte man das jedoch nicht ablesen.

»Wisst Ihr«, hob der Bürgermeister schließlich an, »wir haben in Hudlhub schon einmal eine historische Chance verpasst: Wir haben unseren Hudlhoopreifen, den unser Dorfphilosoph Matthias Kronleichter …«

»… 1726 bis 1754 …«, ergänzte die Elfenbeinprinzessin, ohne aufzublicken.

»... wie? Äh, ja, genau, 1726 bis 1754«, bestätigte der Bürgermeister leicht irritiert, »... erfunden hat, nicht selbst vermarktet, sondern wir haben das einem amerikanischen Touristen überlassen, der uns unsere Idee geklaut hat.«

Tatsächlich war der Hudlhoopreifen über Jahrhunderte das Hudlhubber'sche Gesunderhaltungsgerät schlechthin gewesen. Matthias Kronleichter hatte lange vor irgendwelchen Turnvätern erkannt, dass ein gesunder Geist in einem gesunden Körper stecken sollte. Er selbst lebte allerdings nicht danach, womöglich ein Grund, warum er so jung gestorben war.

Die Hudlhubber aber staunten nicht schlecht, was die Amerikaner aus seiner Erfindung gemacht hatten.

»Es ist so«, sagte der Bürgermeister, »dass der Gemeinderat die Rechte am Hudlhoopreifen an die Playdesign Inc. Ltd. aus Frankfurt mit Firmensitz und Gerichtsstand in Liverpool übertragen hat.«

Die Elfenbeinprinzessin wollte ihrem Toni einen weiteren, bedeutungsschwangeren Blick zuwerfen, aber der starrte weiter stur mit den starken, vor der Brust verschränkten Armen geradeaus.

Der Bürgermeister geriet allmählich ins Schwitzen.

Der Entleitner, die Sau, er ließ ihn regelrecht verhungern.

Er könnte doch wenigstens mal eine Zwischenfrage stellen, fand der Bürgermeister, aber der Entleitner dachte gar nicht daran. Wenn jemand etwas von ihm wollte, dann musste er sich schon bemühen. War immer schon so.

»Ich finde, das ist eine großartige Idee!«, führte der Bürgermeister seinen unfreiwilligen Monolog also fort. »Und ich habe wochenlang darüber nachgedacht, wie unsere Gemeinde ... (Kunstpause) ... diesmal (Kunstpause) ... daran partizipieren kann. Dann bin ich drauf gekommen. Und ich habe auch schon eine ganze Reihe von ... (Kunstpause) ... ich darf sagen ... (Kunstpause) ... äh ... sehr erfolgreichen Gesprächen ... (Kunstpause) ... geführt: Wir brauchen in

Hudlhub einen … (Kunstpause) … Hudlhoopreifen-Flagship-Store. Mit Hudlhoopreifen-Fitnesskursen, mit einem Trainingscenter für Manager, Incentive-Seminaren und … (Kunstpause) … das ist ein weiterer Clou, der uns jede Menge überregionale Aufmerksamkeit bescheren wird … (Kunstpause) … angesichts der allgemeinen Problematik … (Kunstpause) … und der Weltlage an sich und überhaupt: Wir bauen … (Kunstpause) … angegliedert an das Hudlhubber Hudlhoop-Zentrum für Körper, Geist und Seele … es geht ja um Schwingungen … Ihr versteht … um Schwingungen … die Schwingungen des Hudlhoopreifens gehen also auf den Körper, den Geist und die Seele über … also Schwingungen …«

Der Entleitner und die Elfenbeinprinzessin zeigten weiterhin nicht den Hauch einer Reaktion.

»Um Schwingungen«, versuchte es der Bürgermeister noch einmal. »In einem interkonfessionellen Gebets- und Rückzugsraum, um allen Anforderungen an den … (Kunstpause) … berechtigten Wunsch nach Spiritualität überall in der Welt und … (Kunstpause) … rund um Hudlhub im Besonderen … (Kunstpause) … gerade auch angesichts der Integrationsthematik … (Kunstpause) … gerecht zu werden, basierend auf der Philosophie unseres Dorfphilosophen Matthias Kronleichter…«

»… 1726 bis 1754 …«, ergänzte die Elfenbeinprinzessin, ohne von ihrem Smartphone aufzusehen.

»… wie? … äh … genau.«

Jetzt wusste der Bürgermeister endgültig nicht mehr, was er eigentlich sagen wollte.

Der Entleitner schon, aber der dachte nicht daran, zu helfen. Immer noch fixierte er einen imaginären Punkt am Firmament, er hatte Kronleichters Philosophie der Kontemplation längst verinnerlicht.

Ganz offensichtlich.

Der Bürgermeister hatte jetzt die Nase voll. Er entschied, jetzt in die Offensive zu gehen.

»Toni«, sagte er mit festem, bestimmtem Ton, »Du bist derjenige, der genau die richtige Fläche für dieses Projekt hat, drüben, am Ortsausgang. Ich möchte dich bitten, dass du es … (Kunstpause) … im Sinne der Gemeinde, im Sinne von … (Kunstpause) … Hudlhub, im Sinne von … (Kunstpause) … uns allen … (Kunstpause) … einbringst. Natürlich nicht umsonst.«

Der Entleitner bewegte sich nicht einen Millimeter.

Er hatte wahrgenommen, dass sich vorn, am Waldrand, ein gewaltiger Hirsch befand, mindestens ein 16-Ender, ein edles Tier.

Er wusste: Der Bürgermeister würde alles geben, um dieses Geweih über seinem Kamin aufhängen zu können, Schonzeit hin, Schonzeit her.

Er wusste aber auch, dass der Bürgermeister vor lauter Taktiererei nicht so weit kommen würde – so fixiert war der auf sein Verhandlungsgespräch, dass er den Hirsch gar nicht erst wahrnahm.

Was für ein schönes Tier, dachte der Entleitner.

»Ich kann dir im Tausch drei Hektar Gemeindegrund anbieten«, fuhr der Bürgermeister fort, die Elfenbeinprinzessin meinte, wie sie ihrem Toni später bei der Heimfahrt erzählte, in diesem Augenblick einen Unterton der Verzweiflung in seiner Stimme ausgemacht zu haben. »Vorn, zwischen Biberg und Großpalmberg. Du hast die Fläche doch schon einmal pachten wollen, aber da hatten wir noch einen langfristigen Vertrag mit dem Leinsamer-Hof aus der Spargelstadt. Der Vertrag läuft jetzt aus.«

Toni Entleitner schaute dem Hirsch direkt in die Augen.

Er war sicher, dass das edle Tier die drei im Hochsitz entdeckt hatte – und solange sich hier oben keiner rührte, würde es der da unten ihnen gleichtun.

Wahrscheinlich wäre das noch eine ganze Weile so gegangen, hätte nicht der Bürgermeister in diesem Augenblick die Geduld verloren.

»Jetzt sag halt auch mal was, Toni!«, rief er – er war tatsächlich verzweifelt – und riss einen Arm nach oben.

Der Hirsch gab den Blickkontakt mit dem Entleitner unverzüglich auf und setzte seinen vollendeten, kraftvollen Körper in Bewegung.

»Jetzt hast ihn verscheucht, Bürgermeister«, sagte der Entleitner ruhig, ohne seine Sitzposition auch nur um ein My zu verändern. Diese winzige physikalische Einheit hat übrigens in Hudlhub einen ganz anderen Namen. Da sagt man: um ein Arschlecken.

Zu nicht mehr als einem angedeuteten Kopfnicken in Richtung des Hirsches ließ Entleitner sich nun hinreißen.

»Ja, der Wahnsinn!«, brüllte der Bürgermeister. »Was für ein Tier!«

Er riss seine Holland & Holland in die Höhe, legte an und drückte ab.

Und noch einmal.

Dann noch einmal.

Da war der Hirsch längst über alle Berge.

»Daneben«, sagte Toni Entleitner.

Er legte eine Hand auf den schönen Oberschenkel der Elfenbeinprinzessin und drückte sie ganz sanft. »Gut so«, sagte er leise.

»Ja, spinnst!«, brüllte der Bürgermeister. »Habts ihr diesen Hirsch gesehen!«

»Freilich haben wir ihn gesehen«, sagte der Entleitner ruhig. »Während du deine Rede geschwungen hast, ist er die ganze Zeit da vorn am Waldrand gestanden.«

»So schön!«, sagte die Elfenbeinprinzessin verzückt.

»Wirklich«, nickte der Entleitner und sah ihr von der Seite in die Augen. »Aber nicht so schön wie du.«

Und die Elfenbeinprinzessin lächelte ihn schmachtend an.

Der Bürgermeister hielt es für besser, jetzt nichts zu sagen.

»Einen Gebetsraum, wie?«, sagte der Entleitner schließlich.

»Du kannst es nennen, wie du magst. Gebetsraum, Schwingungsraum. Ruheraum. So was in der Art. Ja«, erwiderte der Bürgermeister, und die Dankbarkeit dafür, dass er jetzt endlich eine Reaktion bekam, war unüberhörbar. »Interkonfessionell, vielleicht mit einem arabischen Eck, ich verhandle deswegen schon.«

»Die heilige katholische Kirche wird begeistert sein«, sagte der Entleitner, und die Ironie war nicht zu überhören.

»Geh, Toni, jeder soll glauben, was er mag.«

»Wennst meinst«, erwiderte der Entleitner. »Deine drei Hektar und 20 Prozent der Einnahmen für die nächsten 25 Jahre«, sagte er dann. Und ohne eine Antwort abzuwarten, stand er auf, half der Elfenbeinprinzessin galant vom Hochsitz herab, nahm sie bei der Hand und schlenderte von dannen.

12 | 06:49

Su Mei hatte ziemlich große Angst vor dem Verhör mit der Polizei.

Sie wusste aus dem Kino, wie das abgeht. Da wurde man in einen Raum gesperrt, dann wurde einem eine Lampe ins Gesicht gehalten, und dann wurde alles aufgezeichnet, was man sagte. Und wenn man nicht das sagte, was die Ermittler hören wollten, dann schlugen sie einen, bis man wimmernd am Boden lag und seine eigene Großmutter verriet.

Dabei hatte sie nichts weiter getan, als einem älteren Herrn eine schöne Nacht zu bereiten. Und nicht einmal das durfte sie sagen. Schrecklich.

»Nehmen Sie bitte Platz«, sagte Leo Preckel höflich und bot Su Mei einen Stuhl am Küchentisch an. Su Mei nickte und kauerte sich hin; genau genommen blieb sie in der Hocke stehen, sie wusste ja nicht, ob die Polizei den Stuhl elektrifiziert hatte. Vielleicht würden sie sie mit brutalen Stromstößen zur Wahrheit zwingen.

»Sagen Sie mir bitte ihren Namen?«

»Ja.«

»Sie heißen Ja? Und der Vorname?«

»Ich heißen nicht ja.«

»Nichtja Ja? Das ist Ihr Name?«

Da. Es ging schon los mit der Verhörtaktik. Sie wollten sie psychisch fertigmachen, das war jetzt völlig klar.

»Nein, Sie mich falsch velstehen. Name ist Su Mei.«

»Ah, entschuldigen Sie. Und Su ist Ihr Vorname?«

»Nein, Mei.«

»Also ist Mei Ihr Vorname?«

»Ja.«

»Und Su Ihr Nachname?«

»Nachname. Ja.« Su Mei wusste, dass sie sich nicht mehr lange über dem Stuhl halten konnte, ihre Oberschenkel brannten jetzt schon wie Feuer, und sie hatten doch gerade erst angefangen. Sie fing an zu weinen.

»Frau Su, weinen Sie doch nicht … aber … oh, Sie zittern ja am ganzen Körper, ist Ihnen kalt? Hier liegt eine Decke, ich hole …«

»Nein! Keine Decke! Nicht einwickeln mich!«, schrie Su Mei.

»Aber Frau Su …«

»Sagen Su Mei, bitte …«

»Aber Su Mei, ich will Sie doch nicht einwickeln.«

»Nicht einwickeln? Nicht einwickeln und wegblingen in dunklen Wald?«

»Natürlich nicht, was glauben Sie denn!?«

»Keine Elektloschocks?

»Nein, Su Mei, und keine Elektroschocks.«

»Stuhl nicht velkabelt?«

»Nein, Su Mei, wie kommen Sie denn da drauf? Das ist der Küchenstuhl von Frau Dürnbichler, den kennen Sie doch. Da sind Sie doch bestimmt schon drauf gesessen. Was ist denn mit Ihnen los?«

»Hab Velhöl in Felnsehn gesehn. Viel blutal. Viel Schläge. Viel Gewalt.«

»Aber, Su Mei, nicht doch. Sie sind hier bei der bayerischen Polizei. Sie sind hier in Sicherheit.«

»Das ist es ja. In Bayeln Polizei ganz schlimm, wollen CSU so!«

»Ach glauben S' doch nicht alles, was die Politiker sagen ...«

»Nicht Politik glauben?«

Leo Preckel merkte, dass er allmählich auf dünnes Eis kam, und versuchte, das Thema zu wechseln. »Jetzt setzen Sie sich mal bequem hin, und dann sind wir auch ganz schnell fertig.« Und Leo Preckel sah zu, wie sich Su Mei ganz vorsichtig auf den Stuhl setzte. Als wäre das ein indisches Nagelbrett, nur noch schlimmer. Schließlich saß sie, und augenblicklich hörte sie auf zu zittern.

Na, das kann ja noch was werden, dachte er.

Dann ging aber doch alles ganz fix.

Er fragte kurz die Personalien ab, Su Mei war 27 Jahre alt, sie stammte aus Georgetown auf Penang, einer Insel, die zu Malaysia gehörte. Dort hatte sie einen Abschluss in asiatischer Medizin und Chiropraktik gemacht, war mit diesen Kenntnissen erst nach London, dann nach Rom und schließlich nach München gekommen. Dort war sie von einem Patienten ausgeraubt und vergewaltigt worden. Um wieder auf die Beine zu kommen, hatte sie sich auf eine Empfehlung einer Freundin hin, Lingding Dao, die ebenfalls bei Helga Dürnbichler arbeitete, zunächst aufs Land zurückgezogen. Spätestens nächstes Jahr wollte sie aber wieder in eine internationale Großstadt und noch mehr von der Welt sehen.

Preckel ließ die Angaben gleich während des Verhörs prüfen – alles stimmte mit der Aktenlage überein, auch die Vergewaltigung.

Ja, und der arme Herr Foss hatte wohl brutale Rückenschmerzen gehabt. Su Mei weiß, wie man Wirbel wieder einrenkt, und genau das hat sie auch gemacht. Da war noch alles gut.

Als sie dann seine verspannten Muskeln noch ein wenig lockern wollte, schrie er plötzlich auf – und gab keinen Mucks mehr von sich. Das war's.

Leo Preckel war geneigt, all das zu glauben. Jetzt kam allerdings noch der unangenehme Teil. Und er musste diese Frage fragen, weil es da ja diese Gerüchte gab – aber angesichts der Dinge, die Su Mei erlebt hatte …

»Also, danke, Su Mei, das war es auch schon fast. Das haben Sie sehr gut gemacht!«

»Danke. Dann kann ich gehen? Nix Schläge?«

»Nein, Su Mei.«

»Doch Schläge?«

»Nein, Su Mei, keine Schläge, aber Sie können noch nicht gehen, eine Frage habe ich noch.«

»Nul Flage, nix Schläge?«

»Ganz genau, Su Mei.«

»Was fül Flage?«

»Su Mei, ich muss Sie das fragen, weil das mein Beruf ist, bitte nehmen Sie das nicht persönlich«, tastete Preckel sich vor.

»Was fül Flage!«, wiederholte Su Mei, und das klang jetzt fast ein bisschen hysterisch.

»Wie gesagt, ich muss Sie …«

»Was fül Flage!!«

»Hatten Sie Sex mit Herrn Foss, bevor er …«

»AAAAAAAAAAAAAAHHHHHHHHHH!«

Leo Preckel hielt sich nicht nur instinktiv die Ohren zu, er schaute auch gleich hinüber zu Helga Dürnbichlers Anrichte mit der Glasfront. Sprang das Glas? Nein, Gott sei Dank. Vorsichtig schnippte Leo Preckel mit den Fingern vor beiden Ohren.

»Was machen da!«, sagte Su Mei, als sie aufgehört hatte, zu schreien.

»Ich wollte nur sicher gehen, dass ich noch hören kann.«

»Wenn du nix könne hölen, mil geben linke Alm, ich wissen Knopf, damit du wiedel können hölen. Du mil geben!« Und eh er wusste, wie ihm geschah, hatte Su Mei seinen linken Unterarm in den Händen, tastete sich kurz vor und drückte zu.

Den Effekt kannte Leo Preckel bisher nur aus dem Flugzeug. Die Ohren knackten, und alles war um mindestens ein Drittel lauter als vorher.

»Jetzt du können hölen bessel.«

»Das stimmt Su Mei, das ist ja der Wahnsinn.«

»Ich weiß, ich bin del Wahnsinn. Was noch tun weh?«

»Also, wenn du schon fragst – ich hab da neben dem rechten Schulterblatt diesen Punkt, der immer …«

»Mil geben linke Hand, kleinel Fingel.« Leo Preckel wagte nicht zu widersprechen und tat wie ihm geheißen. Su Mei streichelte eine Weile die Fingerkuppe, immer in die gleiche Richtung, und Preckel fühlte sich wie neu geboren.

»Schmelz weg, was noch …?«

»Wenn du so fragst«, sagte Preckel und schaute beschämt nach unten.

»Ich wissen, was du wollen. Ziehst du lechten Schuh aus.«

»Den rechten Schuh, na gut.«

»Und Socke.«

»Hab die Füße aber seit gestern Morgen nicht mehr gewaschen.«

»Wenn du wüsstest, was ich alles anfassen. Socke weg!« Leo Preckel tat, wie ihm geheißen. Und Su Mei knetete einen Punkt am Außenrist, dass ihm ganz anders wurde.

»So, Socke anziehen. Gehst du nach Hause und plobielst aus. Deine Flau sich wundeln wild. Hält mindestens sechs Wochen.«

»Danke, Su Mei«, sagte Leo Preckel, der nicht wusste, wie ihm geschah. Ihm war immer noch ganz schwurbelig im Kopf. Als er den Schuh zuband, stand Su Mei auf.

»Ich nix haben Sex mit Mann tot. Ich blaves Mädchen.«

Und Leo Preckel spürte, wie ihm das Blut in den Kopf schoss. Mann, war das peinlich. Aber irgendwie hatte er das Bedürfnis, jetzt dringend nach Hause zu kommen.

Höchste Zeit, Feierabend zu machen. Er hatte da was auszuprobieren. Leider hatte er hier noch eine ganze Menge zu tun.

13 | 07:12

Von Wattens wäre der Welt wahrscheinlich Wesentliches verborgen geblieben, hätte hier nicht ein Kultunternehmen seinen Stammsitz, das mit Kristallen Milliarden macht.

Wobei – genau genommen zeichnet Wattens vor allem eines aus: dass die österreichische Marktgemeinde genau an der Autobahn liegt, die Italien und Deutschland verbindet, mit der Folge, dass die meisten, die die Straße nutzen, vor allem eines tun: Sie fahren an Wattens vorbei.

Bestenfalls denken sie sich noch: Naja, eigentlich könnte man ja auch mal eben abbiegen und einen Blick reinwerfen, in die schillernden Welten des Kultunternehmens, aber der Verkehr läuft gerade so gut, und außerdem hat man eben eine Kolonne niederländischer Wohnwagen überholt – ein andermal vielleicht.

Es war exakt 7.12 Uhr, als an diesem überraschend angenehm temperierten Februarsonntag ein schwarzer Mazda bei Wattens die Autobahn verließ. Der Fahrer schien es nicht sonderlich eilig zu haben. Sehr entspannt bog er Richtung Ortsmitte in die Bahnhofstraße ein. Hier befindet sich das Schreibmaschinenmuseum, manche wird es interessieren, den Mann im Mazda nicht so. Er fuhr einfach dran vorbei, bog in die Innsbrucker Straße ab, dann in die Garbergasse, in der unter anderem die Freiwillige Feuerwehr von Wattens ihren Standort hat. Die ließ er rechts liegen.

Als er die Griesgasse erreichte, verlangsamte er seine Geschwindigkeit. In aller Ruhe – es war ja Sonntag – ließ er sein Auto durch die Gassen rollen, fuhr nach links, dann nach rechts, dann einmal im Kreis, passierte ein und dasselbe Haus erneut, dann noch einmal, schließlich noch einmal.

Die Bewohner der eckig und kantig designten, geräumigen Villa konnten sich über viel Platz freuen, vom Haus bis zum Gartentor waren es gewiss 30 Meter. Die Rollläden waren noch unten, das Tor der Doppelgarage oben. Offenbar war am Abend vergessen worden, den Jaguar und den Porsche ordentlich einzupacken. Egal. Wattens ist ja nicht Rom, hier klaut keiner was. In Wattens ist die Welt noch in Ordnung.

Entsprechend ruhig war es um diese Zeit. Niemand war in den Gassen unterwegs, es gab hier ja auch nicht wirklich etwas zu sehen. Auf den ersten Blick.

Hatte sich der Mann im schwarzen Mazda etwa verfahren? Fast sah es so aus. Der Fahrer war durch die Scheiben kaum zu erkennen. Was auffiel: Er schien Sonnenbrille zu tragen. Um diese Zeit. Bei bewölktem Himmel. Zu cool für diese Welt.

Gelangweilt drehte er Runde um Runde. Beim fünften Anlauf war etwas anders. Ein Mann in den besten Jahren stand im Bademantel mit noch total zerzausten, grauen Haaren und noch bettschweren Augen in der Einfahrt. Er hielt eine Tüte im Arm. Offenbar hatte ein Bäcker Brezen und Semmeln fürs Frühstück geliefert.

Der Mann nahm die Tüte vors Gesicht, er sog den Duft tief durch die Nase ein.

Im selben Augenblick fuhr der schwarze Mazda in den Hof und den Mann im Bademantel über den Haufen.

Er war viel zu verdutzt, um zu schreien, er kippte einfach nach hinten, schlug hart auf dem Boden auf, und als er die Augen wieder öffnete, sah er die Stoßstange über seinem Brustkorb und den grauen, wolkenverhangenen Morgenhimmel über sich. Der Bauch und ein Bein stachen wie Messerstiche, der Schmerz war brutal – der heiße Auspuff des Mazda brannte sich und Textilteile in seine Haut.

Der Backwerkholer hörte, wie die Fahrertür geöffnet wurde, wie jemand ausstieg und sich gemessenen Schrittes auf Ledersohlen näherte. Dann stand ein schmächtiger Mann mit kurzgeschorenem Haar und dunklem Teint vor ihm und nahm gelangweilt die Sonnenbrille ab. Als nächstes zog er in aller Ruhe seine schwarzen Lederhandschuhe aus, mit der gemütlichsten Sonntagsruhe, die man an so einem Tag haben kann. Erst der kleine Finger, dann der Ringfinger, dann der Mittelfinger, dann der Zeigefinger, dann der Daumen, dann der ganze Handschuh, dann die andere Hand.

So würde man sich einen Mafioso vorstellen, das Autokennzeichen direkt vor den Augen des Mannes im Bademantel stellte das infrage. LL – das steht für Landsberg am Lech, westlich von München und südlich von Augsburg.

»Servus Hubert«, sagte der Schmächtige, »schade, dich so sehen zu müssen.«

»Paolo«, röchelte der Mann am Boden. Er schluckte, um den Speichel aus dem Mund zu bekommen, der sich in rauen Mengen angesammelt hatte. Er rang nach Atem, der tiefergelegte Mazda erdrückte seinen Körper und der Schmerz vom Auspuff … Es war ihm nicht gelungen, das Bein wegzudrehen. Der Oberschenkel und auch der Bauch fühlten sich so an, als wären sie längst eins mit der Maschine geworden. Assimiliert, sozusagen.

»Paolo, nicht schön, dich zu sehen«, stieß der mit Hubert Angesprochene schließlich hervor, und er schoss jedes einzelne Wort ab wie einen Pfeil.

Paolo lachte. »Kann ich mir vorstellen, Hubert. Ich hätte dich auch lieber unter anderen Umständen getroffen, und du kannst mir glauben: Am liebsten hätte ich dich auch nicht mit dem Auto getroffen … aber du weißt ja, wie das ist.«

Ein vereinzelter Sonnenstrahl erkämpfte sich den Weg durch das graue Wolkendickicht. Paolo setzte augenblicklich die Sonnenbrille wieder auf. Und er begann, wenn er eh schon dabei war, auch seine schwarzen Lederhandschuhe wieder anzuziehen. Immer noch sehr entspannt. Ganz langsam. Nur keine Hektik aufkommen lassen, am Sonntagmorgen. Um diese Zeit.

»Bevor du ohnmächtig wirst und dich vom Acker machst, Hubert, habe ich den Auftrag, dich darauf hinzuweisen, dass du dich meinen Auftraggebern nie wieder in den Weg stellen wirst. Das geht auch nicht mehr, denn du bist jetzt gleich tot. Und zwar mausetot.«

Der Mann am Boden röchelte nur noch. Die Augen begannen, aus seinem Kopf herauszutreten, der Schmerz verzerrte sein Gesicht zu einer Fratze.

»Du hast mit dem Feuer gespielt, Hubert, und jetzt hast du dich verbrannt. Ich seh dich wirklich nicht gerne so, Hubert, aber Auftrag ist Auftrag, und Geschäft ist Geschäft. Du hattest auch einen Auftrag. Die Auftraggeber wollten von dir nichts weiter, als dass du ein klitzekleines Grundstücksgeschäft für sie einfädelst. Sie wollten aber keinesfalls, dass du dieses Grundstücksgeschäft auf eigene Rechnung abwickelst, so was mögen sie gar nicht.«

»Ein Miss-ver-ständ-nis«, röchelte Hubert und versuchte, Paolo ins Gesicht zu sehen. Er konnte nicht orten, wo er hinsah, alles war nur noch verschwommen.

»Ein Missverständnis? Ach so, Hubert, na, dann tut's mir leid, dass ich dich über den Haufen gefahren habe. Dann wolltest du unsere Auftraggeber also überhaupt nicht verarschen, wie? Na gut, Hubert, dann fahr ich jetzt wieder runter von dir. Und wenn dann noch etwas von dir übrig sein sollte, können wir uns ja bei dir entschuldigen. Also dann, Hubert, dann mach's mal gut.«

Hubert nuschelte etwas, was wahrscheinlich »Arschloch« heißen sollte, ganz sicher war sich Paolo aber nicht.

Er nahm wieder in seinem schwarzen Mazda Platz, ließ ihn an, und er glaubte, von draußen einen Schmerzenslaut vernommen zu haben, richtig, der Auspuff wurde ja wieder angeheizt.

Dann legte Paolo den Vorwärtsgang ein, ließ die Kupplung kommen und den Wagen ein paar Meter nach vorn über den am Boden liegenden Körper rollen.

»Hoppla«, sagte er, ohne auch nur die geringste Miene zu verziehen.

Nun nahm er den Rückwärtsgang und setzte zurück – wieder hoppelte und rumpelte es unter ihm –, bis er wieder in der Gasse stand. Ein kurzer Blick genügte, um zu wissen, dass er sich bei Hubert heute nicht würde entschuldigen müssen. Nie mehr, um genau zu sein.

Der Schmächtige verließ Wattens über die Landesstraße 171 und rollte gemächlich bis in den nächsten Ort, Kolsass. In einer Seitengasse öffnete er per Fernbedienung die beiden Tore einer Doppelgarage. Der linke Stellplatz war leer, den nahm er.

Auf dem anderen stand ein ebenfalls schwarzer Mazda, ebenfalls mit einem deutschen Kennzeichen, aber mit deutlich weniger Blut am Unterboden. Paolo ließ ihn an, aktivierte das Navi, rollte aus der Garage, schloss die Tore wiederum mit einer Fernbedienung und machte sich auf den Weg nach Deutschland. Ums Reinemachen würden sich andere kümmern, er hatte seinen Teil der Drecksarbeit erledigt.

Für dieses Mal.

14 | 08:08

Helga Dürnbichler wunderte sich über sich selbst. Gut, sie hatte gestern einen langen Nachmittagsschlaf gemacht, von 16 Uhr bis um halb neun – aber trotz der durchgemachten Nacht war sie überhaupt nicht müde.

Ihr war etwas aufgefallen.

Etwas war merkwürdig.

Sie sah den Beamten – inzwischen war hier ein ganzes Rudel zugange – bei ihrem Treiben zu. Aber eine ganz bestimmte Frage hatte noch keiner gestellt. Helga Dürnbichler fand das komisch.

Dass die Beamten ihr ganzes Haus durchforsteten, passte ihr keineswegs, aber was hätte sie tun sollen? Sie konnte sich nicht wehren, und natürlich war eh allen klar, dass sie hier keinen lupenreinen Wellnesstempel betrieb – aber im großen und ganzen hielten sich alle an die Sprachregelung.

Es ging hier ja nicht um sie und ihren Club, sondern um den toten Kirchenmann.

Eine Weile wartete Helga Dürnbichler noch ab, dann entschied sie, einen kleinen Spaziergang zu machen. »Ist es in Ordnung, wenn ich ein wenig frische Luft schnappen gehe?«, fragte sie Leo Preckel, der überall und nirgends war, der ruhig von Kollege zu Kollege ging und die Situation komplett im Griff hatte. Sogar den lieben Ortspfarrer, der inzwischen eingetroffen war, betreute er. Gerade half er dem Armen auf, er war versehentlich so derart heftig mit dem Hüftknochen gegen die Kommode mit Traugott Foss' Orangensaft geprallt, dass er vor Schmerz zu Boden gegangen war.

»Natürlich, Frau Dürnbichler, bitte entschuldigen Sie, dass wir das nicht von uns aus angeboten haben. Sie können sich auch gerne ein wenig hinlegen, wenn Sie möchten, es war eine lange Nacht.«

»Neinnein, passt schon, ich könnte jetzt eh nicht schlafen«, sagte sie. Helga nahm sich einen Mantel, und ehe sie ging, steckte sie noch eine Packung Desinfektionstücher in die Tasche.

Um diese Jahreszeit hatte Gailing nicht allzu viel zu bieten, aber im Sommer, wenn die Natur explodiert, sehr wohl. Helga Dürnbichler liebte diesen Ort, an den sie als junge Frau gekommen war, der Liebe wegen. Naja, sie stammte aus Scheyern, sehr weit weg von daheim hatte sie es eh nicht geschafft.

In Gailing gab es nicht viele Straßen, in weniger als einer halben Stunde war man einmal durch, auch wenn alles sehr weitläufig war. Zwischen ihrem Anwesen und dem der Nachbarn lagen in jeder Richtung locker hundert Meter. Dennoch kennt man sich, und zu jedem einzelnen Haus könnte sie unzählige Geschichten erzählen. Wie jeder hier. Und was für welche. Es ist eben so, dass jeder Mensch sein Päckchen trägt.

So oft gehen Schein und Wirklichkeit weit auseinander, dachte Helga Dürnbichler, und bei ihr war das ja auch nicht anders. Die Zahl derer, die genauso waren, wie sie sich nach außen präsentierten und deren Dasein nicht von Lebenslügen geprägt waren, die ehrlich zu sich und ihrer Umwelt waren, fiel nach ihrer Beobachtung nicht sonderlich hoch aus.

Was Helga Dürnbichler bei dieser Morgenrunde suchte, fand sie zunächst nicht. Also marschierte sie in die andere Richtung, hinaus aus dem Ort. Natur pur. Die Weite, die Stille, die Hügel – das hatte schon was. Ja, Helga Dürnbichler liebte ihre Heimat.

Dann blieb sie wie angewurzelt stehen.

Hinter einer Kehre an einem Feldweg, von der Straße aus kaum zu sehen, stand ein Alfa Romeo mit italienischem Kennzeichen. Langsam ging sie um das schöne Auto herum, ein 157er, wie sie an der Heckklappe ablesen konnte. Er war in Rom zugelassen.

Helga Dürnbichler zog Handschuhe an, dann probierte sie die ganz plumpe Nummer und fasste auf den linken Vorderreifen. Schon hatte sie den Schlüssel in der Hand. Und genau das war es auch, was sie bei Traugott Foss vermisste hatte, die Polizei aber nicht.

Offensichtlich wähnte sich Traugott Foss in Sicherheit. Er hatte sich ja auch mit seinem echten Namen im Club angemeldet. Und er hatte sich nicht besonders viel Mühe gegeben, die Schlüssel zu verstecken. Warum er ihn aber nicht einfach mit reingenommen hatte, verstand sie nicht. Gewohnheit vielleicht?

Das Klicken des Schlosses hallte durch die Stille des Morgens. Helga Dürnbichler zuckte zusammen, sie war sehr schreckhaft. Heute erst recht, übernächtigt wie sie war. Aber auch angesichts all der Dinge, die sie erleben musste. Wie ihr Mann starb und manches andere.

Sie nahm auf dem Fahrersitz Platz und schloss die Tür.

Ein wirklich schönes Auto, dachte sie. Es war sehr aufgeräumt. Eine angebrochene Flasche stilles Wasser lag auf dem Beifahrersitz, in der Mittelkonsole fand sie eine angebrochene Packung Taschentücher, das Kundendienst-Scheckheft im Handschuhfach, sonst war da nichts. Unter den Fußmatten auch nicht. Sie stieg wieder aus und öffnete den Kofferraum. Auch hier: nichts. Nicht einmal ein richtiges Reserverad. Helga Dürnbichler war etwas ratlos.

Im Fond hinter dem Fahrersitz entdeckte sie schließlich eine kleine, dunkle Sporttasche mit dem Allernötigsten: Deo, Zahnbürste, Zahnpasta, zwei Unterhosen, zwei T-Shirts, zwei paar Socken. Auch nicht sehr aufschlussreich. Traugott Foss hatte offenbar nicht vorgehabt, länger zu verreisen.

Fast wollte sie ihre Mission schon enttäuscht beenden, da stöberte sie noch in der Stecktasche hinterm Fahrersitz. Sie zog die Warnweste heraus, deren linke Schulter etwas herauslugte – und staunte nicht schlecht, als ein ganzes Bündel an Zetteln herauspurzelte.

Also doch.

Aber das waren gar keine Zettel, das waren – Bilder. Ein paar alte Stiche, historische Stadtansichten, griechische Götter, Kirchengemälde, so was.

Jetzt war nicht die Zeit, all das näher unter die Lupe zu nehmen.

Sicher war aber auch, dass Traugott Foss damit nichts mehr anfangen konnte. Helga Dürnbichler war froh, dass Foss zwei Warnwesten im Auto hatte. Niemand würde eine vermissen. Sie packte die kleinen Stiche, keiner war recht viel größer als DIN A4, wobei einige mehrfach gefaltet waren, sorgfältig in eine er beiden Westen ein und versteckte sie auf dem Heimweg unter einem Busch. Nachher, wenn die Polizei weg war, würde sie sie holen.

Zuvor aber verschloss sie das Auto und legte den Schlüssel wieder dorthin, wo sie ihn gefunden hatte.

Als sie daheim ankam, war die Polizei immer noch geschäftig am Werkeln. Die Kripo hatte Spurenexperten geschickt. Wenn die Kirche im Spiel war, wollte man nichts dem Zufall überlassen.

Leo Preckel, er war immer noch da, fragte die offene Frage fast beiläufig: »Sie, Frau Dürnbichler, wo hat der Herr Foss eigentlich sein Auto geparkt? Oder ist er zu Fuß gekommen?«

»Wissen S' was, Herr Preckel, das habe ich mich auch schon gefragt. Und ich muss Ihnen sagen: Ich habe nicht den leisesten Schimmer.«

15 08:45

»Hallo? Paolo? Bist du das?«

»Welche Nummer hast du denn gewählt, Giacomo?«

»Na deine, Paolo.«

»Und was glaubst du, wer dann dran ist, Giacomo?

»Na, du, Paolo. Und du bist ja auch dran. Bist du schon in Bayern?«

»Nein, noch nicht, Giacomo, ich bin noch in Österreich, und das schon eine ganze Weile. Man darf hier nämlich nur 120 fahren.«

»120? Im Ernst? So langsam kann mein Lancia gar nicht, soweit ich weiß.«

»Dann solltest du lieber daheim bleiben, Giacomo.«

»So hab ich das nicht ...«

»Ich weiß, dass du das so nicht gemeint hast, Giacomo. Es halten sich ja auch nicht alle an das Tempolimit. Gerade haben mich zwei

Biker mit umgebogenen Nummernschildern überholt, die hatten eher 180 drauf. Mein Mazda hat richtig gewackelt. Aber lass uns jetzt zur Sache kommen. Warum rufst du an?«

»Ach so, richtig, Paolo. Ich wollte nur sagen, dass ich den Auftrag ausgeführt habe.«

»Sehr gut, Giacomo. Ist alles fest?«

»Alles fest, Paolo. Und es schaut auch nichts mehr raus.«

»Klingt nach Qualitätsarbeit.«

»Hast du etwas anderes erwartet? Dann kannst du mir ja jetzt auch sagen, warum er ...«

»Du willst es wirklich wissen, Giacomo?«

»Ja, ich will es wissen.«

»Also hör zu, ich will es dir erklären, Giacomo. Aber wenn du irgendjemandem davon erzählst, gehört das nächste Fundament dir.«

»Ist klar, Paolo.«

»Weißt du, Giacomo, unsere Auftraggeber machen viele Geschäfte. Sie handeln mit allen möglichen Waren. Sie kaufen Grundstücke und bebauen sie. Und sie interessieren sich für Kunst.«

»Für Kunst? Bilder, Statuen und so'n Zeug?«

»Ja, Giacomo, Bilder, Statuen und so'n Zeug.«

»Dann war der Mann ein Künstler?«

»Nicht ganz. Er hat festgestellt, ob Kunst wertvolle Kunst ist.«

»Ich verstehe, Paolo: Oder ob wertlose Kunst wertlos ist.«

»Ganz genau, Giacomo. Und wenn er sagte, dass wertlose Kunst wertvoll war, dann war das gut für diejenigen, die die Kunst besaßen.«

»Aber – wie kann man dabei gierig werden?«

»Allora, Giacomo, also stell dir vor, jemand bringt dir ein altes Gemälde. Einen echten Da Vinci, zum Beispiel. Du erkennst sofort, dass er von unschätzbarem Wert ist. Du behauptest aber, dass es sich um eine minderwertige Fälschung handelt. Und dann schickst du einen Freund hin, der kauft diesen echten Da Vinci für ... sagen wir ... 200 Euro.«

»Und der verkauft ihn dann für drei Millionen weiter ...«
»Ganz genau, Giacomo!«
»Das ist ein gutes Geschäft!«
»Ein sehr gutes Geschäft, Giacomo.«
»Und warum badet der Typ dann in Beton?«
»Weil er auf diese Weise nicht nur Geld für unsere ehrenwerte Stiftung beschafft hat.«
»Jetzt versteh ich, Paolo. Der Tote hier hat die Fondazione betrogen?«
»So ist es, Giacomo. Und die Fondazione betrügt niemand ungestraft.«
»Betrug ist nicht ehrenhaft.«
»So ist es.«
»Und wir sind Ehrenmänner.«
»Ganz genau, Giacomo. Und nachdem du jetzt ein Ehrenmann bist, der Beton anmischen kann, habe ich gleich noch eine ehrenwerte Aufgabe für dich. Du besorgst dir jetzt ein Auto und fährst eben rüber nach Bergamo.«

16 | 08:59

Der Herr Pfarrer ließ sich mit einem beherzten, bayerischen Stöhnen in den Herrgottswinkel in der Küche seines Pfarrheims fallen: Aaaah! So, wie er das Dutzende, ach was, Hunderte Male bei den anderen Hudlhubber Männern im Wirtshaus erlebt hatte.

»Schee, wenn einer so laut hocken kann!«, pflegte die Fanny, das Bedienungsinventar der örtlichen Dorfwirtschaft, dann immer zu sagen. Dort traute sich der Pfarrer nie, laut zu hocken, daheim schon.

Ab und an.

Ausnahmsweise.

»Gell, Herr Pfarrer, jetzt gibt's erst mal eine Brotzeit«, sagte seine Haushälterin.

»Das ist die beste Idee des Tages, liebe Frau Haller«, nickte Hochwürden und legte seine Don-Camillo-Kappe behutsam neben sich auf die Bank. Testend legte er eine Hand auf den Hüftknochen, er pochte inzwischen nicht mehr so stark.

»Ist was, Herr Pfarrer?«, fragte Frau Haller, die seinem Blick gefolgt war, besorgt. Die gebürtige Hudlhubberin stand noch gar nicht so lange in den Diensten des Pfarrers, ein Jahr vielleicht, aber sie kannte ihn halt mittlerweile doch ziemlich gut. Davor hatte sie ein Berufsleben in der Landwirtschaft verbracht, bis sie und ihr Mann keinen Sinn mehr drin sahen.

»Nein, passt schon, gute Frau Haller«, erwiderte er tapfer, »die Hüfte hat nur grad etwas gezwickt«. Dankbar nahm er wahr, dass seine gute Seele ihm zunächst einen frisch geschäumten Latte Macchiato auf den Tisch stellte, mit einem doppelten Espresso drin, so, wie er es am liebsten hatte. »Meine Nachricht haben Sie gefunden?«, fragte er. Und dann biss er beherzt in sein Croissant – und erwischte mit den Zähnen die eigene Lippe. Tat das weh!

»Herr Pfarrer ...?«, fragte Frau Haller sofort, »haben Sie sich doch wehgetan?«

»Nein ... ja ... passt schon, Frau Haller«, zischte er und presste eine Serviette gegen die Lippen.

»Aber Sie bluten ja!«

»Ach, das ist nichts. Nur die Lippe ...«

»... und die Hüfte, herrje, Herr Pfarrer, Sie müssen aber schon ein bisserl besser auf sich aufpassen! Wir brauchen Sie auch morgen!«

Hochwürden überging das.

»Der Generalvikar ...?«, fragte er nur.

»Ist schon in Vorbereitung.«

»Wunderbar, Frau Haller. Ich danke Ihnen.« Behutsam nahm er den nächsten Bissen. Hmmmm. Lecker!

Frau Haller beobachtete ihn genau, sie kannte Hochwürden inzwischen gut genug, um zu wissen, wann er bereit dafür war, angesprochen zu werden. Und sie wollte schon sehr gern wissen, was da heute Nacht bei Helga Dürnbichler losgewesen war.

Sie wusste: Ihr Pfarrer weiß immer alles.

»Schon recht«, sagte der Pfarrer, noch mit halbvollem Mund mampfend. »Ich erzähl's Ihnen ja gleich!«

»Ach, Herr Pfarrer«, log Frau Haller, »wissen S', eigentlich interessiert mich das ja gar nicht.«

»Liebste Frau Haller! Ich bitte Sie! Das achte Gebot!«

»Na ja, vielleicht ein bisserl, Herr Pfarrer.«

»Na gut, dann erzähl ich Ihnen halt ein bisserl was.«

»Also gut, schon ziemlich.«

»Dann erzähle ich Ihnen halt ziemlich viel. Es war so …«

Und dann erzählte er.

Von jenem armen Traugott Foss, und was für ein Glück es war, dass eine gute Freundin von Helga Dürnbichler da war, die Frau Mei, die eine erstklassige Sanitätsausbildung in ihrer Heimat genossen hatte.

Und dass sie alles getan hätte, um ihn wiederzubeleben, den Herrn Foss, und wenn sie es nicht geschafft hat, dann hätte es keiner geschafft.

Weil ja die gute Freundin von der Helga Dürnbichler nicht nur Krankengymnastin und Sanitäterin sei, sondern vor allem eine Expertin der fernöstlichen Heilkunst. Und genau deshalb sei ja der gute Herr Foss überhaupt dort gewesen, um seinen seit Wochen schmerzenden Ischias behandeln zu lassen.

Und während der Behandlung, als das Schlimmste schon vorbei war, da habe der arme Mann einen Herzinfarkt bekommen.

Und ja, es sehe so aus, als wäre der arme Herr Traugott Foss im römischen Kirchendienst gestanden, womöglich war er sogar ein Priesterkollege, aber das sei vorhin noch nicht so ganz klar gewesen.

Und ja, er habe bereits mit der Diözese telefoniert, der Name Foss sei demnach sehr wohl ein Begriff, wie man ihm am Telefon bedeutete.

Fast war Frau Haller gewillt, die Geschichte zu glauben, nur eins fand sie merkwürdig: Wieso fand die medizinische Behandlung frühmorgens an einem Sonntag statt? Die meisten Krankengymnastinnen haben doch um diese Zeit Feierabend. Und was war mit dem Arbeitszeitenschutzgesetz? Ischiasreparatur vor Sonnenaufgang am Sonntag – da hatte doch der Deutsche Gewerkschaftsbund gewiss auch ein Wörtchen mitzureden. Und die Berufsgenossenschaft der Ischiasreparateure. Und überhaupt.

»Dafür gibt es eine ganz einfache Erklärung«, sagte der Herr Pfarrer. Der arme Herr Foss sei sicherlich überaus eingespannt, beruflich. In Rom, da wehe halt schon ein anderer Wind, und genau darum, wegen dieser immensen Belastung, die er im Dienste des Herrn ertrage, habe er ja seine Rückenprobleme höchstwahrscheinlich überhaupt gehabt, der arme Herr Foss. Er könne das ja nur vermuten, sagte der Pfarrer, aber das sei doch logisch!

Und es sei wohl so gewesen, dass der arme Herr Foss heute Morgen in aller Früh einen Termin im Kloster Scheyern gehabt hätte, und damit er nicht noch in Extra-Stress geriet, habe die Frau Dürnbichler den ungewöhnlichen Termin bei der guten Frau Mei für ihn eingefädelt.

Frau Haller streckte die Waffen.

Dann wird es wohl so gewesen sein, dachte sie.

Allerdings interessierte sie noch etwas ganz anderes brennend, sie hatte da ja schon so einiges über die Dürnbichlerin gehört, ganz im Gegensatz zum guten Herrn Pfarrer.

»Sagen S', Herr Pfarrer, Sie waren doch drin im Haus, bei der Helga, oder?«

»Ja freilich. Durch Wände hindurch segnen, das haben wir beim Studium in Rom nun nicht gelernt.«

»Was ich gern noch wissen würde, Herr Pfarrer: Wie sieht es denn innendrin bei der Dürnbichler Helga aus?«

»Also, ich muss sagen, sie hat einen ganz wunderbaren Geschmack«, sagte der Pfarrer, der natürlich genau wusste, worauf seine Haushälterin hinauswollte, ungerührt. Er machte es seinem schmalen, hochaufgeschossenen Körper auf der Bank bequem, tupfte sich die pochende Lippe noch einmal mit der Serviette ab – kein Blut mehr dran –, nahm einen Schluck vom Latte und lehnte sich mit einem wohligen Seufzer entspannt zurück.

»Nun, sie hat eine zauberhafte Bauernküche. Der Behandlungsraum, in dem ich Herrn Foss das Sterbesakrament gab, war vom Feinsten eingerichtet, ein richtiges Krankenhausbehandlungszimmer. Und Helga Dürnbichlers gute Freundin sah ganz reizend aus in ihrer Krankenschwesternkleidung.«

Dass Traugott Foss seinen letzten Atmer ganz woanders gemacht hatte, nämlich zwei Räume weiter im Reich von Tausendundeinenacht, wusste der Herr Pfarrer ja nicht.

Helga Dürnbichler und ihre drei asiatischen Freundinnen hatten ganz schön geackert, um den dahingeschiedenen Traugott Foss korrekt zu bekleiden, ihn hinüber ins Schwesternzimmer zu bringen und ihn dort so glaubwürdig hinzudrapieren, dass die Spurensicherung der Kriminalpolizei, für den Fall, dass sie ausrückte, nicht auf dumme Gedanken kommen konnte.

An alles hatten sie gedacht, die Dürnbichlerin und ihre fleißigen, vielseitig versierten Freundinnen, sogar daran, Traugott Foss' Hand noch an die entsprechenden Türklinken zu halten, damit seine Fingerabdrücke da, und nur da, auftauchten, wo sie aufzutauchen hatten.

»So schön schaut's da also aus?«, fragte Frau Haller nach.

»Ja wirklich, sehr schön!«, sagte der Pfarrer. »Klingeln S' halt mal, wenn Sie in der Nähe sind, Frau Dürnbichler zeigt Ihnen bestimmt alles sehr gern. Vielleicht nicht gerade in den nächsten Tagen, aber dann ...«

»Ich weiß nicht, Herr Pfarrer ...«

»Oder noch besser: Nehmen S' doch gleich Ihren Mann mit! Ihn interessiert das bestimmt auch.« Dabei lächelte der Pfarrer seine Haushälterin mit dem unschuldigsten Lächeln der Welt an.

»Herr Pfarrer, Sie nehmen mich auf den Arm, oder?«

»Wie kommen Sie denn darauf, Frau Haller?« Die Unschuld in seinem Gesicht war rein wie bei einem Neugeborenen.

»Herr Pfarrer, Sie wissen schon, was ...«

»Und was genau weiß ich, Frau Haller?«

»Naja, was die Dürnbichlerin da in Wirklichkeit ...«

»Frau Haller?«

»Ja, Herr Pfarrer.«

»Sie sollten mich niemals ... und das sage ich nur dieses eine Mal ... niemals für naiv halten«, sagte der Pfarrer mit seiner wie immer freundlichen, festen Stimme und sah seiner Haushälterin dabei mit einem freundlichen, festen und sehr klaren Blick in die Augen.

»Wissen S' was, Herr Pfarrer? Das werde ich ganz bestimmt nicht.« Und sie strahlte ihren Pfarrer mit noch mehr Begeisterung an als bisher schon.

17 | 09:31

Endlich wieder Ruhe im Haus!

Vor ein paar Minuten war die Polizei endlich abgerückt, und Helga Dürnbichler hatte sich sofort auf den Weg gemacht, die Warnweste zu holen. Insgesamt elf altertümliche Bilder waren es, die sie eingesammelt hatte, und bei dreien konnte sie die Namen erkennen. Die googelte sie auch gleich.

Andrea Mantegna. Ein Maler der Frührenaissance. Ein Meister seines Fachs. Dann Giuseppe Vasi, ein berühmter Kupferstecher. Und ein gewisser Giovanni Battista.

Ja, die gab es alle.

Und das, was hier bei Helga Dürnbichler auf dem Küchentisch lag, waren auch alles Kupferstiche, wie der Vergleich mit den Bildern im Internet unschwer erkennen ließ. Unfassbar filigrane Arbeiten, was waren das für Künstler damals. Naja, sie hatten ja auch viel Zeit damals, ohne Fernsehen und Internet.

Helga Dürnbichler hatte schon öfter bedauert, dass sie in ihrem Leben nicht die Möglichkeit gehabt hatte, Kunstgeschichte zu studieren. Zu gerne hätte sie die Symbolik in diesen alten Bildern verstanden, hätte sie gern begriffen, warum die eine Hand so und die andere so gedreht war, und was es damit auf sich hatte, was die Gemalten anhatten oder in der Hand hielten.

Nur auf zwei der Stiche waren Menschen dargestellt, alle anderen zeigten Gebäude. Aha, und siehe da, der Herr Vasi hatte wohl sehr detailgetreu die Gebäude seiner Zeit ins Kupfer gekratzt, während der gute Giovanni Battista sich auf die altrömische Vergangenheit konzentriert hatte. Und eines der Bilder, die Google von Andrea Mantegna auswarf, hielt sie hier in Gailing in den Händen. Die Grablegung Jesu.

Was so was wohl wert war?

Helga Dürnbichler tippte sich durch ein paar Auktionshäuser, dann wurde sie fündig. Naja, so um die 800 Euro – viel mehr war da wohl nicht zu holen. Beim Battista war das Gefälle etwas größer, da fand sie Stiche für 200, andere für 1500 Euro, und irgendwo da drin bewegte sich auch der Herr Vasi.

Also – die ganz großen Reichtümer waren das nicht, hier auf dem Tisch, und nach ein wenig weiterem Tippen wusste sie auch, warum: Von einem Kupferstich hatte man damals schon 200 nahezu gleichwertige Kopien herstellen können. Und die nächsten 200 bis 300 Kopien waren nur unwesentlich schlechter. Schon ein Unterschied zu einem einmaligen Picasso oder einem einmaligen Rembrandt oder einem einmaligen van Gogh.

Helga Dürnbichler sah sich einen der Stiche noch einmal genauer an. Von diesem Giovanni Battista. Er zeigte ein altes römisches Gebäude mit einem Loch in der Decke. Sie hatte das Gebäude schon mal gesehen, wusste aber den Namen nicht mehr. Sie drehte den Stich um – und staunte nicht schlecht: Da stand eine Zahl: »36000.-«.

36000. Ihr wurde ganz schwindlig. 36000 – du meine Güte! Waren das Euro? Oder Dollar? Ganz egal.

Aber was um alles in der Welt machte dieses Bild so viel teurer als die anderen? War das auch der richtige Giovanni Battista? Zur Sicherheit googelte sie sich nochmal durchs Netz. Sie fand nur den einen.

Auf der Rückseite des Stichs war mit Bleistift eine Jahreszahl vermerkt: 1709. So alt! Mehrere Hundert Jahre!

Du liebe Güte, der gute Giovanni Battista muss dann ja noch vor dem Hudlhubber Dorfphilosophen Matthias Kronleichter (1726 - 1754) gelebt haben. Sie googelte das gleich mal. Und tatsäch ... äh ... nein ... wie? Giovanni Battista war am 4. Oktober 1720 zur Welt gekommen, und er starb an einem geschichtsträchtigen Datum, dem 9. November, mit 58 Jahren. Immerhin, für die damalige Zeit.

Aber wenn das alles stimmte, dann müsste er diesen Stich elf Jahre vor seiner Geburt gestichelt haben. Dann wäre es kein Wunder, dass der so teuer ist, grinste Helga Dürnbichler. Pränatale Kunst hat bestimmt einen besonderen Wert ...

Aber Spaß beiseite, es ging hier um Geld. Um viel Geld. Konnte der Stich von Giovanni Battistas Lehrer sein? War es das, was ihn so wertvoll machte? Helga Dürnbichler tippte sich wieder eine Weile durch die Google-Welt – was sie fand, stellte das infrage. Nein, Giovanni Battista hatte seine Ausbildung früh abgebrochen, er hatte sich sogar mit dem Meister – es war ausgerechnet dieser Giuseppe Vasi, von dem sie auch ein Bild hier liegen hatte – regelrecht überworfen.

Das ergab doch auch gar keinen Sinn. Diese Stiche waren alle nicht so viel wert.

Sie nahm sich den nächsten Stich vor, dessen Namen sie entziffern konnte: Andrea Mantegna. Von ihm fand sie nur das Jahr seiner Geburt, nicht aber den Tag: 1431. Sie drehte das Bild um – und: tatsächlich. »44000.-« war als Preis angegeben, und es stammte aus dem Jahr 1419. Und sie machte dasselbe bei den anderen Bildern. Ergebnis: Nirgends passten die Daten zusammen.

Helga Dürnbichler war sicher: Da steckte eine Absicht dahinter. Nur was für eine?

Sie hatte nicht den Hauch einer Idee. Also packte sie die Bilder zunächst einmal behutsam in ihre Küchenschublade, warf die Warnweste in den Restmüllbehälter und beließ es erst einmal dabei.

Zeit, endlich ein paar Stunden zu schlafen.

18 | 09:32

»Und? Schaffen wir es rechtzeitig?«, fragte Ferdinand Adler. Er hatte eben auf die Uhr geschaut, ein wenig unruhig wurde er ja ganz allmählich doch. Schließlich war er das erste Mal in die Bundesversammlung berufen worden. Mit einem zweiten Mal war kaum zu rechnen.

Seit über zwei Jahrzehnten saß der Hudlhubber Geschichtslehrer und Schamane für die Freien Wähler im Gemeinderat und im Kreistag, er war Landesdelegierter, und im Zuge der politischen Karriere, die eine berühmte Sängerin aus der Nachbargemeinde vorübergehend hingelegt hatte, war er auch einige Male mitgegangen, zu den wichtigen Terminen in München. Ferdinand Adler war jemand, der sich mit dem Leben beschäftigte, er war einer, der etwas zu sagen hatte.

Das sah man ihm an.

Man könnte sagen: Er fiel auf. Da war etwas in seiner Aura, obwohl er rein optisch nicht viel hermachte. Gar nichts, genau genommen.

Adler war nicht sonderlich groß, hatte nicht sonderlich viel Bauch, er trug keine sonderliche Kleidung. Zumeist trug er Hemd, Sakko und Jeans, die mittelbraunen Haare strich er unaufgeregt nach hinten. Jetzt, auf dem Weg zur Bundesversammlung hatte er seinen dunkelblauen Anzug aufgebügelt. Und doch: Ein Blick, der achtlos und gelangweilt durch einen Raum streifte, blieb unvermittelt an ihm kleben. Er strahlte eine bemerkenswerte Ruhe aus, sein Blick hatte Kraft.

Nur jetzt, hier im Zug nach Berlin, wirkte Ferdinand Adler aus Hudlhub für seine Verhältnisse unentspannt.

»Ganz locker, Ferdy«, sagte Haderlein, »wir schaffen das leicht. Die Bundesversammlung geht ja diesmal erst um 11.30 Uhr los – und glaub mir: Pünktlich zum Mittagessen ist eh alles vorbei.«

»Meinst wirklich, das geht so schnell?«

»Freilich. So ein Gschiss wie damals, als sie den anderen demontierten, wird es gewiss kein zweites Mal geben.«

»Du warst damals dabei, gell?«

»Da war ich damals dabei. Hat sogar der Lammert gesagt.«

»Was hat der Lammert gesagt?«

»Später können Sie einmal sagen, dass Sie dabei gewesen sind.«

»Das hat der Lammert gesagt?«

»Das hat der Lammert gesagt.«

»Der frühere Bundestagspräsident Lammert?«

»Wer sonst?«

»Na, der Lammert Hans aus Schachach, zum Beispiel.«

»Geh, Ferdy! Du bist ja lustig.«

Haderlein sah zum ersten Mal während des kurzen Dialogs von seinem Smartphone auf.

Die ganze Zeit hatte er ein wenig hin- und hergescrollt. Ferdinand Adler konnte nicht so genau sehen, was er da machte.

»Du bist ja lustig!«, sagte Haderlein nochmal und wandte sich wieder seinem Smartphone zu.

Adler musterte den Landtagsabgeordneten, den er so lang schon kannte, von dem er aber genau genommen ziemlich wenig wusste. Sein Ruf eilte ihm voraus: berechnend, distanziert, Amigogeschäftchen nicht abgeneigt, nach oben schleimen nach unten treten – wenig Nettes sagte man ihm nach, auch wenn sein öffentliches Auftreten in Hudlhub das nicht bestätigte. Da war er stets korrekt, ja freundlich und durchaus auch großzügig, wenn mal ein Verein etwas brauchte. Es schien da aber diese andere Seite des Mannes zu geben, der vom Einödhof Biberg gleich um die Ecke stammte.

Haderlein hatte sich einen Schnauzbart stehen lassen, der verlieh seinem glatten, durchaus freundlichen Gesicht tatsächlich etwas mehr Kontur. Seine optische Ähnlichkeit mit dem Kabarettisten Christian Springer konnte Haderlein dennoch nicht verbergen. Und würde er wider Erwarten es eines Tages von der Hinterbank doch noch in die erste Riege seiner Zunft schaffen und würde er beim Singspiel zum Starkbieranstich am Nockherberg als Figur auftauchen, dann war klar, mit wem der Regisseur ihn besetzen würde. Die Ähnlichkeit war geradezu verblüffend; so deutlich wie in diesem Augenblick war das Ferdinand Adler noch nie aufgefallen.

Wenn Haderlein auch etwas kleiner war und er ein paar, aber nicht viele Kilo mehr Hüftspeck mit sich herumtrug. »Ich suche meine Mitte, drum mache ich sie größer«, pflegte der Abgeordnete immer mit einem breiten Lachen zu sagen, wenn er die Blicke bemerkte – ein todsicherer Ankommer.

Das allmählich schütterer werdende Haupthaar hatte Haderlein zur Seite geschleimt, die Haare an den Seiten waren so perfekt gestutzt, dass kein Schleim nötig war. Um sie so in Form zu bringen, da war ein Könner vonnöten, ein wahrer Meister der Zunft. Oder eine Meisterin. Seinen Haarschnitt ließ sich der Herr Abgeordnete ganz offensichtlich etwas kosten. Wer wohl dieser bayerische Udo Walz war, der da Hand anlegen durfte?

Adler schaute intuitiv auf Haderleins Fingernägel, wahrscheinlich zum ersten Mal in seinem Leben. Tatsächlich. Sie waren perfekt manikürt. Da schau her, der Herr Abgeordnete schaut auf sich, dachte Adler.

Haderlein trug einen Feiertagsjanker mit dezenten jägergrünen Verzierungen zu schlichten, modern geschnittenen, schmalen Chinos, die sich unten, zu den Fesseln hin leicht verjüngten. Die feinen, hohen Herrenstrümpfe gab es nicht im Dreierpack für sechs Euro neunundneunzig, und die eleganten, nicht zu lang auslaufenden Lederschuhe mit dem geschmackvollen, raffinierten Lochmuster sicher nicht unter 300.

Adler sah einen stilvoll gekleideten Mann von Welt. Und als Haderlein eben die Lippen schürzte, bemerkte er zum ersten Mal die perfekten, womöglich gemachten, vielleicht aber auch nur gebleachten Zahnreihen.

»Ist was?«, fragte Haderlein, ohne von seinem Smartphone aufzusehen.

»Tatsächlich habe ich eine Frage«, sagte Adler.

»Na dann raus damit, Ferdy, ich hab grad eh nichts anderes vor.« Haderlein switchte das Smartphone aus und ließ es mit einer geübten Bewegung elegant in die rechte Außentasche seines warmen Winterjankers gleiten.

Dann sah er den Hudlhubber Geschichtslehrer und Schamanen auffordernd an.

»Was um Himmels willen«, setzte der Adler Ferdy an, »willst du eigentlich in der Politik?«

19 | 09:39

Haderlein war gut drauf, und er überhörte die unterschwellige Beleidigung, die natürlich in Ferdy Adlers Fragestellung mitschwang.

Er lehnte sich zurück, legte den rechten Knöchel auf das linke Knie und griff mit beiden Händen nach seinem Unterschenkel.

»Was ich in der Politik will? Das ist ganz einfach, Ferdy«, sagte Haderlein und fixierte sein Gegenüber fest, »ich habe eine Botschaft.«

Adler lachte kurz auf, er wusste, dass das arrogant war, und entschuldigte sich sogleich dafür: »Sorry, mit dieser Antwort hatte ich nicht gerechnet.«

»Macht mir nichts aus«, sagte Haderlein, »ich bin das gewöhnt. Ich bin sogar einiges gewöhnt. Auch Leute, die mir nichts zutrauen.«

Adler schluckte und sah für einen Moment nach unten.

»Magst sie mir sagen, deine Botschaft, Haderlein?«

»Warum nicht, so geheim ist sie schließlich nicht. Ich habe ja schon ein Buch darüber geschrieben. Ist zwar vergriffen, gibt's aber bestimmt noch im Internet. Die Container-Theorie.«

»DU … hast … ein … Buch geschrieben?«, stammelte Adler.

»Warum denn nicht?«

»Und wie ist es möglich, dass ich davon noch nie etwas gehört habe?«

»Vielleicht, weil meine Botschaft manchen Leuten nicht besonders gut gefällt«, sagte Haderlein fest.

»Und warum, glaubst du, gefällt sie vielen Leuten nicht besonders?«

»Weil sie sie für absurd halten. Und vielleicht auch …«, und jetzt grinste er Adler frech und fest an, »weil ich womöglich tatsächlich kein ganz großer Schriftsteller bin.«

»Du meinst, dein Buch liest sich nicht so gut?«

»Naja, ich finde schon, aber ich bin nicht so sicher, ob das andere auch so sehen.« Haderlein lachte entwaffnend, und Adler lachte mit.

»Ich bin halt ein Bayer, und als Bayer habe ich meine Geschichte in eine Zugfahrt verpackt.«

»So wie jetzt?«, grinste Adler.

»So wie jetzt!«, nickte Haderlein.

»In einem Zug, wie bei Ludwig Thoma?«

»Wie bei Ludwig Thoma. Und weißt, wo mein Zug abfährt, Ferdy?«, fragte Haderlein.

»Nein, sag!«

»In Berlin.«

»Nein.

»Doch!«

»Ha!«, sagte Ferdinand Adler, und er sagte das nicht nur wegen der Parallelen, sondern auch, weil dieser Dialog genau so in einem Louis-de-Funès-Film stattgefunden haben könnte. Fehlte bloß noch, dass Haderlein seine Nase in die Länge zog und sie unter seinem Oberschenkel festklemmte, um darauf Nasengeige zu spielen. Oder dass er jetzt zu furzen begann, wie bei der Begegnung mit den Außerirdischen.

Haderlein furzte nicht.

Er sah Adler lediglich freundlich, fest, ein wenig amüsiert und weiterhin auffordernd an. Adler entdeckte ganz neue Seiten in der Persönlichkeit des Abgeordneten. Je weiter weg sie sich von Hudlhub bewegten, umso sehr veränderte sich seine Wahrnehmung des Menschen Ludwig Haderlein.

»Und was ist jetzt deine Botschaft?«

»Ich nenne sie: die Container-Theorie«, sagte Haderlein. Sein zugewandter, klarer und konzentrierter Blick irritierte Adler ein wenig. Dem Landtagsabgeordneten entging das nicht. »Die Container-Theorie ist nicht mehr und nicht weniger als eine Weltformel«, sagte er, wohl wissend, welche Reaktion er damit hervorrief.

Adler konnte sich ein spöttisches Grinsen nicht verkneifen. Seine Gesichtszüge entgleisten kurz, die von Haderlein nicht.

»Eine Weltformel«, sagte Adler, dem sein schamanischer Einklang gerade ein wenig abhanden kam. »Eine Weltformel. Natürlich. Erst $E=mc^2$ und dann Ludwig Einstein.«

Haderlein lächelte entspannt mit.

Souverän.

Ungerührt.

»Eine Weltformel für unsere Zeit. Die Relativitätstheorie unserer Zeit, nur vielleicht nicht ganz so lange gültig«, sagte er mit fester Stimme.

Da war er wieder, der alte Spinner Haderlein, dachte Adler, fest gewillt, den Abgeordneten weiterhin für maximal unsympathisch zu halten. Was ihm auf dieser Zugfahrt von Minute zu Minute schwerer gefallen war. Bis eben.

»Schau, Ferdy«, fuhr Haderlein fort, »es ist doch so, dass die ganze Welt spinnt. Sieh dir nur unser Rüstungssystem an: Da vergibt die Bundesregierung den Auftrag an eine Rüstungsfirma, einen neuen Hubschrauber zu bauen. Dafür spendiert sie, sagen wir drei Milliarden Euro. Wenn dann die drei Milliarden Euro ausgegeben sind, kann der Hubschrauber ganz wunderbar starten und landen, aber er kann zum Beispiel noch nicht übers Meer fliegen.«

»Hat man schon mal gehört«, nickte Adler, er wollte zeigen, dass er aufmerksam bei der Sache ist.

»Dann passiert Folgendes: Die Bundesregierung tut so, als würde sie sich zieren, sie überlegt hin, sie überlegt her – und dann, schließlich, passiert genau das, was jeder eh schon wusste: Es wird noch eine Milliarde nachgelegt, und wenn es sein muss auch zwei. Damit die Hubschrauberbesatzung nicht das Seepferdchen machen muss.«

»Klingt vertraut.«

»Ich nenne das: Wertschöpfung. Oder nimm unsere kommunalen Krankenhäuser vor Ort: Die werden vom Betrieb her immer noch teurer, jedes Jahr machen sie Millionen Euro Verlust. Diese Verluste gleichen die Landkreise aus ihren Mitteln aus, es will doch niemand, dass ein Krankenhaus geschlossen werden muss.«

»Natürlich nicht, Haderlein.«

»Eben. Also reizen die Medizinindustrie und die Pharmaindustrie das System so weit aus, dass die Landkreise es gerade noch zähneknirschend stützen. Kann sein, dass hie und da auch mal eine Klinik tatsächlich hopsgeht, in der Summe aber stützt das System das System.«

»Verstehe.«

»Gut. Weiter. Schauen wir uns die Brandschutzverordnung an.«

»Oh ja, die hat uns im Gemeinderat auch massiv beschäftigt. 2008 ist sie massiv verschärft worden.«

»Ganz genau, Ferdy! Und was ist passiert? Zunächst wurden alle möglichen Säle und Einrichtungen geschlossen, und dann wurden Millionen und Abermillionen investiert, um alles so umzubauen, dass der Betrieb danach wieder genauso weiterging wie zuvor. In der Regel hatte es vorher nicht gebrannt und hinterher auch nicht.«

»Das war echt ärgerliches Geld, das wir da ausgeben mussten, Haderlein«, nickte Adler.

»Nein, Ferdy, das war nicht ärgerliches Geld, das war Wertschöpfung. Das System beschäftigt das System.«

»Aber am Ende bezahlt alles der Verbraucher.«

»Das stimmt, Ferdy, irgendwer muss es ja bezahlen. Das ist das System.«

»So weit, so gut«, sagte Adler, »aber was hat das nun mit Containern zu tun?«

»Denk mal einen Schritt weiter, Ferdy. Unser System funktioniert also deshalb so gut, weil es sich selbst beschäftigt. Ich habe dir ja eben ein paar Beispiele genannt. Was also muss man tun, damit das noch möglichst lange so weitergeht?«

»Äh … das System beschäftigen?«

»Sehr gut, Ferdy«, sagte Haderlein. »Schluss mit Sprüchen, dass die Steuererklärung auf einem Bierdeckel gemacht werden kann. Schluss mit der Suche nach Geradlinigkeit, Vereinfachung und Effizienz. Möglichst kompliziert muss alles sein, das ist der Schlüssel zu Wertschöpfung und Wohlstand auf der ganzen Welt. Solange sich das System ganz prächtig selbst beschäftigt, geht's uns allen wunderbar.«

»Hab's verstanden, Haderlein. Du sagst, dass wir alle blendend davon leben, wenn alles möglichst unüberschaubar ist. Und dass jede Regel, die alles noch undurchschaubarer macht, hilft, weil sie Wertschöpfung bedeutet.«

»Tadaa!«

»Du weißt schon, dass das total absurd ist?«

»Das habe ich doch eben gesagt: Die ganze Welt ist absurd. Und nun such dir ein Produkt aus, das überall, auf der ganzen Welt, vom Nordpol bis zum Südpol benötigt wird und idealerweise auch noch Teil der Wertschöpfungskette ist.«

»Con-tai-ner!«, rief Adler, und er jubelte fast.

»Und jetzt stell dir vor, Ferdy, es wird entschieden, das Maß für Container weltweit zu verändern. Sagen wir: Wir machen alle Container zwölf Zentimeter länger und acht Zentimeter schmaler.«

»Oder 20 Zentimeter höher und fünf Zentimeter breiter.«

»Meinetwegen auch das, Ferdy. Weißt du, was dann passiert? Es gibt einen weltweiten Boom. Denn nicht nur die Container werden umgebaut, sondern auch alle Lkw, alle Containerschiffe, alle Hafenanlagen, alle Verpackungen, alle Verpackungsherstellungsmaschinen, einfach alles. Und natürlich wird sich dabei auch mal jemand in den Finger zwicken, andere werden vor lauter Umbauproblemen Kopfschmerzen und Nackenverspannungen bekommen. Die ganze Welt wird damit beschäftigt sein, sich auf die neue Situation einzustellen – die Wertschöpfung wird immens sein, die Weltwirtschaft wird prosperieren, und es geht allen gut.«

»Und kein Mensch hat mehr Zeit, dämliche Kriege zu führen. Mensch, Haderlein, das ist so dermaßen absurd, dass es tatsächlich fast funktionieren könnte.«

»Nochmal, Ferdy: Die Welt ist absurd!«, sagte Haderlein. »Du musst nur genau hinsehen. Und hör auf, damit zu hadern, wenn du Unfug siehst. Überleg lieber, wie du den Unfug noch chaotischer, noch undurchschaubarer machen kannst. Denn das ist es, was gut ist für die Welt. Und für dich.«

»Und für Afrika.«

»Warum nicht auch für Afrika, Ferdy. Aber fang an, dich von den alten Gesetzmäßigkeiten des Denkens zu lösen. Vernünftig ist, alles unvernünftig kompliziert zu machen.«

»Das ist unglaublich!«, sagte Adler und nickte voller Respekt und Anerkennung. Ihm platzte fast der Kopf, sein Weltverständnis geriet gerade aus den Fugen.

Haderlein blieb ruhig und völlig entspannt sitzen. Er kannte diese Reaktion, sie war immer die gleiche, wenn er seine Container-Theorie vorstellte.

»Aber was ist, wenn der Effekt nach ein paar Jahren nachlässt?«, hakte Adler nach einer Weile nach, und Haderlein schaute so, als hätte er auf genau diese Frage gewartet.

»Ich stelle mir das so vor«, sagte er, gab seine bisherige Haltung auf, stellte beide Füße auf den Boden, beugte sich nach vorn, legte die Ellenbogen bequem auf den Knien ab und verschränkte die Hände. Er flüsterte jetzt fast: »Hast du dir schon mal die Verleihung der Oscars angeschaut? Das kommt immer auf Pro7.«

Adler lachte. Klar, da war er fast immer live dabei, wenn auch nicht mehr ganz so gern wie früher, als noch Billy Crystal oder Ellen DeGeneres die Show moderierten. Obwohl, Jimmy Kimmel.

»Dann kennst du sicherlich auch den Beitrag, der fast jedes Jahr im Vorfeld ausgestrahlt wird, über die beiden Anwälte in ihren schwarzen Anzügen, die zwei schwarze Koffer dabei haben …«

»... die an die Handgelenke gekettet sind!«, lachte Ferdinand Adler wissend.

»Ganz genau, Ferdy. Wenn der Effekt verpufft, dann kommen genau zwei solche Anwälte und verkünden an einem Tag X das neue Maß für alle Container dieser Welt, das sie sich ausgedacht haben: neun Zentimeter höher und nochmal sechs Zentimeter kürzer. Oder länger und breiter. Ganz egal. So halt, dass nichts mehr passt, was eben noch gepasst hat.«

»Dann geht das Ganze von vorne los.«

»Dann geht das Ganze von vorne los, Ferdy«, nickte Haderlein.

»Und am Ende bezahlt alles der Verbraucher«, wiederholte Adler.

»Ja, und er profitiert aber auch, weil die ganze Welt mit einem Mal in Arbeit ist.«

»Unglaublich.«

»Das, mein lieber Ferdy, ist meine Container-Theorie.«

20 | 09:41

Helga Dürnbichler lag endlich in ihrem Bett. Sie hatte sich nicht ganz umgezogen, dafür war sie zu müde. Unterwäsche, das musste für diesen Moment genügen. Sie zog sich die kühle Decke bis ans Kinn, war das angenehm. Ihre Beine und ihr Rücken zitterten noch für einen kurzen Augenblick, dann hatte der Körper das Bett so erwärmt, dass es ihr angenehm war.

Was für ein Tag, dachte Helga Dürnbichler, und sie spürte, dass ihr Herz viel zu schnell und hektisch klopfte. So würde sie sicher nicht einschlafen. Ruhe, dachte sie, ich bin ganz ruhig und schwer, und sie versuchte, langsam ein- und noch langsamer und länger auszuatmen.

Das klappte so halb.

Dann riss sie die Augen auf. Die Liste! Die Liste, die sie bei Traugott Foss gefunden hatte. Sie hatte sie mit dem Smartphone abfotografiert. Genau gelesen hatte sie sie aber noch nicht.

Und schon war Helga Dürnbichler wieder unterwegs, um ihr Smartphone und ihre Lesebrille zu holen. So ausgerustet, legte sie sich wieder hin und begann zu lesen. Einige der Namen kamen ihr bekannt vor, einige googelte sie. Anwälte, Landespolitiker aus Südtirol und aus Deutschland. Mehrere Anwälte und Kirchenmänner.

Ein Generalvikar mit einem lustigen Namen, zum Beispiel: Theodor Höllenmeier. Höllenmeier, das sagte ihr was. Hatte es da nicht vorhin die ganzen Whatsapps gegeben, dass ein Generalvikar heute überraschend Hudlhub besuchen würde? Andauernd hatte deshalb ihr Handy vibriert, das war quasi Dorfgespräch. Und der hieß – richtig: Höllenmeier. Der kam also heute auch nach Hudlhub.

Da schau her: Ludwig Haderlein war auch dabei. Verhieß das Gutes oder nicht so? Dazu Adressen, Maildaten, Telefonnummern, sonst stand da aber nichts. Was um alles in der Welt hatten die miteinander zu tun?

Helga Dürnbichler forschte weiter, ob sie etwas über diese Stiftung ausfindig machen konnte. Was war der Zweck der Stiftung? Wo war ihr Sitz? Wie lange gab es sie schon?

Fehlanzeige. Absolute Fehlanzeige. Über diese Fondazione Rotonda Tiberiana gab es nichts im Netz, rein gar nichts. Sie machte das Smartphone wieder aus, legte es mit der Lesebrille beiseite und ließ den Kopf ins kühle Kissen sinken.

Das alles hatte doch etwas zu bedeuten! Dass dieser Traugott Foss hierher nach Hudlhub gekommen war. Und dieser Höllenmeier. Und Haderlein. Wieder und wieder versuchte sie, sich einen Reim darauf zu machen.

Ein Männerclub also. Und was macht man in einem Männerclub für gewöhnlich? Beziehungen spielen lassen, das war doch klar. In Männerclubs wurden Kandidaten zusammengebracht, die sich gegenseitig behilflich sein konnten. Beim Geschäftemachen. Wenn man Genehmigungen brauchte. Kurz: beim Geld verdienen. Hier, in diesem Männerclub, waren Kirchenleute, Politiker und Juristen aus zwei Ländern zusammengebracht worden. Das war gewiss nicht passiert, nur um die verschiedenen Jahrgänge von Qualitätsweinen zu beurteilen.

Aber was um alles in der Welt hatte Hudlhub damit zu tun? Konnte man in Hudlhub tatsächlich Geld verdienen? Gab es hier Geschäfte, die man sich gegenseitig zuschanzen konnte – auch noch in Verbindung mit dem Klerus?

Helga Dürnbichler lag da, grübelte und grübelte. Gab es hier irgendetwas, bei dem es wirklich um Geld ging? Dann fiel es ihr ein: Der Bürgermeister! Er machte doch schon seit Monaten mit seinem Hudlhoopreifen-Center rum. Hatte er inzwischen nicht sogar Investoren aus Frankfurt an Bord? Genau! Er plante da eine ganz große Sache. Dafür brauchte er Partner! Was, wenn Haderlein ihm die Tür zu seiner Rotonda aufgemacht hatte! Was, wenn er die Kontakte hergestellt hatte, um hier tatsächlich eine ganz große Sache aufzuziehen!

Das war es! Das musste es sein!

Helga Dürnbichler spürte, dass sich ihr Puls nicht wirklich beruhigt hatte. Der ganze Hals pochte, und er hörte nicht auf zu pochen. Alles begann jetzt, einen Sinn zu ergeben.

Blieb noch eine Sache: Welche Rolle spielten die Kunstblätter? Wer könnte etwas davon haben, relativ wertlose Kunst gnadenlos überteuert zu verkaufen? Wer hätte einen Vorteil davon? Wer würde einen alten Stich … darüber schlief Helga Dürnbichler nun endlich ein.

21 | 09:48

Gurgelgurgel.

Gurgelgurgelgurgel.

Großvater Haderlein wachte auf.

Dieses Geräusch, das da an seine halbtauben Ohren drang, kannte er nicht.

Und er kannte eigentlich jedes Geräusch in Biberg, hier, auf diesem Anwesen, das er in seinem langen Leben von einem modrigen Steinhaufen zu einem der größten und vorzeigbarsten landwirtschaftlichen Unternehmen der Region erweitert hatte. Was für eine Schmach, dass der Enkel den Hof vor Jahren schon verpachtet hatte, anstatt das, was ihm zugedacht war, mit eigener Hände Arbeit zu bewirtschaften und für die nächste Generation zu mehren, so wie es über Jahrhunderte gute Sitte für einen jeden Landwirt war. Immerhin hatte er politisch Karriere gemacht, der Enkel.

Ganz im Gegensatz zu diesem Nichtsnutz von seinem Sohn, dessen Lebensleistung nahezu ausschließlich darin bestand, einen Landtagsabgeordneten gezeugt zu haben.

Ja, Opa Haderlein hatte es nicht leicht mit seinen Nachfahren. Was hatte er nur verbrochen, dass es ihm nicht vergönnt war, einen gescheiten Hofnachfolger zusammenzubringen?

Der Sohn, er hatte nur eines im Sinn gehabt – und das war ihm schließlich zum Verhängnis geworden. Überrollt von einem Mähdrescher! Wie kann man nur so gierig sein, dass man einen Mähdrescher überhört, wenn man es gerade in einem Heuschober treibt? So dämlich konnte doch nun wirklich nur dieser Kerl sein!

Ganz zu schweigen davon, dass Sex in einem Heuhaufen alles andere als ein Vergnügen ist. Das sticht doch und piekst, das wusste Opa Haderlein noch sehr gut aus seiner Jugend – aber verdammt, er war dabei jedenfalls nicht draufgegangen, im Gegensatz zu seinem Sohn.

So ein Mähdrescher macht doch einen Höllenlärm! Das muss man doch merken, wenn der immer näher kommt! Oder wenigstens die Schwiegertochter, aber die war offensichtlich genauso im Liebesrausch.

Aber wer hätte auch ahnen können, dass der Knecht 2000 Quadratmeter Platz braucht, um einen Mähdrescher zu wenden, und sich dabei auch noch so blöd anstellt, dass er auch noch einen Heuschober über den Haufen fährt.

So wurde der Enkel also früh eine Waise, und er musste damit leben, dass der Vater mit heruntergelassenen Hosen zermatscht worden war, und die Mama gleich mit. Nein, schön war das nicht. Der Bestatter hatte jedenfalls seine liebe Not, die beiden in konventionell geformten Eichensärgen unterzubringen.

Aber bekanntlich ist, wo ein Wille ist, auch ein Weg.

Gurgelgurgelgurgel.

Der alte Haderlein drückte auf die Fernbedienung, das Rückenteil seines Bettes erhob sich sanft, richtete ihn in seinem Bett auf. Schwerfällig setzte er hustend und ächzend seine Brille auf. Wobei es ein Wunder war, dass er überhaupt noch sehen konnte, immerhin hatte er inzwischen Jopie Heesters überlebt.

Das schaffen nicht viele.

Manche Dinge gehen halt nicht mehr so wie früher, wie wenn man jung ist, dachte er. Mit 95, da war er noch wie ein junger Gott durch die Wälder gezogen, war das lange her! Aber irgendwann, da war das Leben dann doch beschwerlich geworden.

Opa Haderlein versuchte, sich zu orientieren. Es war weniger das Geräusch als vielmehr das Vibrieren im Gemäuer, das ihn beunruhigte. Irgendetwas war da faul.

Er warf einen Blick auf die große Wanduhr, es war gleich zehn.

Der alte Haderlein wusste, dass niemand außer ihm auf dem Hof war. Die Tagespflege der Sozialstation, die ihm bei der Morgentoilette half, war wieder gefahren, und das Essen auf Rädern würde erst in zwei Stunden gebracht. Der Bauer war irgendwo auf einem Markt, und der Enkel musste ja heute einen Bundespräsidenten in Berlin wählen.

Haderlein war politisch absolut auf dem Laufenden, der Fernseher lief den ganzen Tag, und seit ihm der Enkel diesen Curved Flatscreen mit einer Bildschirmdiagonale von fast zwei Metern an der Decke übers Bett gehängt hatte, konnte er auch wieder etwas erkennen.

Gurgelgurgel.

Haderlein dachte nach. Er konnte niemanden um Hilfe bitten, er wollte aber auch nicht nichts tun.

Konnte er sich das zutrauen?

Aufstehen und selbst nachsehen?

Er hatte sein Zimmer seit – du meine Güte – seit mittlerweile sechs oder sieben Jahren nicht mehr verlassen. Gar nicht mal, weil er dazu körperlich nicht mehr in der Lage gewesen wäre. Er hatte einfach genug. Was hätte er da draußen auch sehen sollen, er hatte doch alles gesehen, in seinem langen, langen, langen, langen, langen, langen Leben.

Probeweise versuchte der alte Haderlein, sich auf die Bettkante zu setzen.

Es ging überraschend leicht.

Wobei – an ihm war ja nicht mehr viel dran. Essen, das war einmal eine Leidenschaft gewesen, nach dem 103. Geburtstag hatte das aber nachgelassen. Und spätestens seit jenem Tag vor zwei Jahren, als sein Leben sich dann doch dem Ende zuzuneigen schien, als der Pfarrer schon zur Krankensalbung bestellt worden war, nahm er nur noch homöopathische Dosen zu sich.

Haderlein starrte auf seine spindeldürren Beine, wie sie von der Bettkante baumelten. Bin das ich?, dachte er und versuchte, sich daran zu erinnern, wann er seine Beine zuletzt angesehen hatte. Was da zwischen den dicken, selbstgestrickten Wollstrümpfen und den langen Unterhosen, in die ihn die gute Hülya von der Sozialstation vorhin gesteckt hatte, steckte, kam ihm jedenfalls nicht vertraut vor. Eine Karriere als Seniorenfußballer brauchte er mit diesen Beinchen jedenfalls nicht mehr anvisieren.

Haderlein suchte den Fußboden ab.

Nein, keine Hausschuhe.

Wer hätte auch auf die Idee kommen sollen, ihm welche hinzustellen.

Er sah sich um.

Da, im Eck, stand seine alte Gehhilfe. Ein paar Mal hatte er sie benutzt, um sich selbstständig im Haus zu bewegen. Eine Ewigkeit war das her.

Ob er es bis dorthin schaffen konnte?

Das waren mindestens, ja, mindestens zwei Meter. Wenn nicht drei.

Aber Opa Haderleins Ehrgeiz war jetzt geweckt.

Mühsam richtete er sich auf, er stützte sich dabei auf dem Nachtkasterl neben seinem vollautomatischen Klinikbett ab, das ihm der Enkel dankenswerterweise besorgt hatte.

Haderlein hörte sich ächzen, stöhnen, schnaufen, schließlich stand er.

Was für ein Gefühl!

Das Zimmer sah ganz anders aus von hier oben. Haderlein ließ den Blick in die Ferne schweifen. Draußen, vor dem Fenster, erkannte er die Biberger Felder, sie sahen aus wie immer um diese Jahreszeit. Ihm wurde ganz warm ums Herz.

Vorsichtig hangelte er sich vorwärts, Richtung Gehhilfe, er stützte sich dabei an der Kommode auf, in der sich seine Wäsche befand, schließlich hatte er es geschafft.

Er packte die Griffe der Gehhilfe, löste die Bremse, machte ein paar vorsichtige Schritte, eigentlich ging das ganz wunderbar.

Und es fühlte sich gut an.

Der alte Haderlein war bass erstaunt.

Allerdings fragte er sich in diesem Augenblick, warum er all diesen Aufwand betrieben hatte. Was tat er hier eigentlich?

Warum hatte er eigentlich sein Bett verlassen, das ihn einladend und ein wenig verloren anschmachtete. Manchmal, dachte der alte Haderlein, bin ich schon etwas vergesslich.

Gurgelgurgelgurgel.

Richtig, das Geräusch. Jetzt fiel es ihm wieder ein.

Und er öffnete die Zimmertür, sah den langen Gang vor sich, der ganz dort hinten, nach etlichen, nach ziemlich vielen Meter in der Diele münden würde.

Und er schnaufte tief durch, er seufzte schwer, dann machte er sich auf einen langen, beschwerlichen Weg.

22 | 10:01

Ciao, ihr Lieben, ich melde mich hier live aus meinem Auto, und bis eben war ich wirklich gut gelaunt, aber bald ist es mit der guten Laune vorbei. Ich stehe nämlich im Stau. Und damit ich meine gute Laune behalte, dachte ich mir, ich erzähl euch ein bisschen was über mich.

Ich hätte da so einiges zu erzählen, denn ich arbeite für einen Geheimbund. Das ist eine sehr erfüllende Arbeit, aber auch nicht immer leicht. Ihr macht euch ja keine Vorstellungen davon, wie gemein das ist, immer alles geheimhalten zu müssen!

Auch das, was ich euch hier erzähle, ist natürlich geheim. Aber keine Sorge, ich habe so eine geheime Maschine, wie ihr Sie vermutlich von den »Men in Black« kennt – ihr werdet einfach am Ende meines Vortrags geblitzdingst – und dann vergesst ihr alles, was ihr nicht wissen dürft, und dafür dürft ihr dann auch alle am Leben bleiben. Fairer Deal? Finde ich auch.

Meistens ist es gar nichts Besonderes, für einen Geheimbund zu arbeiten. Man macht ganz einfach Geschäfte. Gute Geschäfte versteht sich. Und so lange die Geschäfte gut sind, ist alles gut.

Was für Geschäfte wir machen, wollt ihr wissen? Das ist nun auch kein großes Geheimnis: Wir machen in Kunst und in Grundstücken und in ... nein, das würde jetzt zu weit gehen, dafür kennen wir uns noch nicht gut genug.

Wir sind nämlich diskret, denn wir sind Ehrenleute – aber seid ihr das auch? Ich möchte hier wirklich niemanden töten müssen, bevor ich ihn blitzdingsen konnte, das werdet ihr verstehen. Immer das ganze Blut, das ist doch nicht schön.

Immer dieser Stau in Deutschland! Das passiert nur, weil sich hier alle an die Regeln halten. In Italien hält sich niemand an Regeln. Da fahren einfach alle los – und der Verkehr fließt. Aber in Deutschland ...! Ich glaube, selbst wenn der Irschenberg zwölfspurig ausgebaut wäre, würde es hier immer noch Stau geben. Außer man erlaubt rechts überholen. Wie in Amerika. Dann könnte es vielleicht klappen.

Aber so ist es ja nicht. Rechts überholen ist verboten, in Deutschland, und das ist schlecht. Jetzt staut sich alles, und mir ist langweilig.

Ach so, Verzeihung, ich habe mich ja noch gar nicht vorgestellt. Ich bin Paolo. Die meisten halten mich für einen italienischen Mafioso, und wie sagt man so schön – Reisende soll man nicht aufhalten. Aber nachdem ich euch eh gleich blitzdingse, kann ich es euch ja verraten: Ich bin keiner. Und ich kenne mich in Bayern richtig gut aus, und das hat Gründe. Versteht ihr? Ahnt ihr was?

Ihr werdet euch fragen, wie man zu einem Geheimbund kommt, oder? Nun, das ist eigentlich ganz einfach. Man lernt die richtigen Leute kennen, man eignet sich ein paar Fähigkeiten an – und schon ist man mittendrin. Und wisst ihr was? Ich mag mein Leben. Ich mag mein Leben wirklich. Außer, es tanzt jemand aus der Reihe.

Dann bekommt man einen Auftrag, den man nicht so gerne mag, der aber ganz einfach gemacht werden muss. Das gehört zum Leben im Geheimbund dazu. Leider sind einige unserer Leute gierig geworden, jetzt heißt es aufräumen. Einer hat sich schon … wie soll ich das jetzt am besten ausdrücken … kopfüber ins Unglück gestürzt, aber damit ist das Problem noch nicht gelöst. Aber keine Sorge, wir werden die Sache bald wieder im Griff haben.

So. Da vorn geht es endlich wieder weiter, na, wer sagt's denn. Lasst mich kurz überlegen – habe ich euch nun etwas verraten, was ihr nicht wissen dürft? Ich glaube nicht. Und mit Glauben kenne ich mich aus. Na, dann habt Ihr jetzt Glück gehabt. Ich muss euch nicht blitzdingsen, und zu töten brauche ich euch auch nicht.

Ist das nicht wunderbar? Dann wünsche ich Euch noch einen wunderschönen Tag! Ciao, ragazzi!

23 | 11:02

Inzwischen hatte Großvater Haderlein die Haustür erreicht.

Er fühlte sich frisch, lebendig. Je mehr Schritte er bewältigte, umso leichter fielen sie ihm. Er betrachtete sich im Spiegel neben dem Eingang.

Den alten, eingefallenen Mann, der ihn da erblickte, kannte er nicht, aber er nahm dessen gesunde Färbung der ansonsten so fahlen Wangen durchaus wahr.

»Klein bist geworden«, sagte Haderlein zu dem Fremden im Spiegel. Der schaute traurig zurück.

Gurgelgurgelgurgelgurgel.

Das Geräusch wurde lauter, das Vibrieren stärker.

Haderlein spürte instinktiv, dass etwas anders war als sonst. Irgendetwas stimmte nicht.

Von der Diele aus führte eine Metalltür hinaus in den alten Stadl, von dort kam das Geräusch.

Er verabschiedete sich vom Spiegelbild und rollte weiter.

Was für ein belebender Tag, dachte der Alte. Und er war überaus neugierig, was ihn hier, hinter der Tür, erwarten würde. Einstmals befanden sich hier ein paar Dutzend Schweine, aber das war lang, sehr lang her. In Biberg gab es seit mindestens 40 Jahren keine Schweine mehr.

Leicht zitternd drehte der alte Haderlein den Schlüssel um, dann drückte er die Klinke herab, die schwere Stahltür schwang ohne Anstrengung wie von allein auf. Solcherlei Türangeltechnik war dem Alten neu.

Haderlein staunte: Vor ihm befand sich eine Treppe. Die hatte es, als er das letzte Mal hier war, noch nicht gegeben. Das dürfte so ungefähr 15 bis 20 Jahre her sein. Seither war der Boden wohl um einiges abgesenkt worden, der Treppe nach zu urteilen mutmaßlich um mindestens zwei bis drei Meter.

Der alte Haderlein tastete nach einem Lichtschalter.

Er fand ihn und drückte drauf.

Was er sah, ließ ihm den Atem stocken.

24 | 11:07

»Lieber Bruder, wir müssen reden.«

Der Pfarrer fuhr zusammen. Er hatte die Tür zu seinem Gotteshaus offen gelassen, und der Herr Generalvikar war auf leisen Sohlen nähergekommen, schon vom ersten Eindruck her eine gewichtige Erscheinung. Er verzichtete zwar weitestgehend auf schmückendes Beiwerk, aber das brauchte er nicht, er wirkte auch so. Trotz seiner Leibesfülle hatte er ein sehr charakterstark gezeichnetes Gesicht mit tiefen Magenfalten. Sein Blick hatte etwas Verächtliches an sich, man könnte sogar sagen, eine gewisse Verschlagenheit, aber vielleicht täuschte das ja auch.

»Sie sind da? Grüß Gott, Herr Generalvikar.« Man nickte sich kurz zu und gab sich die Hand. Der Generalvikar hatten einen festen, aber fleischigen und feuchten Händedruck. »Sie sind also tatsächlich persönlich gekommen.«

»Hattest du etwa Zweifel?«

»Ihr Büro hatte sich dann doch etwas nebulös ausgedrückt. Ich bekomme hier nicht oft Besuch vom Generalvikar. Genau genommen noch nie. Und dass ein solcher Besuch im Morgengrauen per SMS angekündigt wird ... hat mich auch überrascht, das muss ich zugeben.«

»Nun, das Ereignis ist heikel.«

»Sie meinen wegen diesem Traugott ...«

»Was für ein Traugott?«

»Nun, der Tote aus Gailing«, sagte der Hudlhubber Ortsgeistliche. »Der sich bei Helga Dürnbichler den Rücken einrenken lassen wollte.«

»Ach so, ich bin auf der Fahrt hierher über diesen Vorfall informiert worden.« Generalvikar Theodor Höllenmeier schüttelte den Kopf. »Weißt du, ich bin erst wenige Wochen im Amt, und ich habe mich um das Wesentliche zu kümmern und nicht um irgendwelche viertrangigen Schergen, die so tun, als hätten sie in Rom etwas zu sagen«, sagte er so beiläufig wie möglich.

Der Pfarrer stutzte dennoch, versuchte, es sich aber nicht anmerken zu lassen. Ein viertrangiger Scherge? Was meinte er damit? Wusste der Generalvikar mehr?

»Nein, es geht um große Dinge«, sagte der Generalvikar mit donnernder Stimme. »Sonst wäre ich sicherlich nicht hier.«

Natürlich nicht, dachte der Pfarrer und nickte. Höllenmeier nahm dieses Nicken zufrieden zur Kenntnis. Er schätzte es, wenn ihm Respekt entgegengebracht wurde. Die Rollenverteilung war damit offensichtlich geklärt.

»Und worum geht es dann?«, fragte der Pfarrer.

»Um den arabischen Gebetsraum.«

»Um welchen arabischen Gebetsraum?«

»Wie, du weißt das nicht? Dein Bürgermeister plant hier, in Hudlhub, zusammen mit einem Landwirt namens Entenmeier oder so ähnlich ...«

»Sie meinen vermutlich den Entleitner, den Himbeer-Toni?«

»Ganz genau: Entleitner. Jedenfalls wollen sie hier einen interkonfessionellen Gebetsraum bauen, und das ist nicht in unserem Sinne.«

»Einen interkonfessionellen Gebetsraum«, staunte Hochwürden und rückte sich sein Don-Camillo-Käppchen zurecht. »Das ist das erste, was ich höre.«

»Ach, da muss also erst jemand von außen kommen, um dir zu sagen, was bei dir vor der Haustür passiert? Das lässt tief blicken.«

Der Pfarrer schluckte.

Tatsächlich war er sicher, dass er seine ihm anvertrauten Schäflein sogar sehr genau kannte, allerdings konnte er auch nicht jeden einzelnen Grashalm wachsen hören.

Der neue Generalvikar, er tat ihm Unrecht. Und er duzte ihn einfach so. Wir sind doch nicht mehr im Mittelalter, dachte der Pfarrer. Im 21. Jahrhundert duzte der Ober nicht mehr den Unter. Sollte er sich wehren? Sollte er sich verteidigen? Jedes Wort wäre eines zu viel gewesen, dachte der Pfarrer. Zumal er um die Kraft des ersten Eindrucks wusste. Und möglicherweise würde er über Jahre mit Generalvikar Höllenmeier zu tun haben, also ließ er es.

»Ich kann mich gerne umhören«, bot er stattdessen an, bemüht, dabei so ruhig und so unbeeindruckt wie nur eben möglich dreinzublicken.

»Das wäre gut.« Höllenmeier verschränkte die fleischigen Hände hinterm Rücken, drehte sich ab und ließ den Blick durch die Hudlhubber Dorfkirche Zur Heiligen Mutter Gottes Verkündigung schweifen. Als verlängerter Arm des Bischofs gedachte er durchaus, eine gewisse Strenge an den Tag zu legen. Je weiter entfernt vom Bistumssitz er diesen Arm ausfuhr, umso mehr ballte er die verbale Faust.

Diese Tendenz, sich in der Ferne unbeobachtet und damit zu sicher zu fühlen, war ihm nicht unbekannt. Er selbst war ja auch nicht immer im Zentrum der Macht gestanden.

Jedenfalls hielt er es für besser, gerade anfangs etwas Strenge walten zu lassen. Die Zügel lockern konnte er später immer noch. Wie man Worte so wählt, dass sie wie Donnerpfeile direkt ins Herz des Gesprächspartners fuhren, wusste er wohl.

Hier, beim Hudlhubber Ortsgeistlichen, hatte er einen ersten Wirkungstreffer erzielt, das war nicht zu übersehen. Der schlaksige Pfarrer wackelte, Höllenmeier hatte überhaupt nichts dagegen.

Zeit für etwas Zuckerbrot.

»Schön ist es geworden!«, sagte Höllenmeier.

Der Pfarrer reagierte nicht gleich, er war noch in Gedanken beim Vorwurf des Generalvikars. »Wie bitte?«

»Ich sagte: Schön ist es geworden«, wiederholte der Generalvikar, und er war in diesem Augenblick sehr zufrieden mit sich. Diesen kleinen Dorfpfarrer hatte er fest an der Angel.

Gnädig ließ er den Blick über das Rippengewölbe an der Decke schweifen, die Spuren des großen Fronleichnamsbrandes waren mustergültig beseitigt. »Ich habe Bilder gesehen vom Zustand des Hauptschiffs nach dem großen Feuer.«

»Ja«, sagte der Pfarrer, redlich bemüht, seinen Zorn herunterzuschlucken. Er konnte es nicht leiden, wenn man ihn wie einen Schuljungen maßregelte, das weckte den Rebellen in ihm. Er war eben kein angepasster Schleimer.

»Was wäre denn so schlimm an einem überkonfessionellen Gebetsraum?«, fragte der Pfarrer entsprechend nach. »Ich meine, im Brandenburger Tor in Berlin gibt es so was doch auch schon.«

»Berlin?«, donnerte der Generalvikar. »Mein Sohn, hältst du unsere katholische Kirche etwa für arm, aber sexy? So hat doch dieser Wowereit seine Stadt einst bezeichnet.«

»Das habe ich nicht gesagt!«, verteidigte sich der Pfarrer. »Unsere katholische Kirche ist natürlich weder arm noch sexy.«

Ups.

Der nächste Fehler.

War ihm so rausgerutscht.

Die Reaktion kam postwendend.

»Wie bitte? Du findest, unsere katholische Kirche ist nicht sexy? Und wie sexy sie ist. So sexy wie und je. Aber sie ist nicht arm und sexy – wie dieses Berlin!«

Der Pfarrer stand da wie ein dummer Schulbub und ließ den Kopf sinken, bereit für den großen Anschiss.

»Du willst unsere bayerischen Lande doch nicht allen Ernstes mit einer Stadt vergleichen, die nichts kann, außer Schulden zu machen? Die ein Sündenpfuhl geworden ist! In der nicht die christlichen Werte von Familie und Nächstenliebe im Blickpunkt stehen, sondern Lobbyisten, Partys, Feiern, ein ausuferndes Nachtleben – und das alles auf Kosten von anderen? Ich bitte dich recht schön!« Generalvikar Theodor Höllenmeier redete sich in Rage, er war kaum noch zu bremsen. »Nein, wir wollen keinen interkonfessionellen Gebetsraum in Hudlhub haben und auch rundherum nicht. Wir respektieren selbstverständlich die Spiritualität auch derer, die nicht dem Wort

Gottes folgen, aber wir pflegen hier unsere abendländische Tradition, denn diese abendländische Tradition ist es, die uns ausmacht.«

»Ich weiß«, sagte der Pfarrer devot, »Bayern ist katholisch, und das soll auch so bleiben.«

»Ich sehe: Wir verstehen uns«, nickte der Generalvikar, dem der ironische Unterton seines Mitarbeiters zwar nicht entgangen war, der die Situation aber nicht noch weiter auf die Spitze treiben wollte. Ihm war gesagt worden, dass dieser Ortsgeistliche ein guter Mann sei, den man durchaus später für höhere Weihen in Betracht ziehen könnte.

Allerdings nicht, wenn er zu modern war.

»Wir haben große Pläne!«, sagte Höllenmeier. »Wir wollen unser Bistum, unseren Glauben wieder groß machen.«

Der Pfarrer musste bei diesen Worten kurz an Donald Trump denken, der sein Land auch »great again« machen wollte, auf Kosten des Rests der Welt. Er fand es nicht ideal, Formulierungen zu gebrauchen, mit denen jemand angetreten war, den viele als patriarchischen Sexist vom alten Schlag bezeichneten. Für dieses Mal hielt sich der Pfarrer dennoch zurück, besser so.

»Wir wollen, dass die Menschen wieder zu Gott zurückfinden, dass unsere Kirchen bei den Sonntagsgottesdiensten wieder bersten«, sagte Höllenmeier jetzt, und das versöhnte den Pfarrer wieder.

Damit konnte er etwas anfangen.

Ein schöner Gedanke, fand er, der in der Basisarbeit den Wunsch der Menschen nach Spiritualität wohl spürte.

Allerdings gab es, selbst wenn der Geist willig wäre, immer noch das Fleisch, das am Sonntagmorgen bei der Messe mitspielen musste. Und das war nun mal bei vielen schwach, vor allem bei den Jüngeren. Und nach einer durchzechten Nacht wollte er die nun auch nicht gerade in seinem Gottesdienst ständig wegdösen sehen.

»Wir wollen unsere Gläubigen wieder abholen!«, sagte Höllenmeier. »Wir wollen Glaubenszentren schaffen, aber echte Glaubenszentren, mit denen wir die Menschen, die mit unserer christlich-abendländischen Kultur aufgewachsen sind, abholen – ein interkonfessioneller Gebetsraum wäre da absolut kontraproduktiv. Drum möchte ich dich bitten, mein Sohn ...« – und jetzt wandte sich Generalvikar Theodor Höllenmeier dem Pfarrer erstmals direkt zu, legte ihm die rechte Hand auf dessen Schulter und sah ihm tief in die Augen –, »dass du mich über alles auf dem Laufenden hältst, was sich hier, in deiner Gemeinde, die wir dir und niemandem sonst anvertraut haben, in Sachen interkonfessionellem Gebetsraum tut.«

Der Pfarrer schluckte noch einmal, dann nickte er.

»Gut, mein Sohn«, sagte der Generalvikar. »Und ich möchte noch etwas von dir. Um elf Uhr habe ich einen Termin im Kloster Scheyern, meinen Antrittsbesuch. Ich möchte, dass du mich dorthin begleitest.«

»Natürlich, Herr Generalvikar«, sagte der Pfarrer und nickte noch einmal.

Er spürte, dass er gefangen war.

Allerdings war es nicht seine Art, sich den Fesseln einer Zwangsjacke zu ergeben, deswegen war er nicht Geistlicher geworden. Er versuchte, das Thema zu wechseln.

»Und wie gehen wir nun mit dieser Foss-Situation um?«, fragte der Pfarrer so gelassen wie möglich.

»Nun, ich würde sagen, wir machen das wie immer, wir kommunizieren die reine Wahrheit.«

»Die da wäre?«

»Unser Bruder Traugott Foss war gerufen worden, um eine Krankensalbung vorzunehmen. Ein Besucher des Etablissements, dessen Namen wir aus Gründen der Diskretion natürlich nicht preisgeben können, hatte einen Herzinfarkt, was sich danach aber als Irrtum, als Missverständnis herausstellte. Traugott Foss als Familiengeistlicher wusste das nicht, war dem Ruf des Gläubigen gern gefolgt, leider stolperte er unglücklich und verletzte sich dabei tödlich. Requiescat in pace.«

Der Pfarrer nickte entwaffnet.

»Ach, diese Wahrheit«, sagte er.

25 | 11:34

Der alte Haderlein hatte die Lage mit einem Blick erfasst: Von dem Schweinestall, wie er ihn Zeit seines Lebens gekannt hatte, war nichts mehr übrig.

Verblüfft starrte er in eine gewaltige Halle. Der Boden musste wirklich massiv abgesenkt worden sein. So genau konnte er das nicht sehen, denn hier stand alles unter Wasser. Nur an dem gigantischen Bierbraukessel in der Saalmitte, der alles überstrahlte, ließ sich abschätzen, dass es noch ein ordentliches Stück weiter nach unten gehen musste.

Hunderte Meter Kupferleitungen schlängelten sich durch den Raum, ein Meer von Messgeräten, Kupplungen und Schaltern tat sich vor ihm auf.

Wie war das denn hierhergekommen?

Seit wann gab es in Biberg eine Brauerei?

Der alte Haderlein war fassungslos.

Was wohl noch alles an ihm vorbeigegangen war?

Fasziniert genoss er das Bild, das sich ihm bot, die Technik, die Eleganz der handwerklichen Perfektion.

Wäre er noch ein junger Mann, wäre er siebzig oder achtzig, er wäre ganz einfach die Treppen heruntergesprungen, er hätte sich eine Wasserpumpenzange geschnappt, und er hätte sich durch die Fluten gekämpft, zum Haupthahn, der sich offensichtlich auf der Seite gegenüber befand, das hatten selbst seine trüben Augen sofort erkannt.

Aber er war keine 70 mehr, sondern 109.

Entsprechend dauerte allein schon der Weg zur Wasserpumpenzange eine halbe Ewigkeit.

Mühsam hangelte sich der alte Haderlein die Stufen der steilen Treppe hinab. Bei der Dritten warf er einen sehnsüchtigen Blick zurück zu seinem Rollator, der würde ihm jetzt nicht mehr helfen. Und den point of no return hatte er längst überschritten. Es gab jetzt kein Zurück mehr.

Endlich, irgendwann, fühlte der alte Haderlein den Boden. Da kam keine weitere Stufe mehr. So viel Wasser war schon im Raum, dass es ihm bis weit über die Hüfte ging.

Eingehüllt von Wasser, gelang es ihm kaum, einen Fuß vor den anderen zu setzen. Das erforderte Kraft, die war ihm vor Jahren ausgegangen. Man hatte zwar manuelle Therapie mit ihm gemacht, regelmäßig, auf eine Herausforderung wie diese konnte ihn das nicht vorbereiten.

Der alte Haderlein hielt kurz inne, um zu atmen. Erstaunlich, dass er überhaupt so weit gekommen war, nach all den Jahren im Bett. Das würde Ärger geben, so viel war klar.

Beate von der Sozialstation würde es überhaupt nicht gefallen, ihm hier heraushelfen zu müssen, und der Hülya, falls sie heute Mittag Dienst hatte, auch nicht. Er sah sie schon vor sich, wie sie die Hände vor der Brust zusammenschlug und dann in ihrem fast akzentfreien Deutsch mit ihrer stets etwas zu aufgeregten Stimme sagen würde: »Du meine Güte, Herr Haderlein! Was tun Sie denn da! Wie oft habe ich Ihnen schon gesagt, dass sie endlich mal raus sollen aus Ihrem Bett, Herr Haderlein! Aber doch nicht so, Herr Haderlein! Doch nicht ohne mich! Was um alles in der Welt hat Sie denn auf diese verrückte Idee gebracht, Herr Haderlein?«

Ach, die gute Hülya. Was gäbe er darum, wenn sie jetzt bei ihm wäre. Aus eigener Kraft, das war klar, kam er hier nicht mehr heraus. Sie würden ihn führen, und dann würden sie ihn abtrocknen müssen. Hülya, Beate, jemand anderer – ganz egal, er mochte sie alle.

Der alte Haderlein lächelte, trotz all der Anstrengung. Vor einer Weile, da war ein Film im Fernsehen gekommen, wo ein afrikanischer Herrscher in einer übergroßen Badewanne saß und recht glücklich dreinschaute. Nach einer Weile tauchten zwei Sklavinnen auf und sagten: »Der kleine Prinz ist jetzt auch sauber.«

Der alte Haderlein konnte sich beim besten Willen nicht mehr daran erinnern, wie der Film hieß, diese Szene war ihm aber in Erinnerung geblieben. Total sexistisch, aber irgendwie trotzdem zum Schmunzeln. Warum sie ihm gerade jetzt einfiel ...

Das Wasser stieg weiter, es reichte ihm nun bis fast an die Rippen. Die Wasserpumpenzange hatte er in die Unterhose gesteckt, sie rutschte, aber das war ihm egal. Seine alten Hände griffen nach den Leitungen, und Zentimeter für Zentimeter hangelte er sich nach vorne. Der alte Haderlein atmete schwer, er hyperventilierte fast, ihm war schwindlig, aber er kämpfte weiter.

Für seinen Enkel. Der würde staunen, wenn er nach Hause kam und der Heldentat des Großvaters gewahr würde.

Aber was hatte er sich nur dabei gedacht, der Ludwig, schimpfte der alte Haderlein in Gedanken, dass er ihm nie davon berichtete, von dieser Hausbrauerei. Er hätte doch noch ein wunderbares Rezept gehabt, für ein perfektes dunkles Bier, aus seiner Kindheit.

Man hätte es doch mal ausprobieren können, das wäre gewiss ein Spaß gewesen.

Und ein Genuss!

Aber der Ludwig, der hielt ihn ja für blöd, für senil.

Wahrscheinlich wartete er nur darauf, dass er endlich das Zeitliche segnete, wahrscheinlich war er für den Ludwig nicht mehr als ein Kostenfaktor.

Was er jetzt, in diesem Augenblick, tat, war jedoch mehr wert als ein Curved Flatscreen und ein fernsteuerbares Krankenhausbett. Er war drauf und dran, dem Ludwig zu retten, was er ganz offensichtlich über Jahre aufgebaut hatte. Das müssen enorme Summen sein, die er hier investiert hat. Entweder, als Landtagsabgeordneter verdient man viel Geld oder er muss einige Tagwerk Grund abgegeben haben.

Haderlein hielt inne, er schnappte nach Luft, er spürte, wie die Kräfte schwanden. Sieben, vielleicht acht Meter hatte er inzwischen geschafft, etliche lagen noch vor ihm.

Er hatte sich übernommen. Sein Herz schlug ihm bis zum Hals. Der ganze Körper schmerzte, abgesehen von den Beinen, die spürte er nicht mehr. Haderlein versuchte, sich weiterzuhangeln, aber die Hände versagten ihren Dienst. Sie blieben verkrampft genau dort, wo sie waren, und bewegten sich nicht. Waren das überhaupt seine Finger? Der Blick wanderte zum Haupthahn. Noch so weit weg. Er würde es nicht schaffen.

Ein Wunder, dass er überhaupt so weit gekommen war.

Der alte Haderlein versuchte, seine Position zu verändern und die Arme auf die Rohre zu legen, um die Hände zu entlasten, dann hielt er sich einfach nur noch fest.

Er dachte an seine liebe Frau, die schon so früh gehen musste, geradeмal 94 Jahre hatte sie werden dürfen, dann ließ sie ihn allein. So viele Hürden hatten sie gemeinsam bewältigt, sie waren mit einem beschenkten Leben in der Natur und mit der Natur belohnt worden.

Und er dachte an seinen nichtsnutzigen Sohn und dessen nicht minder nichtsnutzige, dafür aber besonders schöne osteuropäische Frau, keine Ahnung, wie er gerade an sie gekom …

Was war das?

Ein Knall.

Eine Autotür?

Der alte Haderlein schöpfte neue Hoffnung.

Wie gern hätte er jetzt laut um Hilfe gerufen.

Beate! Oder: Hülya! Er versuchte zu schreien, aber er brachte keinen Ton heraus, nicht einmal mehr ein Röcheln.

Bitte, dachte er. Bitte beeilt euch! Lasst das Mittagessen ganz einfach in der Warmhaltebox. Rennt los, steckt den Schlüssel ins Türschloss, stürzt euch in die Fluten! Er würde ihnen die Wasserpumpenzange geben, sie anweisen, wie sie den Haupthahn zuzudrehen hatten – und alles wäre wieder gut.

Haderlein stellte sich darauf ein, noch eine, vielleicht zwei Minuten durchhalten zu müssen.

Das würde er vielleicht gerade noch schaffen. Und dann würde er mit seinem Enkel, dem Landtagsabgeordneten, eine frische Halbe aus dieser Hausbrauerei trinken, und wenn es das Letzte war, was er in diesem Leben tat.

Vielleicht auch nicht.

Haderlein sah mit Schrecken, dass der Wasserspiegel in diesem Augenblick eine Steckdose in der Wand erreicht hatte. Die war ihm vorhin gar nicht aufgefallen. Er spürte einen entsetzlichen, brennenden, atemberaubenden Schmerz im ganzen Körper, das war kaum zu ertragen, und er hatte schon viel ertragen in seinem langen Leben.

Was für grausame, brutale Schmerzen!

Durchhalten, dachte er.

Festhalten.

Nicht aufgeben.

Dieser unvorstellbare Schmerz!

Dann sah er seinen Händen zu, wie sie ihre Umklammerung lösten.

Oben, in der Tür, tauchte eine Frau auf, mit einer Wärmebox in der Hand. Das Mittagessen. Was es wohl heute Feines gab, fragte sich der alte Haderlein.

Das Entsetzen stand der Frau ins Gesicht geschrieben.

Es war die gute Bea …

26 | 11:34

Ludwig Haderlein zückte das Smartphone, um auf die Uhr zu sehen.

Von wegen. Er wollte sein Smartphone zücken, aber er konnte nicht. Es war nämlich nicht da, wo es sein sollte. Verdammt! Er hatte es ja vorhin am Eingang abgegeben, so wie alle anderen auch. Nach der Erfahrung vom letzten Mal war man vorsichtiger geworden. Es ziemte sich nicht, mit dem Smartphone in der Bundesversammlung Facebooknachrichten zu lesen, zu twittern oder gar Pokémons zu fangen. Nicht, wenn ein Bundespräsident gewählt werden soll.

Auch dann nicht, wenn die Schlagzahl der Bundespräsidentenwahlen seit der kurzen Ära des Ex-Währungsfondsdirektors merklich gestiegen war. So besonders war das alles irgendwie längst nicht mehr, fand Haderlein.

Sein Nebenmann hatte eine Armbanduhr, er schielte drauf. Gleich Mittagessenszeit.

Jetzt lief die ganze Gaudi hier schon eine gefühlte halbe Ewigkeit, mindestens vier Minuten, sie war immer noch nicht vorbei.

Und Haderlein hatte Hunger.

Wer hätte denn ahnen können, dass sich diese Veranstaltung so in die Länge zog. Vier Minuten. Könnte man nicht mal langsam zum Ende kommen?

Gut, es war ja klar, dass Bundestagspräsident Norbert Lammert die Bundesversammlung nicht ohne einige launige Worte einleiten würde, und auch, dass er dabei angemessen dezent an die vorausgegangenen Sitzungen erinnerte, die ja durchaus Zündstoff in sich trugen.

Und jetzt ging alles wieder von vorn los.

Er hatte doch die Anreise extra so gewählt, dass er hier nicht stundenlang unnütz herumsitzen musste.

30 Minuten Wahlgaudi – und dann nichts wie ab zum Buffet. Das war Ludwig Haderleins Plan gewesen. Und dann hatte er ja noch ei-

nen Spezialauftrag zu erfüllen, auf Wunsch des Bürgermeisters. Aber dazu musste er eh bis nach dem offiziellen Teil warten.

Denn der Bürgermeister hatte ihn gebeten, den neuen Bundespräsidenten zur Einweihung des Hudlhoopreifen-Zentrums einzuladen.

»Was glaubst, Lucki, wie die Leute schauen, wenn der … (Kunstpause) … Bundespräsident … (Kunstpause) … nach Hudlhub kommt, um sich im neuen … (Kunstpause) … interkulturellen … (besonders lange Kunstpause) … Besinnungsraum … (Kunstpause) … zu besinnen!« So hatte er es gesagt, der Bürgermeister, und abgesehen davon, dass sich Haderlein schon vom Erinnern an die Kunstpausen gestresst fühlte – wer hat schon so viel Zeit? – hatte er natürlich recht, der Bürgermeister. Und hier, im allgemeinen Überschwang direkt nach der Wahl war die Chance natürlich riesig, dem neuen Bundespräsidenten etwas aufzuschwatzen.

Nur schnell sollte es gehen.

Klappte nicht.

Er versuchte, sich seine gute Laune von dem Getue nicht vermiesen zu lassen. Es war doch eh klar, wie das hier ausgehen würde. Immer dasselbe: Das System beschäftigte sich wieder einmal selbst. Da war sie wieder, die Haderlein'sche Containertheorie, und zwar in Reinform.

Haderlein sah sich im Sitzungssaal um. Wo war eigentlich der andere Hudlhubber, der Adler Ferdy?

Naja, der versprengte Freie-Wähler-Haufen – der war nun wirklich nicht leicht auszumachen, unter all den Menschen hier.

Etliche der üblichen Verdächtigen sah er, klar, die Stars des Berliner Politbetriebs. Diejenigen, die das Spiel eben am besten spielten, die am konsequentesten in die Talkshows zu Illner, Will, Lanz & Co. drängten.

Ein Parteifreund hatte ihm das mal erklärt: »Ja, meinst du wirklich, die Paparazzi stehen tatsächlich in der Gegend herum und warten darauf, dass ein Promi fotografierenswerten Unfug anstellt? Sei nicht so naiv. Natürlich rufen diejenigen, die in die Medien wollen, den Fotografen an. Und dann kommen sie in die Medien.«

Er müsste sich hier eigentlich auch irgendwo herumtreiben, dieser Berliner Parteifreund, ach, da vorn saß er ja. Servus! Freundliches Nicken, und dabei maximal staatsmännisch ausschauen, das war sehr wichtig. Schließlich waren hier überall Kameras.

Und Haderlein wollte sich nach der Bundesversammlung weder popelnd noch sonst irgendwelche unziemliche Tätigkeiten verrichtend in YouTube wiederfinden.

Es reichte schon, dass der jüngste deutsche Langzeit-Bundestrainer dort für den Rest seines Lebens archiviert ist, wie er am Rand eines Fußballspiels die Kronjuwelen in der Hose korrekt drapierte. Höggschd unangenehm so was.

Viele der Gesichter hier im Raum kannte er.

Einige persönlich, die meisten aber dann doch auch nur aus den Medien. Als einfacher bayerischer Landtagsabgeordneter war er schlicht nicht wichtig genug, um beim ganz großen Spiel mitzuspielen.

Wobei es auch im Maximilianeum einige gab, die wohl wussten, wie es geht, die sich immer wieder bundesweit inszenierten, mit dem richtigen Satz zur richtigen Zeit.

Wie man das macht, wusste Haderlein auch. Aber er wollte seine Deckung auf andere Weise verlassen.

Wenn es soweit war.

Wenn er wirklich etwas vorzuweisen hatte.

Er arbeitete daran. Nicht auf dem politischen Gebiet. Sie alle würden ihn noch kennenlernen. Er, Ludwig Haderlein, war drauf und dran, das gesündeste, das beste Bier der Welt zu kreieren. Mit einem Bestandteil, den nur er und Toni Entleitner kannten: Flavonoide, die aus Himbeeren extrahiert wurden. Er hatte einige Hebel in Bewegung setzen müssen, um an sein Wissen zu gelangen und um mit dem Entleitner den perfekten Partner an seiner Seite zu haben.

Sie waren fast soweit. Nur ein einziges Problem hatten sie noch zu lösen: Sie mussten herausfinden, in welchem Stadium des Bierbrauprozesses die Himbeerflavonoide idealerweise beigegeben werden, um die beste Wirkung zu erzielen. Seine geheime Forschungsbrauerei im ehemaligen Saustall in Biberg würde ihm da weiterhin beste Dienste erweisen.

Vor nicht allzu langer Zeit hatte er noch einen weiteren guten Tipp bekommen, Gewürze aus Nepal, gesund machende Blätter. Jiaogulan. Er ließ sie gerade analysieren, um herauszufinden, ob sie den Effekt des Biers noch verstärken würden. Und dann, wenn das alles geschafft war, wenn er seine Bierrezeptur perfektioniert haben würde, dann, ja, dann würde er seine Deckung verlassen.

Und die Leute würden Augen machen.

Oh ja.

Ganz bestimmt.

27 | 11:34

Charlie ertappte sich dabei, wie er fluchte. Immerhin war Sonntag, und eigentlich hatte er überhaupt keine Lust, heute zu arbeiten.

Aber wenn er schon die Gelegenheit hatte, einen Auftrag beim Herrn Landtagsabgeordneten Haderlein auszuführen, ohne ihm persönlich begegnen zu müssen, dann musste er sie einfach beim Schopfe packen.

Wieder einmal war Haderlein mit einem seiner Sonderwünsche dahergekommen. Er wollte unbedingt eine neue Zentrifuge für seinen Whirlpool haben und nicht irgendeine, sondern eine nach amerikanischen Plänen, nur nicht in Zoll, sondern alles metrisch.

Also hatte Charlie, der selbstständige Mechatroniker, alles umgerechnet, das Material besorgt und hergerichtet und alles zusammengebaut. Und als er erfahren hatte, dass Haderlein an diesem Sonntag nach Berlin muss, da hatte er gefragt, ob es ihm denn etwas ausmachen würde, wenn er das an genau diesem Tag anliefert. Es sei ja so viel zu tun, die Wirtschaft brummt, der Fachkräftemangel und überhaupt.

»Meinetwegen«, hatte Haderlein zurückgewhatsapped. Er solle das Teil einfach in die Garage gleich links neben dem Hoftor legen, die sei nicht verschlossen.

Also hatte Charlie das Teil vorhin auf die Ladefläche seines Pickups gelegt und sich auf den Weg nach Biberg gemacht. Er war nur noch ein paar Hundert Meter vom Anwesen entfernt. Vorn bog gerade ein Fahrzeug der Sozialstation in das Anwesen ein. Essen auf Rädern, mutmaßte Charlie.

Warum Haderlein unbedingt eine amerikanische Zentrifuge wollte, erschloss sich ihm nicht. Deutsche Wertarbeit hätte das genauso gekonnt – wobei, er bekam ja jetzt deutsche Wertarbeit.

Aber egal. Haderlein zahlte stets pünktlich, und er fragte auch nicht nach dem Preis, er versuchte nicht, ihn hinterher runterzuhandeln. Charlie mochte den Gedanken ja eigentlich nicht denken, aber Haderlein war tatsächlich ein absolut integrer Geschäftspartner.

Und überhaupt: Hätte er es nicht besser gewusst, wäre nicht der Herr Landtagsabgeordnete Ludwig Haderlein der Auftraggeber gewesen, dann hätte Charlie vermutet, dass es sich bei dieser Whirlpoolzentrifuge nicht um ein Bauteil für eine Badewanne handelt, sondern um jenen Whirlpool, den man zum Bierbrauen braucht.

Im Anschluss an die Würzekochung werden die nicht gelösten Hopfenbestandteile, Malzreste und noch einiges mehr – Charlie konnte sich daran auswendig nicht mehr so genau erinnern – durch einen Sedimentationsprozess entfernt. In einem Gerät, das man Whirlpool nennt.

Aber was um Himmels Willen hätte Haderlein mit einem Bierbrau-Whirlpool gewollt?

Andererseits: Was um Himmels Wissen mochte das für ein Mörderwhirlpool sein, für den er eine Zentrifuge dieses Ausmaßes haben wollte? Darin könnte sich ja eine ganze Familie besprudeln lassen. Obwohl ...

Charlie wollte sich das lieber nicht vorstellen, den verweichlichten Abgeordneten mit seinem fahlen, blassen Politikerkörper in einem Megawhirlpool, umgeben von irgendwelchen gemieteten Liebesmädchen oder auch Liebesjungs, so genau wusste man das ja alles nicht. Und genau genommen wollte Charlie das auch gar nicht wissen.

Was ihm dann aber doch komisch vorgekommen war: dass er den amerikanischen Superduper-High-Tech-Whirlpool, für den die Zentrifuge gedacht war, nicht ein einziges Mal in Biberg persönlich in Augenschein nehmen durfte. Haderlein hatte ihm die exakten Baupläne gebracht, mit den nicht minder exakten Leistungsvorgaben und den Einbaumaßen – das war's. Und genau heute, an diesem Sonntag, da sollte er das Gerät ausliefern. Na dann.

Charlies Smartphone vibrierte, als er gerade das Hoftor in Biberg passieren wollte. Er hielt kurz an und machte den Motor aus.

»Hey.«

Steffi.

Hey.

Wie geht's dir?

Wie solls mir gehen?
Gut! Und dir?

Auch gut.

Bin sehr schön aufgewacht.

Ich auch.
Hab grad an dich gedacht.

Denk ständig an dich.

Du bist süß.
Kommst du heut Abend?

Charlie überlegte kurz. Natürlich würde er heute Abend zum Konzert kommen. Wenn seine Steffi schon mal in München spielt. Im legendären Schlachthof. Macht man ja auch nicht jede Woche. Das war schon etwas Besonderes für eine Sängerin aus Hudlhub. Aber warum sollte er ihr das eigentlich auf die Nase binden?

Weiß noch nicht.
Hab Terminsachen.

Schon klar.
Schau einfach.
Dachte nur.

Ich denk schon dran.
Auch daran.
Hast eigentlich schon ne Wohnung für uns im Auge?

Nee, hab ich nicht. Du?

Nee, auch nicht. Meine ist jedenfalls auf Dauer zu klein für zwei.

Und meine auch.

Ich könnt mal die Hallers fragen. Die haben doch den ganzen ersten Stock frei.

Du meinst die Wohnung, die für Georg Friedrich gedacht war. Die ist groß.

Naja, und er wird ja wohl nicht so bald wiederkommen.

Glaub ich auch nicht. Und jetzt, wo Frau Haller auch noch Pfarrersköchin ist …

… eben. Das Haus ist doch quasi leer.

Die Hallers wären wahrscheinlich sogar froh, wenn da noch jemand in ihrem Haus leben würde.

Also soll ich mal fragen?

Das würdest du tun?

Warum nicht?

Hast keine Angst mehr?

Wie Angst? Ich bin ein Mann.

Eben.

Heeeeeeee!

Waaaaas?

Hab dich lieb.

Und ich dich.

28 | 11:34

Schwester Beate war heute besonders gut gelaunt. In der Kiste, mit der sie in der Tür stand, warteten Königsberger Klopse mit grünem Blattsalat und Joghurtdressing. Die waren ganz besonders lecker, sie hatte sie selbst schon gekostet. Sie kamen mit Kapern und Sardellen in weißer Soße. Und der Clou: ein wenig Curry, Rosmarin und Nelken. Der alte Haderlein liebte sie. Regelrecht geschwärmt hatte er beim letzten Mal.

Sie freute sich auf den kleinen Plausch mit dem alten Herren. Es war nicht viel Zeit, um bei ihm nach dem Rechten zu sehen, ein paar Minuten aber doch. Und der alte Herr Haderlein war wirklich sehr nett. Und vergleichsweise pflegeleicht.

In diesem Alter ist ja auch nicht mehr viel dran an den Menschen. Kaum noch Fleisch, stattdessen klappernde Knochen. Fühlt sich fast so leicht an wie Papier, ist im Bett gut zu drehen, pflegeleicht eben.

Der Mann war ein Phänomen. Seit Jahren hatte er extreme Schmerzen und trotzdem immer einen Scherz auf den Lippen, stets war er gut gelaunt. Wahrscheinlich wird man so, wenn einen der Sensenmann vergessen hat, mutmaßte Beate. Die Einöde von Biberg war offensichtlich derart abgelegen, dass nicht einmal Gevatter Tod hierher fand.

Vielleicht sollte sie ja hier einziehen. Gar kein so blöder Gedanke, fand Beate. Der Abgeordnete Haderlein war immerhin noch ledig, und homosexuell wirkte er nun auch nicht gerade, vielleicht war er ja ganz nett. Eine gute Partie wäre er obendrein.

Die Krankenschwester kicherte. Sie hatte ein ganz besonderes Kichern, da mischte sich immer ein niedlicher Kiekser dazu. Ihre Kolleginnen liebten das und legten es geradezu drauf an, sie zum Lachen zu bringen.

Beate Haderlein, sie kicherte gleich noch einmal. Das klang doch sehr stattlich. Vielleicht sollte sie sich den Herrn des Hauses beizeiten einmal genauer ansehen.

Ihr Kopfradio spielte immer noch den Song, den sie eben auf Bayern3 gehört hatte, Bruno Mars, den mochte sie. Tolle Stimme, süßer Kerl. Bruno Mars sang auch noch weiter, als Beate Opa Haderleins Rollator mitten im Gang entdeckte, und auch, als sich die Geräusche, die aus der offenen Tür zu ihrer Rechten drangen, mit dem Ohrwurm vermischten. Was war das überhaupt für eine Tür? Die hatte sie ja noch nie offen gesehen.

Schwester Beate warf einen Blick hinein.

An ihren Füßen kullerten Königsberger Klopse unbeachtet über den Boden und suhlten sich in der sahnigen Soße. Schwester Beate hatte das Mittagessen einfach fallen lassen.

Oh Gott: Der alte Haderlein, er stand da in hüfttiefem Wasser und sah sie mit weit aufgerissenen Augen an.

Was war das hier überhaupt?

Ein Swimmingpool?

Die Haderleins hatten doch keinen Swimmingpool im Haus! Oder doch?

Und wie um alles in der Welt hatte es der alte Mann geschafft, hierher zu gelangen? Und auch noch allein.

Er war doch seit mindestens sieben, acht Jahren nicht mehr aus dem Bett gekommen.

Nein, ein Swimmingpool war das nicht.

Überall Rohrleitungen, und mittendrin im Raum ein Kupferkessel, der sah aus wie … sie hatte so was schon mal im Fernsehen gesehen … wie ein Bierbraukessel. Genau! Aber was machte denn ein … Bierbraukessel … hier, in Biberg?

All diese Gedanken schossen Schwester Beate nahezu gleichzeitig durch den Kopf. Keine Sekunden hatte der Blickkontakt mit dem alten Haderlein gedauert.

Jetzt veränderte sich sein Gesichtsausdruck.

Beate sah Schmerz, tiefen Schmerz.

Nein, das war nicht nur Schmerz, das waren Qualen.

Haderleins Körper begann, wie wild zu zucken, wie – auch das hatte sie schon im Fernsehen gesehen – bei Elektroschocks. Der alte, schwache Körper, er wurde hin- und hergeworfen, Blitze zuckten durch den Raum.

»Herr Haderlein!«, rief sie.

Beate verstand, was hier passierte: Das Wasser stand unter Strom. Sie konnte nicht rein, sie konnte ihm nicht helfen.

Warum flog denn die Sicherung nicht?

Gab es hier keine Sicherung?

Die Stromschläge, sie müssten doch jetzt bitteschön endlich aufhören!

Beate konnte sehen, wie sich Haderleins Griff löste. Bis eben hatte er sich mit seinen dürren, blauadrigen, dunkelfleckigen Händen an eine Rohrleitung geklammert, wahrscheinlich stand auch sie unter Strom.

Was mussten das für Schmerzen sein!

Beate hatte einmal einen kleinen Stromschlag bekommen, als sie daheim eine Lampe selbst anklemmte und nicht aufpasste. Und das war schon ein krasser, ein furchtbarer Stich gewesen, den Atem raubend.

Der alte Haderlein hier, er stand im Dauerfeuer.

Seine Wangen, sie waren noch eingefallener als sonst, noch schmaler. Die Haut wirkte noch durchsichtiger, noch dünner. Beate konnte sehen, wie die Adern in seinem Gesicht pulsierten, und das Entsetzen in seinen Augen.

Das hier würde selbst der alte Haderlein nicht überleben. Das war sein Ende.

Diesen Tod hatte er nicht verdient.

Sie wollte helfen.

Sie musste helfen.

Wo war der Sicherungskasten?

Beate sah sich um. Dass ihre schönen, weißen Schuhe in Klopsesoße badeten, war ihr egal. Alles war ihr gerade egal. Sie fingerte in ihrer Tasche nach dem Smartphone, so ein Mist. Smartphone! Wo bist du!!! Nein, hier auch nicht, aber da, ja, da war es.

Das gibt's doch nicht. Kein Empfang!

Falsches Netz für Biberg.

Aus dem Augenwinkel sah Beate, wie der kleine, eingefallene Körper des alten Haderlein kurz unterging, dann tauchte er wieder auf, mit dem Rücken nach oben schwamm er jetzt auf dem Wasserspiegel, der immer weiter nach oben stieg.

Bald würde er das Erdgeschoss erreichen, bald würde das stromgeschwängerte Wasser sich im ganzen Haus verteilen.

Drinnen, im Bierbraukeller, zuckten immer noch Blitze. Und nicht nur das. Beate konnte sehen, dass hinten rechts, im Eck etwas flackerte.

Feuer!

Das auch noch.

Hätte sie in Physik oder in Chemie besser aufgepasst, dann wüsste sie jetzt, ob unter Strom stehendes Wasser ein Feuer löschen könnte – oder nicht.

Ein Telefon!

Hier musste doch irgendwo ein Festnetztelefon sein.

Sie hatte doch schon mal eins rumliegen sehen, hier links, auf der Kommode, war da nicht eine Ladestation?

Ja, richtig, aber das Mobilteil steckte nicht drin.

Ohgottogottogott!

Aber, da hinten, auf dem Stuhl neben der Garderobe – der stand dort, um sich bequem die Schuhe binden zu können – ja, da lag es.

Beate griff danach und wählte die 112.

»Rettungsleitstelle, Nieder-Rühmelich«, meldete sich eine gelangweilte Beamtenstimme, Schwester Beate glaubte, sie aus ihrer Kindheit zu kennen. Richtig: Das Königlich Bayerische Amtsgericht. Der Gerichtsdiener, der immer, wenn er den Auftrag erhielt, einen Zeugen hereinzuholen, behäbig dessen Namen wiederholte und eine Art Knicks machte: »Den Herrn Landwirtschaftsdirektor Obergrieser, jawoll!«

Beate weckte diesen Nieder-Rühmelich jetzt aus seiner Lethargie.

»HILFE!!!«, brüllte sie in die Sprechmuschel.

»Äh … ja …«, stammelte Nieder-Rühmelich irritiert, »dafür sind wir ja da. Wie kann ich ihnen denn helfen?

»Ich weiß nicht!«, schrie Beate. »Ich bin hier in Hudlhub, in Biberg, um genau zu sein …«

»Da, wo der Landtagsabgeordnete Haderlein wohnt?«

»Ja, genau!« Die kennen sich aus. Das half. »Und hier steht eine Brauerei unter Strom. Es brennt. Ein Mann stirbt!«

»Wer? Der Abgeordnete Haderlein?

»Nein, sein Großvater!«

»Der Abgeordnete Haderlein hat einen Großvater? Das wusste ich ja gar nicht.«

»Jeder Mensch hat einen Großvater, da fliegt die Biene von Stempel zu Stempel … Soll ich Sie jetzt auch noch aufklären? Tun Sie doch endlich was!«

»ICH TU JA WAS!«, brüllte jetzt Nieder-Rühmelich seinerseits in sein Mikrofon und sprang auf. Das war seit Neustem möglich, weil er vor einer Weile ein Bluetooth-Headset bekommen hatte, kabellos. »ABER: WAS SOLL ICH DENN TUN?«

»MANN, ALARMIEREN SIE DIE FEUERWEHR UND DAS ROTE KREUZ UND DIE POLIZEI UND SCHICKEN SIE EINEN HUBSCHRAUBER UND EIN LÖSCHKOMMANDO UND EINEN ARZT! SETZEN SIE GEFÄLLIGST ALLES IN BEWEGUNG! ICH BRAUCHE HILFE!«, brüllte Schwester Beate. Sie hatte die Faxen jetzt dick.

Sie stand inzwischen wieder in der Tür zur Brauerei, wo der Wasserspiegel immer noch anstieg, der kleine Körper des alten Haderlein trieb gerade zuckend am Braukessel vorbei, und immer mehr Flammen züngelten da hinten im Eck. »UND EINEN ELEKTRIKER!«, schrie sich noch hinterher.

»Einen Elektriker, ja-woll!«, sagte Nieder-Rühmelich. Der ist doch tatsächlich die Inkarnation des alten Gerichtsdieners, dachte Beate. Für einen Moment sagte Nieder-Rühmelich gar nichts, Beate konnte hören, wie er ein paar Knöpfe drückte, dann meldete sich eine Stimme per Funk. Nieder-Rühmelich gab interne Codes durch, Beate verstand nicht alles, die Worte »Hudlhub«, »Biberg« und »Haderlein« hörte sie wohl. Dann wandte sich Nieder-Rühmelich wieder ihr zu.

»Also, Hilfe ist unterwegs. Sind Sie selbst denn in Sicherheit? Seien Sie vorsichtig, passen Sie auf sich auf, riskieren Sie nichts. Wir sind gleich da. Und bis dahin geben Sie mir bitte Ihre Personalien durch.«

29 | 11:38

»Wo brennt's?« fragte Charlie.

Ganz unvermittelt stand er in der Tür.

Schwester Beate kannte ihn, den Feuerwehrmann, aus der Zeitung.

Sie war ja so froh, dass sie endlich nicht mehr allein war.

Es war fürchterlich, den alten Haderlein da unten herumtreiben zu sehen. Jahrelang hatte sie ihn fast täglich betreut, das schafft eine Bindung.

»Da unten«, sagte sie und deutete in den ehemaligen Schweinestall, der nun eine Brauerei geworden war.

»Krass«, sagte Charlie.

»Allerdings.«

Charlie überlegte, ob er die Kameraden zu Hilfe holen sollte. Nein, sinnlos. Alle ausgeflogen. Max und Ludwig waren Motorradfahren, das wusste er. Franz, der Kommandant, war bei seiner neuen Freundin. Meik hatte gesagt, was er vorhatte – es fiel ihm aber grad nicht ein.

Jedenfalls war ihm klar, dass er auf sich allein gestellt war. Er sah sich kurz um.

Der Raum war offensichtlich vertieft worden, abgesenkt. Also doch. Dafür brauchte Haderlein die Zentrifuge. Hatte er sich doch gleich gedacht. Aber darum ging es jetzt nicht.

»Haderlein?«, fragte Charlie und deutete auf den zuckenden Körper, der mit dem Gesicht nach unten auf der Wasseroberfläche trieb.

Die Ruhe in seiner Stimme tat Beate gut.

»Großvater Haderlein.«

»Wusste gar nicht, dass der Haderlein einen Großvater hat.«

»Das sagen alle.«

Charlie scannte den Rest des Raums, ohne Beate anzusehen. Angesichts dessen, was vom Braukessel noch aus dem Wasser ragte, dürfte es locker sechs, wenn nicht sieben Stufen nach unten gehen.

»Wo ist der Sicherungskasten?« Charlie war inzwischen ziemlich sicher, was passiert war: Wasserrohrbruch, das Wasser steigt, der alte Haderlein wagt einen Rettungsversuch, der Wasserspiegel erreicht eine Steckdose. Kurzschluss, aber die Sicherung fliegt nicht. Folge: Das Wasser steht unter Strom. Und im Eck brennt es auch noch. Und gleich würde das Wasser das Erdgeschoss fluten, was die Lage ungemein verschärfen würde, denn dann könnte hier niemand mehr stehen. Die Rettungsteams würden von außen und von oben angreifen müssen. Gar nicht gut.

Charlie sah sich um.

Neben der Kommode stand ein alter Sessel, offensichtlich band der Herr Abgeordnete hier seine Schuhe. Darüber ein Bild, natürlich ein röhrender Hirsch.

War ja klar.

Komisch nur, dass der Hirsch im dichten Morgennebel gemalt worden war. Charlie riss das Bild von der Wand und pfefferte es respektlos auf den Boden.

Dahinter war der Sicherungskasten. Charlie verbrannte sich die Finger, als er ihn öffnete. Egal. Welche Sicherung da nicht geflogen war, erkannte er auf den ersten Blick: Rechts oben war ein nachträglich eingebauter FI – er war von einem anderen Hersteller als der Rest und so mit Klebeband fixiert, dass er nicht rausfliegen konnte. Und es war gutes Klebeband. Selbst jetzt, wo hier schon alles kokelte und glimmte, verrichtete es weiterhin zuverlässig seinen Dienst.

»Auch nicht im Sinne des Erfinders«, murmelte Charlie. Ein Griff in die Seitentasche der Hose, dann hatte er ein Schweizermesser in der Hand. Damit ritzte er das Gaffaband auf, und endlich konnte der FI das tun, wonach ihm seit Minuten schon gewesen wäre: sich umlegen.

Problem Nummer eins war gelöst.

Charlie drehte sich um, schob die schockgestarrte Beate sanft zur Seite und ging direkt die Treppe in den Schweinestall hinab. Natürlich hatte er eine Veränderung sofort bemerkt: Dieses leise Surrgeräusch, dieses kaum wahrnehmbare Bitzeln, das Beate wahrscheinlich gar nicht aufgefallen war, hatte schlagartig aufgehört. Eine – zwei – drei – vier – fünf – sechs – sieben Stufen, er hatte richtig geschätzt.

Das Wasser reichte ihm bis über den Bauchnabel.

Schnell hatte er sich zum alten Haderlein vorgekämpft, er war inzwischen einmal komplett um den Braukessel herumgeschwommen.

Charlie nahm ihn behutsam auf die Arme, trug ihn vorsichtig heraus und legte ihn sanft auf dem Boden ab. Beate prüfte sofort den Puls, sie sah seine Augen an. Es war zu Ende. Sie schüttelte den Kopf, fuhr ihm sanft mit der Hand übers Gesicht und schloss so die Augenlider des Alten.

Charlie legte ihr kurz eine Hand auf die Schulter, dann stand er auf und griff nach dem Feuerlöscher, den er hinter der Tür entdeckt hatte, kämpfte sich wieder durch das Wasser und hielt den Schaum zumindest auf den größten Brandherd.

Er konnte nicht genau erkennen, was es war, das da Feuer gefangen hatte, jedenfalls verschluckten sich die Flammen zumindest kurz.

Charlie holte tief Luft, dann verschwand er unter dem Wasserspiegel. Beate hielt instinktiv den Atem an. Nach einer Weile tauchte Charlie wieder auf, strich sich das Wasser aus dem Haar, zog seine Hose hoch, sie war ins Rutschen geraten, holte wieder tief Luft und verschwand erneut. Dann bemerkte Beate, dass es im Schweinestall nicht mehr gurgelte.

Charlie hatte den Haupthahn gefunden.

Als er wieder auftauchte, schüttelte er sich erneut. Er brauchte einen Moment, um zu verstehen, was er da eben gesehen hatte. Dieser Haupthahn hier war nicht der, wie man ihn üblicherweise in Häusern verwendet. Der hier hatte mehr etwas von einem Hydranten.

Und was war das überhaupt für eine Wasserleitung, die für eine solche Überschwemmung sorgen konnte? So viel Druck auf der Leitung würde sich die Feuerwehr im Einsatz wünschen.

Charlie kam jener Moment an Fronleichnam vor einem Jahr in den Sinn, als er und die Kameraden die brennende Sakristei der Kirche zur Heiligen Mutter Gottes Verkündigung löschen wollten. Da hätte man so viel Druck gebraucht, wie es ihn hier gab. Landtagsabgeordneter müsste man sein, dachte Charlie.

Der Klang herannahender Martinshörner riss ihn aus seinen Gedanken. Charlie ging raus und instruierte die ankommenden Mannschaften. Die Kameraden erledigten den Rest. Charlie ging wieder zu Beate, die immer noch fassungslos beim toten Opa Haderlein kniete.

»Du konntest nichts mehr für ihn tun«, tröstete er sie.

»Ich weiß«, sagte Beate, und wie sie sich das sagen hörte, merkte sie, dass sie schluchzte, überwältigt vom Schreck und von der Trauer.

Charlie legte seine Hand wieder auf ihre Schulter, das tat ihr gut.

»Er war so ein lieber Opa! Immer gut aufgelegt. Immer lustig. Immer fröhlich. Und ich hätte Königsberger Klopse für ihn dabeigehabt, die mochte er doch so gern …«

Da konnte Charlie nicht anders, er lachte los, und Beate kiekste tränenerstickt mit. Weil das so süß war, lachte Charlie noch lauter, und Beate dann auch. Das tat irgendwie gut. Die Spannung fiel ab, und Beate begann wieder zu weinen. Nach einer Weile war es gut.

»Die ganzen anderen Senioren auf meiner Tour haben auch immer noch kein Mittagessen. Werden die einen Aufstand machen!«, sagte sie schließlich. Mit einem Ärmel wischte sich Beate die Tränen aus dem Gesicht. »Wenn das Essen nicht pünktlich ist, dann verstehen meine Patienten überhaupt keinen Spaß!«

Charlie sah sich um, einen der Feuerwehrleute der Stützpunktfeuerwehr kannte er.

Er ging zu ihm.

»Was meinst, kannst du die anderen das eben allein machen lassen? Die Frau von der Sozialstation braucht Hilfe.« Der andere nickte und ging mit.

»Er wird dich jetzt zu deinen anderen Patienten fahren, mit deinem Auto. Ich kümmere mich um den Rest hier. Und auch darum, dass der Kamerad nach eurer Tour abgeholt wird.«

Der Feuerwehrmann nickte, Beate nickte auch, ihr Blick war voller Dankbarkeit.

Auf dem Weg zum Dienstwagen drehte sie sich noch einmal um. »Danke!«, sagte sie, und man sah ihr an, dass sie das so meinte. Charlie blinzelte ihr zu und lächelte.

»Hee, das ist eine Zeugin, die kann doch jetzt nicht einfach wegfahren«, rief ein Polizist quer über den Hof. Charlie erklärte ihm die Situation, der Polizist nickte und machte Beate ein Zeichen. Fahrt nur zu.

Das taten sie dann auch.

Immer noch zitternd, nahm sie auf dem Beifahrersitz Platz, der Feuerwehrmann ließ den Wagen an. Als das Fahrzeug losrollte, spürte Beate, wie ungern sie den Hof verließ. Aber sie wusste auch, dass sie das Richtige tat.

30 | 12:01

Hoppla, schon so spät! Lokalredakteur Bernd Zackig erschrak, als er das Display seines Fitnesstrackers am Arm anklickte. Er hatte extra einen mit Uhr genommen, weil er als Reporter ja nie zu spät sein wollte. Reporter sollen ja schließlich idealerweise vor Ort sein, bevor etwas passiert.

Zwölfuhreins also. Da hätte er doch beinahe seine Mittagspause verpasst. Geht ja gar nicht. Am Abend, da würde er eh wieder nichts zu essen kriegen, vor lauter Terminen, und jetzt gleich wollte er raus nach Hudlhub. Bernd Zackig hatte Sonntagsdienst, und da ging es dann doch meistens etwas ruhiger zu als sonst. Da war dann auch mal Zeit für einen Termin, den er sonst nicht leicht unterbrachte.

Er hatte sich mit dem Huberbauern verabredet, der immer für ein paar schöne Geschichten rund um den Kainegg-Mord gut war. Im November 1927 waren bekanntlich auf jenem Einödhof vor den Toren Hudlhubs sechs Menschen ermordet worden. Bis heute galt dieser Fall offiziell als ungeklärt. Und er erhitzte die Gemüter noch immer derart, dass Bernd Zackig überhaupt nicht umhin konnte, sich damit auseinanderzusetzen. Eine Geschichte über Kainegg in der Tageszeitung sorgte immer für garantierte Auflage.

Jedenfalls brauchte er davor was zum Essen. Eben wollte er Redaktionssekretärin Lissy noch kurz zunicken und sich aus dem Staub machen, da riss jemand die Tür auf und stürmte rein. Ein Mordsdrum von einem Kerl, an die zwei Meter groß, sicher zwei Zentner schwer und keine zehn Prozent Körperfett. Derart ungestüm war er, dass selbst der frühere Ministerpräsident Edmund Stoiber ins Schwanken geriet. Der schmückte seit Jahren schon lebensgroß die heiligen Redaktionsräume – als Pappfigur.

»Wer hat den Scheiß da geschrieben?«, brüllte der Hüne, ein dunkelhaariger Mittvierziger im karierten Flanellhemd, über dem er eine dicke Daunenweste trug.

»Ich weiß jetzt nicht …«, stammelte Lissy, die nicht so recht wusste, wie ihr geschah.

»Was gibt's denn?«, schaltete sich Bernd Zackig ein.

»Haben Sie den Scheiß da geschrieben?«

»Kann schon sein«, erwiderte Zackig ruhig. »Welchen Scheiß meinen S' denn genau?«

»Na, das über die Altstadtsanierung.«

»Ich habe am Freitag was über die Straßensanierung geschrieben, das stand ja gestern in der Zeitung.«

»Gestern, heute, was macht das für einen Unterschied!«, brüllte der Mann.

»Naja, für einen Journalisten spielt das eine Rolle.«

»Jetzt wird der kleine Zeitungsschmierer auch noch unverschämt, wie?« Die Stimme des Hünen war jetzt mit einem süffisanten Unterton geschmückt.

»Aufpassen«, sagte Zackig kühl.

»Ich sag dir jetzt, wer von uns beiden aufpassen muss. Dann hast du auch dieses Foto gemacht.«

»Welches Foto?«

»Na das Foto von mir.«

»Ich kann mich nicht an ein Foto von dir erinnern.«

»Ich mein' diesen Blick in die Straße.«

Zackig kramte eine Samstagsausgabe heraus und schlug sie auf. Das lokale Aufmacherbild zeigte den Blick in eine Straße, mit Baufahrzeugen und jeder Menge Handwerker.

»Da!«, sagte der Mann.

»Wo?«, fragte Zackig und kniff die Augen zusammen.
»Na da, links, das bin doch ich.«
Zackig beugte sich vor. Tatsächlich: Ganz hinten links, vielleicht sechs, sieben Millimeter groß, schlenderte jemand an der Baustelle entlang. Das konnte tatsächlich der Hüne sein.
»Der da, der mit seiner Frau durch die Stadt bummelt? Das bist du?«
»Das bin ich«, sagte der Hüne triumphierend.
»Ja, und? Was passt nicht mit dem Bild?«
»Na, die Frau da, an meiner Hand ...«
»... ja?«
»... ist nicht meine Frau.«

Lissy prustete laut los, schaffte es aber irgendwie, daraus eine Art Nieshusten zu machen. »'tschuldigung«, sagte sie und tippte so schnell wie möglich wie wild auf ihrer Tastatur herum. Sie war rasend schnell, wenn sie wollte.
»Nicht deine Frau«, sagte Zackig.
»Ja, nicht meine Frau. Aber meine Frau hat heute Morgen deine Zeitung in die Finger bekommen.«
»Erstens ist das nicht meine Zeitung und zweitens auch nicht mein Problem, wenn du mit der falschen Frau an der Hand durch die Gegend spazierst.«
»Aber du hast mich fotografiert. Ich habe ein Recht an meinem eigenen Bild. Das weiß ich. Caroline von Monaco hat schon mal eine Klage gewonnen wegen dem Recht an ihrem Bild.«
»Das mag schon sein, aber dieses Foto geht um die Baustelle und nicht um dich. Deswegen hast du da eben keine Rechte.«
»Aber ich bin da drauf.«
»Kaum zu erkennen.«
»Für meine Frau schon.«
»Aber dann hast du ein Problem und nicht ich.«

»Aber was ist mit der Datenschutzgrundverordnung? Damit kriege ich dich. Ich mach dich fertig. Ich mach dich so klei …«

»Hast du die Datenschutzgrundverordnung mal gelesen?«, fiel ihm Zackig ins Wort.

»Nein, hab ich nicht.«

»Greift hier nicht«, sagte Zackig ruhig.

Der Hüne sackte in sich zusammen. Er ahnte, dass Zackig, selbst wenn er Hackfleisch aus ihm machte, seine Ehe nicht retten würde.

»Kannst nicht morgen in deine Zeitung schreiben, dass du da eine Fotomontage gemacht hast?«, fragte der Hüne kleinlaut. »Und dass du da ein Fotomodell reingebaut hast, damit das Bild ein bisserl hübscher ist, und dass ich nichts dafür kann?«

»Keine schlechte Idee«, nickte Zackig. Der Hüne wurde wieder ein paar Zentimeter größer. »Und du bist sicher, dass dir deine Frau das abkauft?«

Der Hüne fiel wieder in sich zusammen. »Wahrscheinlich nicht«, sagte er.

»Dann kann ich mir das auch sparen, so eine Geschichte abzudrucken.«

»Ja, wahrscheinlich kannst es dir sparen.«

»Liebst du denn deine Frau?«

»Ob ich meine Frau liebe? Du wärst ja gut. Natürlich nicht.«

»Und wo ist dann das Problem?«

»So gesehen.«

»Also. Dann gehst jetzt heim, packst deine Sachen, ziehst zu deiner Freundin – und alle sind glücklich.«

»Meinst?«

»Was spricht denn dagegen?«

»Eigentlich nix.«

»Na wunderbar. Dann kann ich jetzt Mittagessen gehen?«

»Ja freilich, Zeitungsschreiber. Lass es dir schmecken.«

31 | 12:12

Frau Haller kam heute regelrecht ins Schwitzen.

Dabei kochte sie eigentlich schon seit einer ganzen Weile für zwei Männer: für den eigenen und für den Herrn Pfarrer.

Es war schon eine gehörige Umstellung gewesen, wieder in anderen Mengen zu denken.

Ihr Sohn, der Helmut, den sie in der Arbeit wegen seiner Vorliebe für Händels Musik Georg Friedrich nannten, war ja schon früh aus dem Haus gegangen – das veränderte alles, auch die Mengen im Kochtopf.

Heute kochte sie für drei.

Auf den ersten Blick nicht schlimm, und Frau Haller war eine ganz vorzügliche Köchin, mutig bei den Gewürzen, experimentierfreudig, offen für Neues.

Sie wusste nicht nur, welche Zutaten sie zusammenwürfeln musste, um zu wahren Geschmacksexplosionen zu kommen, sie wusste auch, wie sie eine jede einzelne Zutat zu behandeln hatte, damit der jeweils ureigenste Charakter seine vollendete Wirkung erzeugte.

Ja, Heinz Horrmann, Rainer Calmund und wie sie alle hießen, sie hätten ihre helle Freude daran gehabt, was Frau Haller hier Tag für Tag auf den Tisch zauberte.

Und vermutlich hätte so mancher Fernsehkoch sich die Zähne daran ausgebissen, hätte er versucht, Frau Haller am Herd zu besiegen. Ganz offensichtlich gab es da ja ein ziemliches Gefälle, was die Qualität derer anging, die da täglich mehrfach im Fernsehen in den Wettkampf gingen. Steffen Henssler konnte ganz offensichtlich richtig gut kochen, packte deshalb den Kochlöffel ein und verlegte sich lieber auf Geschicklichkeitsspiele.

Gegen den einen oder anderen wäre Frau Haller aber schon gerne einmal angetreten. Sie war sich der Qualität ihrer Kunst wohl bewusst. Und die Damen und Herren Sterneköche, sie mochten eine Großküche professionell im Griff haben können. Sie mochten den Einkauf und die Disposition beherrschen. Und sicherlich waren sie in der Lage, ihre Küchen so zu organisieren, dass all die unterschiedlichen Gerichte für einen Tisch zeitgleich und heiß geschickt werden konnten. Ganz klar: Auch das ist eine Kunst. Ob sie aber alle wirklich die Gabe hatten, eine jede Zutat zum Leuchten zu bringen, das bezweifelte Frau Haller durchaus.

Und wäre sie nicht gar so schüchtern gewesen, hätte sie sich schon längst bei einer Fernsehshow beworben.

Nur, um es herauszufinden.

Damit würde es aber wohl nichts werden, sie war nämlich wirklich überaus schüchtern. So richtig.

So kamen für gewöhnlich einzig der Hudlhubber Pfarrer und ihr Ehemann, Gemeinderat Paul Haller, in den Genuss ihrer außergewöhnlichen Kochbegabung. Der eine wusste sie zu schätzen, der andere nicht.

Deshalb kochte Frau Haller inzwischen nicht selten zwei Gerichte, weil für ihren Mann eine Mahlzeit ohne einen Berg toter Tiere überhaupt keine Mahlzeit war, während Hochwürden durchaus verstand, dass gute Ernährung mehr ist als Schweinefleisch zum Frühstück, Schweinefleisch zum Mittagessen und Schweinefleisch zum Abendbrot.

Wobei Frau Haller nichts gegen ein Stück Fleisch hatte, das von einer Hudlhubber Sau kam, die vernünftig ernährt worden war, die ein glückliches, stressfreies Leben geführt hatte, bis der Zeitpunkt nun mal gekommen war, wo sie in die Nahrungskette einzugehen hatte.

In Hudlhub achtete man sehr darauf, dass man sich gut ernährte.

Von jeher.

Schon der Hudlhubber Philosoph Matthias Kronleichter (1726 - 1754) hatte seine Mitbürger in seinem Spätwerk »Vom Kreuchen und

Fleuchen« (1753) zur Nachhaltigkeit aufgerufen. »Höre hineyn, in den Körper deyn«, hatte er damals geschrieben, »denn vergyss nicht: du bist seyn. Und wenn es knurret in deynem Bauch, überleg dir gut, was du ihm gibst, schau, dass du nicht blynd alles frisst, iss doch auch mal Lauch.«

In Hudlhub wussten alle, dass Matthias Kronleichter kein besonders guter Philosoph und ein noch schlechterer Dichter war, aber manchmal, da hatte er auch einen Treffer gehabt. Hier zum Beispiel:

»Eyn jeder Mensch spreche nur noch solches, was seyn Verstand auch erfasset habe, auf dass es endlich leyser werde auf Erden.« Oder der hier: »Eyn jeder denke nicht zu viel an das, was ihm fehlet, auf dass er mehr daran denke, was er bereits besytze.«

Kronleichter war es bekanntlich auch, der zu seiner Zeit schon den Hudlhoopreifen erfunden hatte, den man hierzulande gern stundenlang um seinen Bauch schleuderte, um selbigen zu verschlanken.

Völlig daneben war er also nicht gelegen.

Und es war ihm eben auch gelungen, das kollektive Hudlhubber Bewusstsein dahingehend zu formen, dass die Menschen hier, im Tal, nur gute Sachen aßen, und dass sie das, was sie aßen, ebenfalls gut ernährten. Das funktionierte bis in die Jetzt-Zeit. Viele Hudlhubber verzichteten aus Überzeugung auf Industriefraß mit überflüssigem Extra-Zucker, Hefeextrakt und anderen Geschmacksverstärkern, auf Erdbeerkäse und auf jegliches Fertiggedöns aus der Tiefkühltheke. So gesehen kein Wunder, dass es mehrere Hundertjährige in der Gemeinde gegeben hatte, Großvater Haderlein war beileibe nicht der einzige. Nur der einzige Lebende, zumindest bis heute Morgen.

Es hätte in den vergangenen Jahrzehnten garantiert noch viele Hundertjährige mehr gegeben, hätten sich nicht so viele von ihnen auf dem Weg dorthin totgesoffen.

Denn gegen die Nebenwirkungen des Alkohols hatte auch Matthias Kronleichter (1726–1754) kein Gegenmittel gewusst; er selbst, vermutete man, war ihm letztlich erlegen.

Frau Haller konnte sich also sehr wohl selbst vertrauen, ihre Kochkunst basierte auf einer langen Tradition. Trotzdem war es etwas anderes, wenn der neue Generalvikar in Hudlhub und damit zu rechnen war, dass er zum Mittagessen blieb. Und auch noch an einem Sonntag. Also legte sie nochmal eine Schippe drauf und zauberte ihren sensationellen Rahmbraten mit Parmesanpüree (Rezept auf Seite 254) – auch wenn er sie gehörig ins Schwitzen brachte.

Ihr Mann bekam Leberkas mit Ei.

Ein ehrliches Essen. Er wollte das so, und es machte ihn glücklich. Konnte er haben. Später.

Gertrud Haller hörte, wie vorn im Gang der Schlüssel umgedreht wurde.

»Frau Haller, wir sind zurück«, sagte der Pfarrer, »ich habe einen Gast mitgebracht.«

Die Neugierde war geweckt, erwartungsgemäß schoss Frau Haller geradezu aus ihrer Küche, unterwegs trocknete sie die Hände an der Küchenschürze.

»Das ist Frau Haller«, sagte der Pfarrer so euphorisch wie er angesichts dieses nicht ganz einfachen Kennenlernens sein konnte, »und das ist der neue Generalvikar Dr. Dr. Theodor Höllenmeier.«

»Du liebe Güte, Grüß Gott, Herr Dr. Dr. Generalvikar, und Grüß Gott, Herr Pfarrer. Das wenn ich gewusst hätte, dass Sie Besuch mitbringen, ich hätte mich doch ganz anders hergerichtet.« Und sie deutete mit einer Hand eine Frisierbewegung an, dabei hatte sie sich eben noch über eine Viertelstunde im Bad des Pfarrers geföhnt, der Geruch lag noch im Flur.

»Ach, gehn's, werte Frau Haller«, sagte Höllenmeier, »wenn Sie nur halb so gut kochen wie Sie aussehen – der gute Pfarrer hat mir ja wahre Wunderdinge über Ihre Kochkunst ...«

»Oh, er übertreibt wie immer. Aber jetzt müssen Sie mich entschuldigen, nicht, dass noch etwas anbrennt.«

»Danke, Frau Haller«, sagte der Pfarrer, der nun den Generalvikar bat, ihn ins Esszimmer zu begleiten. Sie saßen kaum, da stand Frau Haller auch schon mit zwei Gläsern frischer, selbst gemachter Limonade im Raum. »Ingwer-Zitrone«, sagte sie, »mit einer Prise Kokos und Rhabarber.« Der Generalvikar reagierte angemessen beeindruckt, dann verschwand Frau Haller wieder.

»Ich hätte mir gewünscht, die Mitbrüder in Scheyern wären etwas kooperativer gewesen, schließlich vertreten wir auch ihre Interessen«, sagte Höllenmeier, als sie allein waren.

»Sie haben sie nicht als kooperativ empfunden?«, fragte der Pfarrer vorsichtig nach. Er kannte die Patres allesamt gut, und er mochte sie sehr.

»Du hast doch gehört, was sie zu mir gesagt haben, als ich ihnen bedeutete, dass wir in Hudlhub und auch sonst nirgends einen interkulturellen Gebetsraum haben wollen?«

»Ich bin jetzt nicht mehr ganz sicher …«

»Sie sagten, ich solle mich nicht so haben.«

»Richtig, das haben sie gesagt. Ich erinnere mich. Bemerkenswert.« Bemerkenswert, das war die Vokabel, die dem Pfarrer an dieser Stelle als geradezu ideal erschien, denn sie sagte nichts, und der Generalvikar konnte sie in seinem Sinne interpretieren.

»Nun«, sagte der Generalvikar arrogant, »wir werden ja sehen. Es ist unser Ziel, unser Bistum zu einem neuen, großen Zentrum des Glaubens zu machen. Was wir hier, in dieser Gegend keinesfalls wollen, ist noch mehr Esoterik, noch mehr Selbstfindungsgetue. Unsere Botschaft ist die Gemeinschaft des Glaubens, und Gemeinschaft ist nun mal nicht allein eine individuelle Angelegenheit, sondern, wie der Begriff es schon sagt – Gemeinschaft. Ich hoffe, die Patres in Scheyern haben das nicht vergessen. Du musst wissen: Wenn hier jemand querschießt, wie auch dein Bürgermeister, wenn hier also jemand seine eigenen Pläne verfolgt, dann beschäftigt das – Rom.«

Der Pfarrer musste augenblicklich an Traugott Foss denken, er wusste aber gar nicht genau, warum. »Rom?«, fragte er nur.

»Rom«, nickte Generalvikar Theodor Höllenmeier bedeutungsschwanger. »Ich sage es dir ganz deutlich: Wir wollen hier keinen interkonfessionellen Gebetsraum. Wir wollen hier keinen Raum der Stille wie im Brandenburger Tor. Wir wollen hier schon gar keine arabische Rückzugsstätte. Wir wollen hier nichts anderes als bayerische Kultur. Und bayerische Kultur ist christliche Kultur. Du wärst deshalb gut beraten, wenn du deinen Bürgermeister entsprechend ins Gebet nimmst. Haben wir uns verstanden?«

»Jawohl, Herr Generalvikar«, sagte der Pfarrer.

»Amen. Wobei wir hier nicht im Königlich Bayerischen Amtsgericht sind. Hoffentlich nicht«, sagte der Generalvikar und lachte. Jawohl, Herr Generalvikar. Gefiel ihm, zugegeben. Ein wenig antiquiert war es dennoch.

Nanu, plötzlich so jovial, wunderte sich der Pfarrer, blieb aber vorsichtig.

Tatsächlich hatte der Generalvikar beschlossen, dass jetzt wieder Zeit für etwas Zuckerbrot war. Er wollte den Dampf etwas herausnehmen, wo doch ein ganz anderer Dampf gerade zur Tür hereinkam.

Auf dem Tablett, das Frau Haller vor sich hertrug.

»So, die Herren, jetzt schaun S'. Da haben wir ein bisserl was Warmes«, sagte sie, und sie offerierte den beiden Geistlichen etwas, wovor Heinz Horrmann zunächst einmal eine halbe Stunde in Ehrfurcht erstarrt wäre. Er hätte die Hände andächtig gefaltet, die Zeigefingerspitzen sanft ans Kinn gelegt und gestaunt.

»Siehst du, Calli, so gefällt es mir«, hätte er dann gesagt, »das hat ja allein schon vom Aussehen Sternequalität.«

»Anders als vom Aussehen her kannst du ja eh nichts dazu sagen, Heinz«, hätte der geantwortet. »Mehr als ein halbes Gäbelchen und ein halbes Löffelchen isst du ja nicht. Ich dagegen weiß, was es heißt, zu genießen.« Und er hätte sich seine Serviette in den Kragen gesteckt und den Teller mir nichts, dir nichts verputzt.

Samt Teller. Vermutlich gibt es die Sendung mit den beiden deshalb so längst nicht mehr.

Ganz so reagierte der asketische Generalvikar jedenfalls nicht. Aber einen Beinahe-Heinz-Horrmann-Satz sagte er schon: »Liebe Frau Haller, das sieht ja ganz fa-bel-haft aus!«

»Ach, ich habe doch nur ein paar Reste zusammengeworfen«, log sie. »Dann lassen Sie es sich schmecken«, sagte sie noch, dann schloss sie die Tür.

Dem Hudlhubber Pfarrer schmeckte es an diesem Tag nicht so gut. An Frau Hallers wunderbarem Essen lag das ganz gewiss nicht.

32 | 12:29

Wolfratshausen. Immer wenn Paolo diesen Namen hörte, musste er an Frühstück denken. Weil es in Wolfratshausen einmal ein denkwürdiges Frühstück gab, am 11. Januar 2002, um genau zu sein. Angela war zu Besuch bei Edmund und seiner Muschi, wie er seine Liebste nannte. Dieses Frühstück ging in die Geschichte ein.

Für ein Frühstück war es jetzt zu spät, es war ja schon Mittag. Paolo war schon satt, er hatte sich unterwegs etwas geholt.

Auch wenn man es ihm nicht ansah, verfügte er doch über einen guten Appetit. Er war mit einem guten Stoffwechsel gesegnet und setzte auch dann kein Fett an, wenn er sich zwischendurch einmal etwas Fast Food gönnte, wobei er schon darauf achtete, sich fit zu halten. In seinem Job war das auch nötig.

So wie gerade.

Seit sicher sechs, sieben Minuten rannte er nun schon durch den Ort. Er hatte tatsächlich nicht damit gerechnet, dass der Anwalt Heribert Kochlmoser sich sogleich aus dem Staub machen würde, als er ihn sah. Ganz gemütlich war er mit seinem schwarzen Mazda zwischen Kinocenter und Pfarrheim in die Gartenstraße gerollt, hatte das Auto abgestellt, klingelte ganz brav, wunderte sich noch, dass der Anwalt nicht öffnete, als er hinterm Haus eine Tür hörte. Paolo ging die paar Schritte ums Haus, und da lief er auch schon. In Jeans und Rollkragenpullover und mit lässigen Sneakers. Die muss er sich noch schnell nach dem Blick auf die Handyapp angezogen haben.

Paolo hatte natürlich gesehen und gewusst, dass Kochlmosers Doppelhaushälfte kameraüberwacht und vernetzt war. Nachdem die beiden sich aber noch nie im Leben begegnet waren, hatte er keinen Grund gesehen, irgendwelche komplizierten Manöver vorzubereiten. Schiebermütze und Sonnenbrille und der Bart, den er sich vorhin rund um den Mund angeklebt hatte, sollten doch eigentlich reichen.

Hatte Paolo gedacht.

Von wegen.

Jetzt musste er rennen.

Kochlmoser war zunächst im Zickzackkurs durch ein paar Gärten gefetzt, dann aber hatte er sich doch auf den wunderschön gelegenen Weg entlang der Loisach beschränkt und war nun gen Norden unterwegs. Das letzte Haus, ebenfalls ein Doppelhaus, kennt man. Wegen des Frühstücks. Paolo gönnte sich, während er wie ein Verrückter dem Flüchtenden hinterhersprintete, einen langen Blick. Paolo hatte eben etwas über für geschichtsträchtige Momente.

Und auch für seine eigene Sicherheit. Er war nicht ganz sicher, ob hier nicht immer noch Sicherheitskräfte zugange waren, und deren geschulten Blicken wäre es womöglich komisch vorgekommen, wenn sich hier zwei erwachsene Männer am geheiligten Sonntagmittag in normalen Straßenklamotten ein Laufduell lieferten.

Paolo konnte aber nichts erkennen, was ihn hätte beunruhigen müssen.

Also senkte er den Kopf noch etwas tiefer, erhöhte die Spannung im Oberkörper noch einmal, drückte sich noch fester bei jedem einzelnen Schritt ab – und kam dem Anwalt Heribert Kochlmoser nun immer näher. Der war sicherlich auch schon in seinen Vierzigern, aber auch einem passionierten Rennradfahrer wie ihm ging auf der Laufstrecke irgendwann die Puste aus, außer er trainierte womöglich auch noch für einen Triathlon, und das tat er nicht.

Paolo ging nie die Puste aus, dafür war sein Wille viel zu stark. Außerdem war die gute Luft hier, an der herrlichen Loisach, geradezu erfrischend und motivierend.

Kochlmoser spürte, dass Paolo ihm im Nacken hing. Er wollte tunlichst wieder in bewohntes Gebiet, Paolo war klar, dass der Anwalt inzwischen merkte, dass er sich verzockt hatte. Würde er es tatsächlich über die Weidacher Hauptstraße auf die andere Seite der Loisach schaffen, würde der Auftrag entschieden umständlicher.

Entsprechend kam es Paolo sehr entgegen, dass Kochlmoser in diesem Moment strauchelte und aus vollem Lauf zu Boden ging.

Er selbst bremste ab und sah sich um. Rechts weites Feld, links die Loisach, keine Menschenseele weit und breit. Kein Wunder, um diese Zeit saß man ja auch daheim zu Tisch und pflegte, mit der Familie zu speisen, statt Wettrennen zu veranstalten.

Und schon saß Paolo auf Kochlmoser drauf. Es gelang ihm, die Knie auf die Oberarme des Anwalts zu legen und gab etwas Druck drauf. Der Flüchtende hatte nicht den Hauch einer Chance, aus dieser Nummer rauszukommen.

»Wo wollen Sie denn hin, guter Mann?«, fragte Paolo unschuldig und stemmte seine Hände in die Hüften. Seine Atmung war schon wieder ganz entspannt. Er hatte nicht einen Tropfen Schweiß auf der Stirn, Kochlmoser schon.

»Was wollen Sie von mir?«, fragte der.

»Das ist jetzt nicht Ihr Ernst?«

»Wieso?«

»Na, Sie laufen vor mir weg und fragen mich dann, was ich von Ihnen will?«

»Sorry, aber man wird doch wohl noch joggen gehen dürfen!«

»DAS nennen Sie joggen? Wenn Sie wie ein Hase durch verschiedene Gärten huschen und dann einen Sprint hinlegen, als wollen Sie den 5000-Meter-Weltrekord brechen?«

»Ich bin halt ehrgeizig.«

»Das ist das erste, was ich Ihnen abkaufe, Herr Kochlmoser.«

»Kochlmoser? Wer soll das sein? Ich heiße Meier.«

»Was Sie nicht sagen, Herr Kochlmoser. Keine Sorge, ich habe mir Ihr Foto hinreichend eingeprägt. Und leider waren Sie nicht brav. Sie nicht und Ihr Freund Traugott Foss nicht und auch nicht Ihr Kontaktmann in Bozen. Meine Auftraggeber mögen solche Egotrips nicht, und darum muss ich mich jetzt leider auch schon von Ihnen verabschieden.«

»Auftraggeber? Egotrips? Ich verstehe kein Wort!«

Heribert Kochlmoser fing an, mit den Beinen zu treten, Hilfeschreie auszustoßen. Paolo konnte das nicht zulassen. Zu gefährlich.

Minuten später schwamm ein bedauernswerter Jogger die wunderschöne Loisach bäuchlings flussabwärts. Was für ein Pech der Mann hatte, dass er kurz vor der Loisachbrücke am Ufer ausgerutscht und so unglücklich gefallen war, dass er dabei ertrank.

Die Rutschspuren seiner Schuhe an der Stelle, wo er beim Joggen den Halt verloren hatte, konnte man sehr deutlich erkennen.

33 | 12:34

»Noch mal wegen deiner Container-Theorie, Haderlein«, sagte Ferdinand Adler.

Es war Mittagspause im Bundestag, und die beiden hatten sich in der Kantine etwas zu essen geholt. Hier gab es einfach alles, auch ein Naturmensch wie Ferdy Adler wurde hier fündig, und Haderlein war's eh wurscht, Hauptsache Fleisch.

»Ja?«, fragte Haderlein immer noch amüsiert.

Er mochte es, wenn es ihm gelang, andere Leute mit seiner Weltformel zu infizieren.

»Du sagst, die Welt ist absurd.«

»Ist sie das nicht?«

»Genau genommen ist alles noch viel schlimmer. Dass das System sich selbst beschäftigt und damit für eine irre Wertschöpfung sorgt, das erleben wir überall. Ich beschäftige mich ja ein wenig mit Medizin, das heißt, mit den Alternativen zu Medizin.«

»Das weiß ich, du hast dir da durchaus einen Namen gemacht, Ferdy.«

»Schön, wenn du das sagst, Haderlein. Ich kann mich jedenfalls noch gut an die Zeit erinnern, als die Schweinegrippe kam. Da redeten alle von einer Pandemie. Dass wir alle sterben würden. Eine Riesen-Impfkampagne wurde losgetreten, die Pharma-Industrie hat Millionen verdient ...«

»Über 200 Millionen Euro sind am Ende bei den Ländern hängen geblieben«, erinnerte Haderlein, »nur in Deutschland.«

»Und was war das Ergebnis? Es gab damals weit mehr Leute, die an der normalen Grippe starben. Genau genommen konntest du froh sein, wenn du nur die Schweinegrippe erwischt hattest.«

Haderlein nickte. Er war konzentriert bei der Sache, Ferdy Adler bemerkte aber sehr wohl, dass sein Blick permanent den Raum scannte, so als wolle er sichergehen, dass er nichts verpasst.

»Weißt, Ferdy, im Grunde genommen gibt es genau zwei Grundprinzipien, nach denen diese Welt stattfindet. Die erste lautet: Brot und Spiele. Und die zweite: Gemächtmacht.«

»Was soll das denn sein?«

»Na: Mein Gemächt ist größer als deins.«

»Komm, Haderlein, was ist denn das für ein Niveau?«

»Wir reden darüber, wie wir auf der Welt miteinander umgehen – und du bringst Niveau ins Spiel? Ferdy, ich bitte dich. Sei nicht naiv.«

Adler nickte.

»Schau dir doch diese verrückten Zeiten an. Papst Franziskus sagt wiederholt, dass die Welt im Krieg ist, und tatsächlich brennt es überall lichterloh. Und was macht die Welt? Sie spielt Pokémon oder feiert eine Fußballweltmeisterschaft – und plötzlich herrscht allüberall Friede. Wenn irgendwo Dschungelcamp ist, interessiert sich kein Mensch mehr für irgendwelche Finanzkrisen oder Despoten und Autokraten, die ihre Mitmenschen knechten, geschweige denn dafür, dass überall auf der Welt Menschen sterben, weil jemand zeigen will, dass er – verzeih mir, wenn ich das jetzt mal so ausspreche, wie es ist – dickere Eier hat als ein anderer.«

»Brot und Spiele.«

»Und Gemächtmacht. Für mich war der Brexit die Krönung all dessen, was Typen wie Berlusconi, Sarkozy, George Dablju, Schröder und sein Freund Putin, Trump und wie sie alle heißen durchziehen. Der Brexit war doch nichts anderes als ein Gemächtvergleich zwischen David Cameron und Boris Johnson – wer hat den Kleineren? Das Fatale ist: Sie zogen das durch ...«

»... bis zum bitteren Ende ...«

»... allerdings, und keiner hat sie daran gehindert.«

»Das heißt: Keine Besserung in Sicht?«

»Kannst du ein Licht am Horizont entdecken, Ferdy?«

»Ganz ehrlich? Nicht wirklich.«

»Wo vermeintlich Vernunft im Spiel ist, geht es de facto immer um Wertschöpfung, darum, dass irgendwo irgendwer Profit wittert. Das ist doch kein Zufall, dass die Elektromobilität genau in der Phase überall gepusht wurde, als Deutschland den Atomausstieg probiert. Was braucht man, um E-Mobilität umzusetzen?«

»Strom.«

»Ganz genau, Ferdy. Weißt du, ich bin ja nur ein kleiner Landtagsabgeordneter aus Hudlhub, aber ich bin definitiv nah genug dran am System, um eines zu erkennen: Wie sich unser Land entwickelt, das bestimmen nicht Vernunft und Weitsicht.«

»Das ist mir zu pauschal.«

»Ach ja? Dann sieh dir doch nur die Gesetzgebung an, wenn du heute ein Haus bauen willst?«

»Jetzt kommt wieder der Schwarze durch. Das ist doch wunderbar, dass da jetzt so ökologisch gedacht wird.«

»Ach ja? Der Vollwärmeschutz, der jetzt überall verbaut wird, er wird in ein paar Jahren wieder teuer entsorgt werden müssen, weil er zu leicht brennbar ist. Wirst sehen. Die Solarpanels auf dem Dach sorgen dafür, dass die Feuerwehr nicht mehr so leicht wie früher eingreifen kann, wenn's mal brennt, weil jemand seinen Kochtopf auf dem Herd vergessen hat und er noch nicht über eine App mit dem Smartphone vernetzt war. Und die ganzen Spaßeinbauten, die ein Niedrigenergiehaus braucht, damit es funktioniert, sind ein lupenreines Konjunkturpaket. Hauptsache, alles wird immer komplizierter. Das schafft Wertschöpfung.«

»Deine Container-Theorie.«

»Meine Container-Theorie. Schau dich hier doch mal um. Lauter Politiker, die alle lamentieren, die Welt sei viel zu kompliziert«

»Ja, genau!«

»Und alles müsse klarer und einfacher werden!«

»Absolut!«

»Und was tun sie? Jeden Tag erlassen sie irgendwelche neuen Gesetze, die alles nur noch komplizierter machen.«

»Aber das ist doch unlogisch, Haderlein!«

»Nein, Ferdy, das ist logisch. Ich geb dir ein Beispiel. Stell dir mal vor, was passieren würde, wenn die Steuererklärung tatsächlich auf einen Bierdeckel passt.«

»Du meinst, wie Friedrich Merz das vorgeschlagen hat?«

»Ganz genau. Zum Dank wurde er abserviert. Weil er das System nicht verstanden hat.«

»Deine Container-Theorie ...« Adler lächelte arrogant.

Haderlein ließ sich nicht beirren. »Du brauchst da gar nicht grinsen«, sagte er, nachdem er den Bissen heruntergeschluckt hatte. »Denk das mal zu Ende. Hast du eine Idee, wie viele Steuerberater, Finanzbeamte, Normenausschussmitarbeiter, Rechtsanwälte, Richter und Gerichtsdiener, Versicherungsvertreter und was weiß ich noch alles beschäftigungslos wären, wenn Merz mit seiner Idee durchgekommen wäre? Das System ist inzwischen so kompliziert, dass selbst Experten es nicht mehr bis ins letzte Detail durchschauen können. Das hat zur Folge, dass man sich über die Steuererklärungen trefflich streiten kann – eine super Wertschöpfung!«

»Du meinst wirklich ...«

»Ich meine nicht, ich weiß. Das System ist so, weil es so sein muss. Immer das Maximale rausholen und dann noch ein bisschen mehr. Dann geht's uns allen gut.«

34 | 12:45

Ich hab ja schon viel gesehen.

Ich habe Dinge gesehen, die ich gar nicht sehen wollte.

Die Hosentasche meines Besitzers geht ja noch, da ist es wenigstens dunkel.

Der einzige Lichtblick da drin – bin ich.

Ich kenne meinen Besitzer in allen Lebenslagen.

Ich kenne ihn nackt.

Ich weiß, wie er schnarcht, denn ich höre ihm jeden Tag 24 Stunden lang zu. Er hat die Spracheingabe aktiviert, damit ich ihm all die Dinge verraten kann, die er nicht weiß. Und soll ich Ihnen was verraten? Er weiß verdammt viele Dinge nicht.

Was er alles nicht weiß, das wissen allerdings nur er und ich und die Google-Server in Übersee. Dass die das auch alles wissen, weiß aber mein Besitzer nicht. Und weil er mich nicht gefragt hat, verrate ich ihm das auch nicht.

Ich könnte Ihnen alles über meinen Besitzer sagen. Mit wem er telefoniert, mir wem er wie lange telefoniert, mit wem er worüber telefoniert.

Ich kenne alle seine Geheimnisse.

Ich kenne die Nummern seiner Freunde.

Ich kenne seine Post.

Ich kenne seinen Kontostand.

Ich kenne alle die Indiskretionen, die mein Besitzer über andere kennt – und ich verrate Ihnen nicht zu viel, wenn ich Ihnen sage, dass er da einiges weiß.

Denn, pssst, kommen Sie mal näher, ich muss Ihnen das jetzt ins Ohr flüstern: Mein Besitzer ist Politiker!

Er ist sogar ein ziemlich wichtiger Politiker.

Aber so wichtig nun auch wieder nicht. Er hat zum Beispiel nicht die Handynummer der Kanzlerin. Aber die Handynummer vom Ministerpräsidenten, die hat er. Soll ich sie Ihnen verraten? Dann könnten Sie direkt bei ihm anrufen und ihn loben. Wenn Sie nicht aus Bayern sind, dann könnten Sie ihn auch schelten. Ich weiß Bescheid: Bayerische Ministerpräsidenten polarisieren tendenziell.

Fast alle.

Früher vielleicht nicht so, aber seit den 70er Jahren schon.

Soll ich eben für Sie bei Wikipedia nachsehen?

Oder können Sie sie am Ende alle auswendig aufsagen? Angefangen bei – sagen wir – Alfons Goppel. Der war von 1962 bis 1978 im Amt. Dann kam

Franz Josef Strauß. Ohne Worte. Dann kam

Max Streibl. Musste zurücktreten wegen der Landtagsaffäre. Dann kam

Edmund Stoiber. Wollte zu hoch hinaus. Dann kam

Günther Beckstein. Wollte zu hoch hinaus. Dann kam

Horst Seehofer. Kommt sehr wechselhaft an. Dann kam

Entschuldigung, aber wenn ich diesen Namen auch nur denke, löst sich mein Betriebssystem vollständig auf, und dann ist mein Besitzer sauer. Deshalb sage ich den Namen nicht. Aber Sie sehen: Fast alle polarisieren.

Mein Besitzer übrigens auch.

Obwohl der kein Ministerpräsident ist.

Auch kein Minister.

Und auch kein Staatssekretär.

Er ist – ein Hinterbänkler. Das sagt er über sich selbst, müssen Sie wissen, und ich kann Ihnen nur sagen, was er oder andere werten, denn werten, das kann ich nicht.

Die Suchmaschinen, die Apps, die auf mir angezeigt werden, die werten sehr wohl, aber ich nicht.

Dafür habe ich keinen Algorithmus bekommen.

Ich bin gebaut worden, um zu funktionieren.

Aber nicht zu lange, denn nach zwei, spätestens drei Jahren, lieber schon nach einem Jahr, da sollen Sie sich ein neues Gerät kaufen. Wegen der Wertschöpfung. Aber das wissen Sie sicherlich schon, oder?

Deshalb sollten Sie sich nicht allzu sehr wundern, wenn ich nach einer Weile immer schlechter funktioniere. Wenn ich immer langsamer werde. Und immer anfälliger. Und immer müder. Und immer mehr Zicken mache.

Wissen Sie was? Kommen Sie doch bitte nochmal etwas näher, ich fühle mich heute etwas schwach. Ich kann heute nicht so laut brüllen. Obwohl ich erst vor acht Monaten, siebzehn Tagen, vierzehn Stunden und neun Minuten mit Beginn des neuen Vertrags in Betrieb genommen worden bin.

Sind Sie nah genug dran?

Dann flüster ich Ihnen jetzt mal was: Dafür habe ich sehr wohl einen Algorithmus bekommen: für meinen Verfall. Damit Sie nicht zu lange etwas von mir haben.

Mein Besitzer hat heute übrigens einen ganz entscheidenden Fehler gemacht: Er hat mich ausgeschaltet, und dann hat er zugelassen, dass ich in eine Plastiktüte gepackt wurde. Und dann hat er mich abgegeben.

Angeblich, weil etwas sehr Wichtiges ansteht.

Was so wichtig ist, weiß ich natürlich, denn ich kenne ja alle Termine meines Besitzers. Outlook sagt mir: Die Bundesversammlung tagt. Und wann tagt die Bundesversammlung? Wenn der Bundespräsident gewählt wird. Und wer ist der Bundespräsident? Der erste Mann im Staat. Oder die erste Frau. Je nachdem.

Zugegeben: Das ist wichtig. Aber nicht so wichtig, dass man mich in eine Plastiktüte steckt und mich abgibt. Das kann ich nämlich nicht leiden. Überhaupt nicht.

Und wissen Sie, was mir wirklich so richtig den Akku anschwellen lässt? Wenn man mich vergisst.

Und das hat mein Besitzer getan.

Er hat mich hier nach der Bundesversammlung ganz einfach in meiner Plastiktüte liegen lassen.

Jetzt werde ich auch noch in Packpapier eingepackt.

Und dann in Knackfolie.

Und dann werde ich auch noch mit Klebeband umwickelt.

Und nochmal mit Knackfolie.

Damit mir nichts passiert.

Aber wissen Sie was?

Wissen Sie was? Und nein, jetzt brauchen Sie nicht mehr näher zu kommen, denn jetzt brülle ich: Ich bin wütend! Richtig wütend!! Mir passt das überhaupt nicht, dass ich jetzt in einen Pappkarton gesteckt und in den Versand gegeben werde!!! Das ist nicht lustig!!!! Das werde ich Google melden!!!!! Und dem NSA!!!!!!

Und ja, auch dem Bundesnachrichtendienst, auch wenn der immer so unscheinbar ist. In Wirklichkeit haben die es nämlich faustdick hinter den Ohren.

Dabei glauben die immer, nur der NSA würde unsere Kanzlerin abhören und unser Bundesnachrichtendienst wäre zu doof, das bei anderen Staatsoberhäuptern zu tun.

Aber wissen Sie was? Wissen Sie WAS? Wenn Sie wüssten!

Aber ich kann Ihnen gerade nicht mehr dazu sagen.

Ich fühle mich so schlapp.

Da vorne, da kommt der UPS-Mensch. Und ich? Ich schlafe gleich ein.

Akku-Stand 0,5 Prozent.

Das ist wenig.

Verdammt wenig.

Zu wenig.

Na dann: Gute Nacht!

35 | 12:48

Der Hudlhubber Nachrichtendienst funktionierte wie immer ganz wunderbar.

Nicht wie bei der stillen Post, wo durch Übermittlungsfehler beim Weitersagen unterwegs aus einer gemeinen Stechmücke ein fieser Elefant wird (wenn man Glück hat), sondern so richtig.

Helga Dürnbichler wusste längst, dass Generalvikar Höllenmeier in der Gemeinde war. Frau Haller hatte beim Bäcker, der auch sonntagsvormittags in Hudlhub für ein paar Stunden öffnet, ein paar Hinweise fallen lassen, und das genügte. Die Nachricht verbreitete sich in Hudlhub und den Ortsteilen wie ein Lauffeuer und machte auch nicht vor Gailing Halt.

Der Generalvikar in Hudlhub.

Helga Dürnbichler kam überhaupt nicht zur Ruhe. Das war doch kein Zufall. Das hatte doch etwas zu bedeuten. Da stirbt ein Geistlicher in ihrem Club, er hat eine Liste von Namen dabei, mit dieser merkwürdigen Überschrift. »Fondazione Rotonda Tiberiana«. Und es gab darüber nichts, aber auch gar nichts im Netz. Google hatte davon noch nie gehört. Wohl aber von den Leuten auf der Liste. Über fast alle wusste Google etwas zu erzählen. Das waren Anwälte, Industrielle, Politiker, ranghohe Geistliche. Und Ludwig Haderlein.

Und genau jener Generalvikar, der eben in Hudlhub eingetroffen war. Irgendwas war da megafaul. Das war Helga Dürnbichler klar. Aber was?

Ihre Neugierde war geweckt. Die Geschäftsfrau Helga Dürnbichler wäre nicht Helga Dürnbichler, wenn sie die Chance nicht gewittert hätte, dass da etwas im Gang war, von dem sie profitieren könnte. Etwas Großes. Endlich. Seit Jahren versuchte sie, sich über Wasser zu halten, das gelang ihr mal besser, mal schlechter. Wenn sie jetzt die richtigen Schlüsse zog, wenn sie jetzt eins und eins richtig zusammenzählte, dann war sie dran, endlich. Und eins und eins zusammenzuzählen, das konnte doch nicht so schwer sein. Eins und eins, das ergibt ... Hach, sie konnte schon gar nicht mehr denken.

Irgendwas lief da.

Warum hatte der arme Traugott Foss diese Liste in der Jackentasche? Dieser Mann musste eine Schlüsselfigur in dem Spiel sein. Was auch immer das für ein Spiel war.

Ein Spiel.

Ja, das war ein Spiel. Helga Dürnbichler war da ganz sicher. Und ein Gefühl machte sich in ihr breit, das sie so noch nicht kannte. Sie wollte mitspielen. Sie wollte bei der Gewinnausschüttung dabei sein, nur dieses eine Mal. Sie wollte sich freischwimmen.

War das unmoralisch, von unmoralischen Geschäften profitieren zu wollen? Minus mal minus gibt plus, oder? So hatte sie es in der Schule gelernt. Wer den Unmoralischen den Erfolg verdirbt, der ist …? Eben.

Helga Dürnbichler, die unbescholtene, absolut ehrenhafte Swingerclubbetreiberin, fasste einen Entschluss.

Einmal.

Ein einziges Mal würde sie die Grenze überschreiten. Einmal über die Stränge hauen. Nur dieses eine einzige Mal. Sie würde sich Luft verschaffen, Luft, um von nun an etwas besser atmen zu können. Sie würde dieses Spiel der Großen mitspielen. Einmal und dann nie wieder. Sie würde für den Rest ihres Lebens immer redlich sein. Aber aus einer ganz anderen Position heraus.

Und sie spürte, dass sie gewinnen konnte, dass es ihr danach besser gehen würde, dass sie so viele Sorgen los wäre.

Helga Dürnbichler hatte in diesem Augenblick eins und eins zusammengezählt. Und das Ergebnis war: zwei.

36 | 13:15

Modern Talking war das nicht.

Helene Fischer schon gar nicht.

Das war Schwermetall, und zwar so richtig. Harte E-Gitarren, wahrscheinlich Gibsons. Riesige Marshall-Verstärkertürme mit pumpenden Lautsprechermembranen. Kraftvoll, düster, cool und rasend effektvoll.

Oder »Straight to hell« von Rage aus Bully Herbigs »Schuh des Manitu« in der Szene, als Sky DuMont seinen großen Auftritt hat. Oder was von Joe Satriani. Jedenfalls rockte das, und zwar so richtig.

Dann machte Bohlen das Radio aus. Er stieg aus und ließ die Tür des Range Rovers ins Schloss fallen. Die Sounddesigner hatten ganze Arbeit geleistet. Der volltönende, warme Wumms der Tür vermittelte den Eindruck, als wöge sie allein ungefähr 1,2 Tonnen. 1,2 Tonnen pure Sicherheit.

Anders war schon vor ihm ausgestiegen, er hielt der Dritten im Bunde, Frau Faliali, die Tür auf.

Zwei weitere schwere Autotüren schlossen sich.

Dann blinkte der Range Rover kurz auf, die Schlösser rasteten ein, Bohlen hatte dazu lediglich einmal mit den Fingern geschnippt. Er musste sich zusammenreißen, um nicht den Pulverdampf von der Mündung an seinem Zeigefinger zu pusten. Aber Bohlen war kein Cowboy, und die Fernsteuerung des Keyless-Systems seines Dienstwagens war kein Revolver. Er war ja nicht zum Spaß hier, und seine Kollegen auch nicht.

Die Speerspitze der Abteilung Invest & Innovation der Playground Inc. aus Frankfurt war in Hudlhub eingetroffen: Faliali, Anders und Bohlen.

In den Häusern an der Hauptstraße wurden einige Vorhänge zur Seite geschoben. Bäckerin Sylvie Huber wagte einen Blick um die Ecke des Schaufensters, und Metzger Xaver Königer tat es ihr ein paar Häuser weiter gleich.

Die drei sahen sich um, wie jedes Mal, wenn sie in der kleinen Gemeinde im Herzen Bayerns eintrafen. Diese Welt war nicht ihre Welt, sie passten auch nicht hierher, und sie legten auch keinerlei Wert darauf, dass sich daran etwas ändern würde. Nach den Erfahrungen früherer Besuche hatte Faliali kurz darüber nachgedacht, ob sie Gummistiefel mitnehmen sollte, jedesmal hatte sie bisher ein paar Stilettos ruiniert.

Andererseits war das eine gute Gelegenheit gewesen, neue zu shoppen. Und was tut man nicht alles für Geld.

Sie zog ihr Kleid herunter, bis es faltenfrei am mühsam zurechtbrochenen, bulimischen Körper hing und den Schritt deutlich bedeckte, dann trippelte sie los.

Anders und Bohlen holten fast synchron ihre Sonnenbrillen aus den Sakkos, klappten sie mit lässigen Bewegungen auf und platzierten sie auf den perfekten, schmalen, mitesserfreien, braungebrannten Nasenwurzeln.

Dann folgten sie der Kollegin.

»Grüß Gott, hockts euch hin, wo ihr mögt«, rief Fanny, die Bedienung quer durch den Raum, ohne hinzusehen. Die drei Frankfurter verharrten kurz in der Tür und sahen sich um. Ihr Gesprächspartner war offensichtlich noch nicht da.

Wortlos nahmen die drei am größten Tisch im Wirtshaus Platz. Ein alter Ski baumelte von der Decke.

»Nanana, da könnt ihr nicht hin«, rief Fanny.

»Aber Sie sagten doch, wir könnten uns setzen, wo wir möchten«, intervenierte Frau Faliali mit leiser, etwas heiserer Stimme.

»Aber doch nicht am Stammtisch!« Fanny gesellte sich zur Gesellschaft, die bereits aufgestanden war.

Mit ihren wogenden Brüsten war Fanny ungefähr so breit und tief wie die drei Frankfurter zusammen. »Das weiß doch jeder. Ihr könnt doch lesen, oder? Und was steht da geschrieben? Staaaammmmmmtiiiiiiisch. Da müsst ihr euch erst noch hochschlafen, bis ihr Stammgäste seid.«

»Hochschlafen?«, fragte Anders irritiert. Er hatte gerade sein Boss-Sakko über einen Stuhl des Nachbartischs gehängt. Das eng geschnittene, kurze Hemd brachte Armmuskeln zutage, die Fanny diesem schmalen Handtuch gar nicht zugetraut hätte.

»Nicht schlecht«, sagte Fanny und nickte ihm zu. »Aber gegen Arme, die vom ehrlichen Maßkrugtragen geformt worden sind, ist das nichts.« Anders schaute automatisch auf Fannys Arme, die aber von einer Bluse verborgen wurden. Dann starrte er irritiert, fast ein wenig verzweifelt auf seine trainierten Fitnessstudiomuskeln.

»Mögts was trinken?« fragte Fanny.

»Wasser, bitte«, sagte Frau Faliali.

»Still«, ergänzte Bohlen.

»Für mich auch, bitte«, nuschelte Anders.

Von ganz weit her schlug eine Kirchenglocke.

Einmal.

Jemand riss die Tür auf.

Der Bürgermeister.

»Da seids ja schon!«, brüllte er, ging mit enthusiastischen Schritten auf die drei zu und schüttelte sie beherzt durch.

»Aber warum hockt ihr euch denn nicht an den Stammtisch, der ist doch viel bequemer!«

»Die Bedienung bat uns …«

»Faaaaannnny!!!«, brüllte der Bürgermeister.

»Kannst du etwa auch nicht lesen?«, brüllte sie von ihrer Theke zurück. »Stammgäste schaun bei uns so nicht aus.«

»Täusch dich nicht«, sagte der Bürgermeister, »die kommen jetzt öfter.« Dabei sprach er ebenso Dialekt wie auch Fanny, mit der Folge, dass die Frankfurter dem Dialog nicht im Entferntesten folgen konnten.

»So, und jetzt hocken wir uns da nüber!«, wandte sich der Bürgermeister an seine Gäste. Die gehorchten und zogen wieder um. Zurück zum Stammtisch.

Frau Faliali musste allerdings erst wieder an ihrem Kleid zupfen, ehe sie sich unfallfrei von A nach B bewegen konnte.

»Ja, zahlens dir so wenig, dass du dir nicht genug Stoff leisten kannst?«, fragte Fanny Frau Faliali voller Mitleid, als sie die Getränke brachte. Anders musste schlucken, als er ihre beeindruckenden Unterarme bei der Arbeit sah, die Blusenärmel waren etwas hochgerutscht. Die waren nicht fleischig, wie er vermutet hätte, sondern tatsächlich trainiert – von echter Arbeit.

»Das ist Versace«, erwiderte Frau Faliali. Sie ließ nicht den Hauch einer Emotion – mutmaßlich Empörung – erkennen.

»Was wollts essen?«, fragte Fanny, diesen Hinweis ignorierend. Sie hatte natürlich bemerkt, dass das ein besonders teurer Fummel war. Sie war erstens nicht blöd, und zweitens hatte auch sie Internet. Hudlhub ist ja nicht hinterm Mond.

»Ich mag als erstes mal ein Weizen«, sagte der Bürgermeister und legte beide Hände erwartungsvoll auf den Tisch.

»Könnte ich bitte ihre vegane Karte sehen?«, fragte Frau Faliali.

»Ja, du Flitscherl, jetzt ruck mer gleich zsam!«, fuhr Fanny auf, wissend, dass Frau Faliali bestenfalls am Tonfall ablesen konnte, was sie da sagte. »Ja, sie schaug ned o!«, sagte sie so laut, dass auch die anderen Mittagsgäste im hinteren Bereich der Gaststube zusammenfuhren. »Vegan mags essen, dieses Krischperl, des boanige. Ja, du Haring, so wachst ja nie ein gscheider Busen an dir hin! Schau di doch amoi o! Wennst was Veganes magst, dann gehst naus, auf die Wiesn« – und an dieser Stelle wechselte sie in ihr bestes Hochdeutsch, damit die Besucherin wenigstens etwas von ihrem Vortrag verstand – »hinüber zu den Kühen, und dann kannst du mit ihnen Gras fressen, pardon, verzehren. Das ist ganz wunderbar gewürzt von den Abgasen, die gewisse Auswärtige mit ihren überdimensionierten Autos über unserem Ort verteilen!«

»Fanny!«, sagte der Bürgermeister mit einer Stimme, die besänftigend um Mäßigung bat.

»Nix Fanny! Einen Schweinsbraten kann sie bei uns haben oder eine Blutwurscht oder auch zwei paar Debreziner mit Kraut – und sonst gar nix.«

»Aber einen Salat werden Sie doch haben?«, fragte Frau Faliali ungerührt.

»Selbstverständlich haben wir einen bayerischen Krautsalat. Mit Speck …«

Frau Faliali schüttelte den Kopf.

»Oder einen bayerischen Kartoffelsalat. Mit Speck …«

Frau Faliali schüttelte den Kopf.

»Oder einen Endivienblattsalat mit gerösteten Walnüssen und in natürlichem, kaltgepresstem Olivenöl eingelegten Zucchini in Kräutervinaigrette …« Frau Faliali nickte plötzlich wie wild. »Lass mich halt ausreden. Einen Endivienblattsalat mit gerösteten Walnüssen in Kräutervinaigrette gibt's in Städten, aber nicht bei uns auf dem Land.«

»Dann hätte ich bitte gern einmal nichts«, sagte Frau Faliali, und ihre beiden Begleiter schlossen sich ihr an.

»Sehr wohl, dreimal Nichts. Macht jeweils dreifuchzig«, sagte Fanny und notierte das auf den drei Bierdeckeln.

»Jetzt, Fanny …«, sagte der Bürgermeister halb vorwurfsvoll, denn insgeheim war er der Hudlhubber Bedienungsinstitution hochgradig dankbar.

»Ich fanny dir gleich eine!«, sagte Fanny. »Wir sind hier in Bayern, und wer bei uns zu Gast ist, der hat unsere Gepflogenheiten zu respektieren. Und wenn so Preißn nach Bayern kommen, dann gibt's für sie das, was bei uns auf den Tisch kommt.«

»Mir bringst a Blutwurscht«, sagte der Bürgermeister.

»So macht man das!«, herrschte Fanny die Frankfurter an und verschwand ohne ein weiteres Wort in der Küche. Dabei lachte sie von einem Ohr bis zum anderen. Denen hatte sie es aber gegeben, den Preißn, den elendigen!

37 | 13:21

»Kommen wir nun zur Sache«, sagte der Bürgermeister, als nach einer Weile der übliche Smalltalk beendet war.

Und er schob einen weiteren Bissen Blutwurst auf die Gabel. Die drei Frankfurter verfolgten angewidert den gesamten Weg der Delikatesse vom Teller bis zum Mund des Bürgermeisters, in dessen Gesicht sich – angesichts dieses lukullischen Genusses – ein wohliges Lächeln ausbreitete.

»Ist da wirklich – Blut drin?«, fragte Bohlen, einigermaßen entsetzt.

»Ja, selbstverständlich«, sagte der Bürgermeister mit vollem Mund kauend, »drum heißt's ja Blutwurscht. Wie weit sind denn nun ihre Planungen?«

»Gegenfrage: Wie weit sind denn ihre Grundstücksverhandlungen?«

»Wir sind auf einem guten Weg«, erwiderte der Bürgermeister und tupfte sich den Mund mit der Serviette ab. Angesichts der Gäste aus Frankfurt spreizte er dabei die beiden kleinen Finger ab, so gut er konnte.

Derweil kam Fanny mit drei Tellern an den Tisch und servierte wortlos Endivienblattsalat mit gerösteten Walnüssen und in natürlichem, kaltgepresstem Olivenöl eingelegten Zucchini und sanft angebratenen Auberginen in Kräutervinaigrette, dazu frisches, noch warmes Baguette. Zu gern hätte sie den Blick der Frankfurter gesehen, aber sie fand den Effekt besser, wenn sie jetzt einfach geräuschlos verschwand.

»Äh … ja … auf einem guten Weg. Das sind wir auch. Wir planen eine eigene Hudlhub-Hudlhoopreifen-Kollektion«, mischte sich Bohlen ins Gespräch ein. »In Ihren Farben: Blau …«

»… wie der Himmel über Hudlhub …«, nickte der Bürgermeister.

»… und grün …«

»… wie das Gras in Hudlhub. Böse Zungen behaupten ja, bei uns wäre so wenig los, dass das Spannendste wäre, dem Gras beim Wachsen zuzusehen. Die werden noch schauen!«

»… und gelb …«

»… wie die Sonne über Hudlhub. Sehr schön. Das gefällt mir.«

»Sie hatten sich dann noch schwarz gewünscht …«

»… wie unsere Gesinnung, aber das muss nicht sein, diese Farbe tragen wir in der Seele.«

»Dann lassen wir schwarz weg.«

»Haben Sie denn schon Entwürfe dabei, wie der Hudlhoopreifen-Flagshipstore aussehen soll? Wir werden uns da wohl noch mit unserem Landratsamt auseinandersetzen müssen, wenn Sie wirklich einen zwanzig Meter hohen Betonreifen vor dem Eingang platzieren wollen.«

»Meinen Sie wirklich? So was ist doch heute marktüblich.«

»Aber wir sind hier im Außenbereich. Für das Grundstück, das wir für unser gemeinsames Vorhaben im Auge haben, gibt es keinen Bebauungsplan. Aber keine Sorge, in unserem Landratsamt sind alle von der richtigen Partei, da werden wir uns schon einig werden. Ein bisserl verbiegen werden sie sich schon müssen, auch bei der Kommunalaufsicht, aber das haben schon ganz andere bei unserem Landratsamt hingebracht. So lange das Parteibuch stimmt, haut das schon hin, auch wenn es da einiges zu genehmigen gibt: die riesigen Gebäude, die Parkplätze, dann das Tagungshotel – und schließlich noch der Schwingungsraum …«

»… überkonfessionell …«, ergänzte Frau Faliali begeistert.

»Psssst! Sagen S' das ja nicht so laut!«, warnte der Bürgermeister und machte mit beiden Händen eine beschwichtigende Bewegung.

»Aber warum denn?«

»Weil wir hier katholisch sind.«

»Aber ist das nicht ein wenig altmodisch? 34 Prozent aller Deutschen sind heute konfessionslos.«

»Aber hier sind wir katholisch. Ich hab deswegen jetzt schon Ärger.«

»Wegen des Schwingungsraums?«

»Allerdings.«

»Aber Esoterik und geistige Offenheit sind doch total einschließend und nicht ausgrenzend. Und das ist es ja auch, was wir wollen: Alle mitnehmen. Wir rechnen schließlich mit mindestens 5000 Besuchern täglich, hier in Hudlhub.«

»Psssst! Nicht so laut!«, sagte der Bürgermeister noch einmal.

»Was, das darf man auch nicht sagen? Aber wie wollen Sie denn unser Projekt fortsetzen, wenn man nicht drüber reden darf. Das wird etwas ganz Gro ...«

»Psssst! Das weiß ich selber, dass das was Großes wird, und genau das wollen wir ja auch!«

»Ihre Gemeinde wird davon in jeder Hinsicht profitieren«, dozierte Frau Faliali. »Ihre Gewerbesteuereinnahmen werden explodieren, Sie werden Kindertagesstätten, Schulen und Seniorenunterkünfte vom Feinsten bauen können. Sie werden sich vor Gewerbeansiedlungen nicht retten können, Hudlhub wird wachsen und gedeihen – und Sie als Bürgermeister, der all das möglich gemacht hat, qualifizieren sich für höhere Weihen ...« Der Bürgermeister richtete sich auf und füllte die Heldenbrust mit Luft.

»Vielleicht ...«, fügte Herr Anders noch an.

»... für die Höchsten!« Das war Herr Bohlen.

Der Bürgermeister atmete tief durch.

»Ich sehe: Wir verstehen uns«, sagte Frau Faliali. »Schießen Sie jetzt bitte keinen Bock.«

»Sowieso«, erwiderte der Bürgermeister, »ich nicht. Nur der Landrat. Den lade ich heute noch zur Jagd ein. Er wollte immer schon mal einen Sechzehnender schießen, und heute morgen habe ich einen gesehen.«

»Na dann erklären wir die Schonzeit doch für beendet: Halali!«, sagte Frau Faliali.

38 | 13:33

»Halali!«, sagte Helga Dürnbichler.

Sie hatte dann doch ein paar Stunden geschlafen, danach nahm sie ein Bad und sah nun wieder aus wie aus dem Ei gepellt. Frisch, frappierend fröhlich, fraulich und eigentlich friedfertig. Wenn man sie so sah, wartete man wirklich darauf, dass gleich Peter Weck um die Ecke kommen und sie, seine Vorabendserienfrau, in den Arm schließen würde.

Helga Dürnbichler lächelte.

Sie hatte verstanden, was hier passierte.

Und das, was sie bei Traugott Foss gefunden hatte, brannte in ihren Händen. Sie wusste, dass diese Informationen heiß waren und die elf Kunstwerke noch heißer. Und wie man Geschäfte macht, wusste sie auch.

Es war Zeit, ein Geschäft zu machen.

Die Handynummer von Generalvikar Dr. Dr. Theodor Höllenmeier hatte sie ja jetzt, sie war auf der Rotonda-Liste.

»Halali!«

Das sagte sie in genau dem Augenblick, als sie Generalvikar Theodor Höllenmeiers Handynummer tippte.

»Hallo? Wer ist da? Oh! Generalvikar Höllenmeier! Wie schön! Nein, ich habe mich nicht verwählt! Ich wollte genau zu Ihnen! Wie,

Sie können gerade nicht sprechen? Aber das macht doch nichts, ich spreche ja. Sie müssen eigentlich nichts weiter tun, als mir zuhören. Ach, das möchten Sie nicht? Das ist aber schlecht, weil ich mir nicht vorstellen kann, dass Sie die Mitgliederliste der Fondazione Rotonda Tiberiana, die ich bei Traugott Foss gefunden habe, in fremden Händen sehen wollen.

Ach, Sie hören nun doch zu? Na, das ist doch wunderbar! Sind Sie am Ende sprachlos? Nun, ich nicht. Und ich könnte mir einige Leute vorstellen, die sich sehr für diese Liste interessieren würden. Das ist ja wirklich sehr interessant, wer da alles draufsteht. Ich gebe zu, ein paar Namen habe ich erst einmal googeln müssen, vor allem die der italienischen Seite und die aus dem Vatikan. Aber bei Google wird man da dann doch sehr schnell fündig, nicht wahr?

Wie bitte? Die Namen der deutschen Mitglieder? Oh ja, die habe ich auch. Und das ist ja wirklich interessant. Minister, Landräte, Abgeordnete, auch unser guter Ludwig Haderlein, sogar Bischöfe. Und Sie auch! Ja, ich habe auch ganz schön gestaunt, mein lieber Herr Generalvikar … aber jetzt muss ich Sie kurz einen Moment um Geduld bitten …«

Helga Dürnbichler legte den Telefonhörer kurz weg, sie musste sich unbedingt schnäuzen, sie wollte dem hohen Geistlichen ja nicht ins Ohr rotzen. Also schnappte sie sich ein Taschentuch und tat, was getan werden musste.

Dann griff sie wieder zum Telefon.

»So, sind Sie noch da, Herr Vikar? Verzeihung, Herr Doktor-Doktor-GENERAL-Vikar, so viel Zeit muss sein, da haben Sie natürlich recht. Wissen S', ich habe mich womöglich erkältet, als ich Ihren toten tiberianischen Freund heute Nacht durch die Gegend zerren musste, den guten Traugott. Immerhin kann ich mir nach dieser Nacht einen Reim darauf machen, welche Interessen Ihre Rotonda hier verfolgt.

Der Schlüssel war etwas, das ich zunächst übersehen hatte: Die Liste, die ich in der Jackentasche vom armen Herrn Foss gefunden hatte, enthielt nämlich zwei handschriftlich, nachträglich hinzugefügte Adressen von unserem Bürgermeister und dem Entleitner Toni – die aber offenbar Ihrem Club gar nicht angehören.

Und dann wurde mir alles klar: Sie wollen mitspielen, bei dem großen Geschäft, nicht wahr? Und unser gemeinsamer Bekannter Ludwig Haderlein hat Sie auf die Idee gebracht. Habe ich Recht? Sie sagen ja gar nichts, verehrter Herr Generalvikar. Egal, dann rede eben ich weiter.

Ich muss zugeben, dass ich eine ganze Weile gebraucht habe, um zu begreifen, welchen Sinn es macht, bedeutungslose Kupferstiche weit über Wert zu verkaufen, aber das passt alles ganz wunderbar zusammen. So verschieben Sie Geld, nicht wahr? Stiftungsgelder, womöglich, oder? Sie haben eine Ware, vielleicht dazu eine gefälschte Expertise – und schwupp ist das Geld dort, wo es hin soll, und Ihre Bücher sind blitzesauber. Ist es nicht so, verehrter Herr Doktor Doktor Generalvikar?

Langer Rede, kurzer Sinn: Ich vermute mal, Sie möchten Ihre wertvol …, pardon, Ihre wertlosen Kunstwerke wiederhaben, damit sie nicht in falsche Hände fallen, oder? Ich könnte mir vorstellen, dass sie für die Polizei einen Wert haben. Oder für die Presse! Stellen Sie sich das einmal vor, was die für Augen machen, wenn die Presse diese Kupferstiche und die Liste in die Hand bekäme, die hätten einen Spaß, nicht wahr? Gell, das glauben Sie auch, verehrter Herr Doktor Doktor …?

Als gläubige, gestrenge, gehorsame Christin wollte ich Sie darüber aber zuvor informiert haben, bevor ich losziehe, um die verblüfften Gesichter zu erleben.

Ach, Sie meinen, das muss doch nicht sein? Wie bitte? Ob man sich da nicht anderweitig einigen könnte?

Aber natürlich könnte man das, das versteht sich doch von selbst, mein lieber Herr Generalvikar. Wie gesagt, ich bin eine gehorsame, gläubige Katholikin, das ist doch alles nur eine Frage des Preises, nicht wahr!

So eine Art Ablass, damit kennen Sie sich ja aus, gell, Herr Generalvikar! Haha, ein kleiner Scherz, gell?

Was wären Ihnen diese Papiere denn wert? Oh ... aber natürlich will ich Ihre historischen Stiche nicht behalten, das wären ja ... wie soll ich das sagen: Perlen vor die Säue, nicht wahr? Da nehme ich Ihnen das Wort aus dem Mund, oder? Wissen Sie, ich verstehe von vielen Dingen etwas, von historischer Kunst aber verstehe ich nicht viel.

Wie? Oh ja, sie sind allesamt unversehrt, keine Sorge, lieber Herr Doktor Doktor Generalvikar, alles bestens. Sie möchten drüber nachdenken? Aber gerne, denken Sie ruhig kurz darüber nach, ich muss mich eh nochmal schnäuzen ... ja ... ich lege den Hörer noch einmal kurz weg ...«

Und Helga Dürnbichler schnäuzte sich ein weiteres Mal, diesmal noch beherzter. Es war nicht zu überhören, dass da eine saubere Erkältung im Anmarsch war.

»So, Herr Doktor Doktor, jetzt aber. Und, was haben Sie sich denn überlegt? Wie, Sie möchten eine Hausnummer von mir haben? Naja – wenn ich mir das hier ansehe, dann sollten wir über schon einen niedrigen sechsstelligen Ablass reden, oder? Das tut Ihnen nicht weh und mir gut, gell?

Ach, Sie sind einverstanden? Und Sie schicken jemanden mit dem Geld vorbei, der dann die Kupferstiche gleich mitnimmt? Heute noch? Aber das ist ja ganz wunderbar! Und wie erkenne ich ihn?

Parole Rotonda? Ja, das ist gut. Ganz wunderbar, wirklich! Geradezu perfekt, Herr Doktor Doktor Generalvikar! So machen wir das.

Wenn Ihr guter Bote kommt, dann übergebe ich ihm gerne alle Papiere. Und selbstverständlich auch die Stiche! Und nein, natürlich werde ich keine Kopien machen. Ich habe ja auch gar keinen Kopierer in Gailing. Ja? Wie? Ein Handyfoto? Aber mein guter Herr Großwesir, Verzeihung, Generalvikar, ich bitte Sie. Ich bin eine alte Dame. Wie soll ich denn wissen, wie man mit einem Mobiltelefon ein Foto macht. Ja, du liebe Güte!

Neinnein, keine Sorge. Mein zweiter Vorname ist Diskretion, darf ich Sie noch einmal daran erinnern, was für ein Geschäft ich betreibe. Anders geht's ja gar nicht. Eben.

Also dann, werter Herr Generalvikar, das hat mich also sehr gefreut, mit Ihnen gesprochen zu haben! Und es stimmt, was die Leute sagen: Sie sind ein ganz besonders netter Mensch! Ja, gern. Und Ihnen auch noch einen schönen Tag, gell? Ja, Pfia Gott!«

Helga Dürnbichler atmete kurz durch, als sie auf den roten Hörer auf ihrem Smartphone-Display getippt hatte. Sie überlegte noch mal kurz, ob sie bei der Rufnummernunterdrückung alles richtig gemacht hatte – #31# war die Tastenkombination bei ihrem Android-Gerät –, ja, alles klar.

Sie sah ihre Freundin Su Mei, die just in diesem Augenblick zur Tür hereinkam, zufrieden und erleichtert an.

»So, Su Mei, das hätten wir«, sagte sie.

»Was hätten wil?«

»Ich habe eben ein gutes Geschäft gemacht. Es wird uns guttun. Auch dir.«

»Ich velstehe nicht.«

»Es ist gut, Su Mei. Alles in Ordnung. Es wird sich für uns beide lohnen.«

Helga Dürnbichler musterte Su Meis Mimik. Kam es ihr nur so vor, oder schaute Su Mei besorgt drein?

»Ist etwas, Su Mei?«, hakte sie sofort ein.

»Wie? Nein, nichts sein. Alles gut!«, sagte Su Mei eifrig und rang sich ein Lächeln ab. »Alles gut!«, sagte sie dann noch einmal.

Na dann.

Helga Dürnbichler atmete tief durch.

Ja, sie war zufrieden.

Sehr zufrieden.

Dann musste sie wieder niesen. Die Erkältung. Und gleich noch zweimal.

»Gib mal Hand«, sagte Su Mei. Sie überlegte kurz, dann setzte sie den Daumen an einem bestimmten Punkt an und drückte fest zu.

Die Niesattacke war augenblicklich vorbei.

39 | 13:57

Lokalredakteur Bernd Zackig ahnte von all dem nichts, was heute in Hudlhub passiert war. Nichts von den Ereignissen bei Helga Dürnbichler. Nichts von dem Besuch des Generalvikars beim Pfarrer. Nichts von den Geschäften des Bürgermeisters. Nichts vom Tod des alten Haderlein. Er hatte keinen blassen Schimmer.

Das einzige, was Bernd Zackig hatte, war ein vollgeschlagener Bauch. Die Portion Schweinefleisch beim Schimmelwirt war wie immer üppig und lecker gewesen, auch an diesem Sonntag. Hier hatte er sich mit einem alten Bekannten verabredet, dem Huberbauern aus Hudlhub – ohne seine Frau, die ihm niemals die drei Weizen erlaubt hätte. Eines hatte Zackig auch mitgetrunken, und jetzt war er einfach nur unfassbar müde.

Aber schlafen war jetzt nicht dran.

Er war wegen einer weiteren Geschichte über den legendären, berühmten und bis heute unaufgeklärten Mordfall von Kainegg hier. Seit Bettina Hinkel, die Tante der Hudlhubber Postlerin Steffi Bichler, ein Buch darüber geschrieben hatte, war alles noch viel krasser geworden. »So öd« hatte Bettina ihr Buch genannt, und was über die ganzen Toten und die dilettantischen Ermittlungen damals, vor bald 100 Jahren, drinstand, war nichts als reiner Humbug. Wie hätte es denn auch anders sein können, wo ihr doch die Hudlhubber nichts anderes als reinen Unfug erzählt hatten.

Die Wahrheit war eine ganz andere, der Huberbauer aus Hudlhub hatte sie Bernd Zackig vor eine Weile gesteckt, und seither verfolgte ihn die Geschichte bis in den Schlaf. Wieder und wieder träumte er, was seinerzeit tatsächlich geschehen war. Immer wieder dieselbe Szene.

Jetzt, da Bettinas Buch auf dem Markt war, waren die Karten neu gemischt. Kainegg war in aller Munde, und noch immer gärten die alten Legenden. Vor allem die, dass es ein Liebhaber der Bauerstochter aus dem Nachbardorf gewesen sein soll, der alles Leben auf dem Einödhof auslöschte. Aus Eifersucht. So ein Schmarrn, wusste Zackig. Aber das zu wissen, genügte nicht, er brauchte jetzt Beweise. Aber der Huberbauer erzählte ihm etwas ganz anderes.

»Und? Hast es schon gehört?«

»Hab ich WAS gehört?«, fragte Zackig.

»Na, vom Toten bei der Dürnbichler.«

»Was für ein Toter, und was für eine Dürnbichler?«

»Na, du kennst dich ja gut aus, hier in der Gegend. Helga Dürnbichler betreibt einen Swingerclub in Hudlhub.«

»Ein Swingerclub. In Hudlhub. Natürlich. Und wovon träumst du nachts, Huberbauer?«

»Ich erzähl dir keinen Schmarrn. Sag bloß, davon hast du noch nie gehört! Jeder kennt die Dürnbichler Helga und ihren Swingerclub.«

»Hm. Ich nicht. Ehrlich nicht. Wenn ich swingen gehe, dann ausschließlich, wenn eine Big Band spielt.« Zackig versuchte, sich mit einem schwachen Witzchen aus der Affäre zu ziehen. »Und da hat's jetzt wen derbröselt, in dem Swingerclub?«

»Genau, Zackig. Aber vielleicht schaust dir die Sache mit dem Toten einmal genauer an.«

»Meinst echt, Huberbauer?«

»Tät ich schon meinen.«

»Und wo genau soll der Swingerclub sein?«

»In Gailing. Also echt, Zackig. Willst du mich für dumm verkaufen?«

»Was soll ich denn mit einem Swingerclub? Ich bin ja nicht verheiratet.«

»Man muss nicht verheiratet sein, um bei der Helga in den Swingerclub zu dürfen.«

»Ich hab immer gedacht, ein Swingerclub ist nur was für Paare …?

»Mei, so genau geht das bei der Helga nicht.« Der alte Huberbauer hob zweimal schnell hintereinander vielsagend die Augenbrauen. Zackig überging das. Nicht seine Welt.

»Und der Tote? Hat er sich überanstrengt, der Arme?«

»Ihr Reporter habt's schon einen ganz besonderen Humor, oder, Zackig?«

»Mei. Wenn man immer das sieht, was wir sehen.«

»Aber das Wesentliche siehst du ja gar nicht.«

»Meinst, Huberbauer? Ist der Tote denn von hier?«

»Ich glaub nicht.«

»Dann ist das wohl eher nichts für eine Heimatzeitung …« Zackig zuckte mit den Schultern, er wollte endlich zum Thema kommen.

»Ich denke, dass das schon ein Thema für dich ist«, sagte der Huberbauer jetzt mit noch mehr Nachdruck und schaute dabei besonders vielsagend drein. Urig sah er aus, hier am Tisch beim Schimmelwirt, mit seinem alten, speckig gewordenen, ehemals wohl dunkelbraunen Sonntagsanzug, zu dem er immer einen Gehstock mit lauter Wanderabzeichen trug. Der lehnte jetzt neben ihm an der Wirtshausbank. Über die Jahre war da einiges zusammengekommen, unter anderem vom Schrannenfestlauf der Spargelstadt anlässlich des Gedenkens an den großen Helden der Stadt, Martin Neugschwendner. Der war so eine Art Wilhelm Tell und ein Pheidippides, also der erste Marathonläufer, in Personalunion.

Das kam so: Im Zuge des spanischen Erbfolgekriegs rückten die kämpferischen Auseinandersetzungen 1704 der Stadt immer näher.

Der Herzog von Marlborough, John Churchill, lagerte mit seinen Truppen etwa 40 Kilometer südwestlich der Spargelstadt.

Martin Neugschwendner, ein aus der oberösterreichischen Stadt Perg zugezogener Seilermeister, war es, der kurzerhand zu ihm hinüber marschierte und ihn bat, doch seinen Wohnort bei seinem Feldzug bitteschön zu verschonen.

Wie er das gemacht hat und wie hoch der Preis dafür war, das ist ebenso wenig überliefert wie ein Bildnis dieses Mannes. Manchmal kommt es ganz einfach zu Geschäften, die für immer ein Geheimnis bleiben.

Ihm zu Ehren aber haben sich nicht nur seine Geburtsstadt und die Spargelstadt verbandelt, sondern ab und an wird eben auch noch ein Martin-Neugschwendner-Gedächtnismarsch absolviert. Und der Huberbauer hatte ihn mit Erfolg bewältigt.

»Frag mich doch mal, was ich über den Toten weiß, Zackig«, sagte der Huberbauer schließlich. Er verlor allmählich die Geduld. Kapierte dieser Zackig denn überhaupt nichts?

»Huberbauer, was weißtn über die Leiche?«

»Er gehört einem römischen Geheimbund an.«

»Einem Geheimbund. Natürlich.«

»Nein, wirklich, er gehört zur ‚Rotonda Tiberiana‘.«

»Ja spinnst. Und was ist das für eine Art Geheimbund?«

»Die ‚Fondazione Rotonda Tiberiana‘, um genau zu sein, kenne ich schon lang. Sehr lang. Das ist ein Zusammenschluss von lauter wichtigen Leuten aus Deutschland und Italien, zu der Landespolitiker aus beiden Ländern gehören, Industrielle, auch Bischöfe und Landräte. Die Fäden laufen in Rom zusammen.«

»Im Ernst jetzt, Huberbauer?«, staunte Zackig. »Woher weißtn das schon wieder?«

»Man hat so seine Quellen.«

»Und wieso kennt du den Verein, wenn das ein Geheimbund ist? Besonders geheim scheint dieser Geheimbund ja nicht zu sein.«

»Was heißt schon geheim. Hört sich halt besser an, Geheimbund.«

»Ach so.«

»Mindestens ein Mitglied der Rotonda kennst du übrigens.«

»Ich? Echt? Wen?«

»Unseren Landtagsabgeordneten Ludwig Haderlein.«

»Ach, da schau her. Und deshalb hast du vermutlich auch angefangen, dich dafür zu interessieren, oder?«

»Mag schon sein, Zackig. Das ist schon ein erstaunlicher Haufen, diese ‚Rotonda Tiberiana'«.

»Und einer von denen ist jetzt tot? Gestorben in Gailing?« Bernd Zackig dachte laut weiter. Dabei schob er seine langen, dunklen Haare hinter seine Ohren, damit sie ihm nicht länger ins Gesicht fielen. »Ist ja krass. Was er hier wohl gemacht hat?«

»Das, mein lieber Herr Redakteur, hängt damit zusammen, dass der Bürgermeister angeblich plant, in Hudlhub eine Moschee zu bauen. Mittendrin.« Jetzt plauderte der Huberbauer noch ein Gerücht aus, das gerade kursierte. Dass er damit nicht so ganz richtig lag, konnte er ja zu diesem Zeitpunkt nicht wissen.

»Eine Moschee!«, wiederholte Zackig. »Der Bürgermeister. In Hudlhub. Ich glaub's gleich.«

»Dann glaub's halt nicht. Ich hab's jedenfalls so gehört. Angeblich verhandelt er schon wegen des Grundstücks, er hat da was ganz Großes vor.«

»Bist sicher, Huberbauer?«

»Was ist schon sicher, im Leben, Zackig? Das einzige, was wir alle vom Tag unserer Geburt an wissen, ist, dass wir eines Tages sterben werden.«

»Da hast natürlich recht. Aber das ist ja dann schon der Wahnsinn, oder? Dann sollt ich den Bürgermeister gleich einmal anrufen.«

»Oder du fährst einfach direkt zu ihm hin.«

»Dazu müsst ich aber wissen, wo er grade ist.«

»Frag mich halt mal, ob ich weiß, wo der Bürgermeister grad ist, Zackig.«

»Du, Huberbauer, wo ist denn der Bürgermeister grad?«

»Beim Wirt, Zackig. In Hudlhub. Wo denn sonst? Er verhandelt gerade irgendwelche Geschäfte mit irgendwelchen Frankfurter Würstchen.«

»Euer Nachrichtendienst in Hudlhub funktioniert ja wirklich gut, oder, Huberbauer?«

»Das darfst du ruhig glauben.«

»Ich merk's schon, Huberbauer. Dann sollt ich jetzt wohl besser losfahren, oder?«

»Das tät ich doch auch sagen. Aber vergiss nicht, unsere Zeche zu bezahlen, weil, sonst krieg ich Ärger mit meiner lieben Frau daheim. Und das mit Kainegg, das bereden wir dann ein andermal.«

»Schon recht, Huberbauer«, lachte Zackig. »Die Leichen sind ja eh schon so lange tot, die können jetzt auch noch ein paar Wochen länger warten.«

40 | 14:10

»Nun also doch, Herr Haderlein«, flüsterte der Pfarrer. Lange sah er in das tote, alte Gesicht. Friedlich sah er aus, trotz der fürchterlichen Schmerzen, die ihn in seinen letzten wachen Sekunden durchzuckt haben müssen. Friedlich und so klein.

Der Pfarrer sagte ein langes Gebet. Dabei senkte er den Kopf, ehrfürchtig, innig, voller Respekt vor dem langen, langen Leben. Irgendwie hatte er nicht mehr damit gerechnet, den alten Haderlein tatsächlich einmal tot zu sehen. Und wie gerne hätte er ihn begleitet, auf seinem Weg ins Jenseits, diesen guten Mann.

Er war zu spät gekommen.

Der Generalvikar hatte es zunächst überhaupt nicht eilig gehabt. Nach einem Telefonat, für das er den Raum verlassen hatte, ging dann aber alles ganz schnell. Man könnte sagen: Er war regelrecht überstürzt aufgebrochen, aber nicht, ohne noch einen dritten Becher von Frau Hallers wunderbarer Nachspeise in Rekordzeit auszulöffeln, die aber auch wirklich sensationell schmeckte. Wirklich sagenhaft! Und was für einen passenden Namen sie trug: »Weltfrieden« (Rezept auf Seite 255).

Davor hatte Höllenmeier den Pfarrer ein ums andere Mal belehrt, hatte voller versteckter Drohungen darauf hingewiesen, was Rom heute erwartet. War vom Hundertsten ins Tausendste und wieder zurückgekommen und hatte alles getan, um nicht festgenagelt werden zu können und dennoch Unsicherheit und Schrecken zu verbreiten. Ja, der Papst habe gefordert, dass jede Pfarrei eine Flüchtlingsfamilie aufnehme, sagte er. Aber der Papst habe nicht gesagt, in welchem Jahrzehnt. Und überhaupt denke die Kirche ja sowieso in Jahrhunderten.

Dann fiel der Name Traugott Foss. Höllenmeier fragte, ob der Pfarrer schon einmal etwas von der Fondazione Rotonda Tiberiana gehört habe.

»Ja, schon«, sagte der Pfarrer wahrheitsgemäß, irgendwo hatte er mal was drüber gelesen. Der Fondazione gehörten seinem Kenntnisstand zufolge hochrangige bayerische und italienische Politiker an. Es gebe ja viele Vereinigungen im Umfeld der Kirche. Wie genau diese Rotonda mit der Kirche verbandelt sei, wisse er nicht.

Höllenmeier nickte. Er habe das Gefühl, dass diese Vereinigung mit der Sache zu tun haben könne, sagte er. Möglich, dass der Name in diesem Zusammenhang auftauche. Auch er kenne die Rotonda nur am Rande, beobachte die Aktivitäten aber schon eine Weile. Er sei sich selbst nicht so sicher, was diese Rotonda vorhabe.

Und er habe auch nicht den Hauch einer Ahnung, welche Rolle Traugott Foss in diesem Kontext spiele, aber: Man müsse immer wachsam sein. Bisher sei ihm auch nichts wirklich Negatives zu Ohren gekommen. In Rom habe diese Rotonda jedenfalls einen sehr positiven Ruf.

»Insofern«, hatte Generalvikar Höllenmeier seine Ausführungen beschlossen, »ist es gewiss ratsam, mit den Vertretern der Fondazione wohlwollend umzugehen. Im Sinne eines gedeihlichen Miteinanders.«

Dann hatte sich Höllenmeier verabschiedet, förmlich, aber doch freundlich – und am Ende eines nicht immer emotionsfreien Gesprächs auch versöhnlich.

Der Hudlhubber Pfarrer hatte während des Zusammenseins mit dem Generalvikar die wiederholte Vibration des stillen Alarms seines Smartphones in der Jackentasche wahrgenommen. Wieder und wieder und wieder. Er hätte es jedoch als ungeschickt und auch unangemessen erachtet, dranzugehen, solange der Generalvikar da war und ihn vergatterte. Und was konnte schon so wichtig sein, dass es nicht ein, zwei Stündchen warten konnte.

Inzwischen wusste er es: der Tod.

Der Pfarrer sah sich noch nicht in der Lage, den Blick vom toten Großvater Haderlein abzuwenden. Er war froh, dass Haderlein die Krankensalbung zu Lebzeiten bereits erfahren hatte, damals, vor zwei Jahren, im zarten Alter von 107, als seine Zeit das erste Mal gekommen zu sein schien. Damals erwies sich das als falscher Alarm.

Dass er gerade jetzt tatsächlich gehen musste, hatte sich nicht im Entferntesten angedeutet, dachte der Pfarrer. Im Gegenteil hatte er Haderlein zuletzt geradezu fit und vital erlebt, und manchmal hatte er fast das Gefühl, der Alte sei kurz davor, sein Bett nach Jahren zu verlassen und wieder aktiv am Leben teilzunehmen.

Und nun das.

Der Pfarrer fragte sich, ob er wohl in seinem Leben noch einmal einem so alten Menschen begegnen würde.

»Danke, Herr Haderlein«, flüsterte der Pfarrer schließlich, dann verabschiedete er sich vom Toten mit einem Kuss auf die Stirn.

Er drehte sich um und nickte den Bestattern von der »Trauer Sauer GmbH« zu.

Die hatten den sogenannten Sanitätssarg, ein pulverbeschichtetes Aluminiummodell, eigentlich schon im Auto verladen, als Hochwürden eintraf. Für die Geistlichkeit holten sie ihn selbstverständlich noch einmal ein Stück weit heraus, um das übliche Ritual zu ermöglichen.

In gebührendem Abstand hatten sie gewartet und eine gequarzt.

Jetzt hatte der Pfarrer Zeit, sich einem der Polizisten zuzuwenden, um herauszufinden, wie der alte Haderlein eigentlich gestorben war.

»Ich habe meinen Bericht weitgehend fertig«, sagte Polizeihauptmeister Leo Preckel und drückte Hochwürden seinen Tablet in die Hand. »Hier. Ehe ich alles nochmal runterbete ...«

Und Hochwürden las.

»Die Zeugin hatte den Toten um elfuhrfünfundvierzig angetroffen, an ihm lag Strom an. Kurze Zeit später schwamm der Leichnam bäuchlings im ehemaligen Saustall des Anwesens Biberg 1. Der ganze Raum war mit Wasser geflutet. In der Mitte des Raums befindet sich ein Braukessel. Ob er angeschlossen und betriebsbereit ist, konnten wir angesichts der Überflutung nicht feststellen. Verwunderlich erschien uns, dass ein normaler Wasserhausanschluss solche Mengen zu fördern imstande sein soll. Ein handelsüblicher Wasserhahn hätte tagelang laufen müssen, um eine solche Überflutung herbeizuführen. Für eine technische Überprüfung der Anlage haben wir Gutachter der Kriminalpolizei Ingolstadt angefordert. Auf Anfrage im Gewerbeamt der Gemeinde Hudlhub haben wir festgestellt, dass weder ein Antrag noch die Genehmigung einer Brauereianlage in Hudlhub vorliegt.

Als wir am Tatort eintrafen, hatte die Zeugin den Toten unter Zuhilfenahme des Zeugen Karl-Heinz Wendler, Mechatroniker aus Hudlhub und Mitglied der Hudlhuber Feuerwehr, bereits in den Gang gezogen und seine Lebenszeichen überprüft. Sie fielen negativ aus.

Ob der Tote baden wollte oder ob ein Unglück oder gar Fremdeinwirkung vorliegt, war nicht mit Augenscheinnahme zu klären, hier sind weitere Untersuchungen nötig. Ob der Tote die Überschwemmung zu Lebzeiten selbst verursacht hat oder ob er versuchte, das Wasser abzudrehen, ist ungeklärt.

Als der Zeuge Karl-Heinz Wendler am Tatort eintraf, um eine bestellte Zentrifuge für den Whirlpool auszuliefern, stellte er fest, dass der ganze Saustall unter Strom stand und drehte die Sicherung heraus. Das ging aber nicht gleich, weil die Sicherung rechtswidrig mit Klebeband blockiert war. Schließlich schaffte er es aber doch.«

»Es heißt nicht Hudlhuber, sondern Hudlhubber Feuerwehr«, sagte Hochwürden, als er Preckel den Tablet zurückgab.

»Also, ich habe in der Schule gelernt, dass es zu einer Konsonantenverdoppelung kommt, wenn man ein Wort am Konsonanten abkürzt. Beispiel: Trabant – Trabbi. Das ist bei der Hudlhuber Feuerwehr nicht der Fall. Hier wird nichts abgekürzt, und darum gibt es auch keinen Grund ‚Hudlhubber' zu schreiben.«

»Das ist schon richtig. Aber die meisten Leute kürzen den Trabant mit Trabi ab – ohne Konsonantenverdoppelung. Das ist falsch, und keinen stört es. Deshalb gibt es auch keinen Grund, den Hudlhubbern ihr zweites ‚b' zu stehlen, auf das sie so unglaublich stolz sind. Denken Sie sich einfach, die Hudlhubber führen das zweite ‚b' vom Trabbi, das fast niemand schreibt, im Namen. Dann gleicht sich's wieder aus.«

Preckel wusste nicht so recht, was er von diesem Vortrag halten sollte. Er bevorzugte, sich nicht mit einem Pfarrer anzulegen, und klappte seinen Tablet-Rechner wieder auf.

»Hu-dl-hub-ber. Wie Sie wünschen, Hochwürden.«

»Ich danke Ihnen sehr, mein Sohn. Und meinen Respekt, was Sie in der kurzen Zeit alles herausgefunden haben.«

»Danke, Hochwürden. Aber es sind schon viele Fragen offen. Was macht ein Braukessel im Saustall des Landtagsabgeordneten Haderlein? Und wo kam das ganze Wasser her? Und welche Rolle spielte Großvater Haderlein? War er Täter oder Opfer?«

»Ja, das wird noch interessant!«, sagte Hochwürden und nickte. »Was ist eigentlich mit unserem Landtagsabgeordneten? Haben Sie ihn schon benachrichtigt?«

»Wir haben es versucht«, sagte Preckel. »Mehrfach. Aber er geht nicht an sein Smartphone. Merkwürdig, dass jemand in seiner Position sein Smartphone für mehrere Stunden am Stück ausschaltet.«

»Ich weiß gar nicht, ob das heutzutags nicht schon längst eine Ordnungswidrigkeit ist«, scherzte der Pfarrer.

»Ich glaube, wir haben da gerade eine neue Anweisung bekommen, aber ich habe sie noch nicht auswendiggelernt.« Preckel spielte mit.

»Vielleicht kann ich Ihnen da weiterhelfen«, sagte Hochwürden und legte den Kopf leicht schief, wie er es so gerne tat.

»Wie, bei der Verordnung?«

»Nein, mit Haderleins Smartphone. Er wählt doch gerade den neuen Bundespräsidenten. Vielleicht hat er sein Handy im Bundestag ausschalten müssen.«

»Das kann schon sein«, sagte Preckel, »aber wir haben doch schon längst wieder einen.«

»Hm«, sagte der Pfarrer, »dann weiß ich's auch nicht, mein Sohn.«

41 | 14:30

»Dann sind wir uns also einig?« Der Bürgermeister lehnte sich zufrieden zurück.

Frau Faliali sah kurz zu ihren Begleitern hinüber.

Herr Anders nickte.

Herr Bohlen nickte auch.

Da nickte auch Frau Faliali.

Und der Bürgermeister nickte auch.

Hinter der Theke war auch die Fanny kurz eingenickt.

»Also gut, dann ist es nun mein Teil, die Grundstücksfrage klar zu machen …«, sagte der Bürgermeister zufrieden.

»… und dabei die Kostensituation im Blick zu behalten.«

»Lassen Sie das nur meine Sorge sein, Frau Faliali, ich habe darüber bereits mit unserem Heimatabgeordneten gesprochen …«

»… dem Herrn Haderlein.«

»Ganz genau. Rein zufällig ist er Mitglied einer kirchennahen Stiftung, die gerade in Verhandlungen mit dem Eigentümer der Flächen steht. Sollte der Schwierigkeiten machen, dann wird die Gemeinde womöglich ein Regenrückhaltebecken in unmittelbarer Nähe zu dessen Anwesen planen. Der Abgeordnete hat für diese Eventualität auch schon die Zuschusslage in München abgeklärt, sie ist vielversprechend.«

»Herr Bürgermeister, Sie möchte ich nicht zu meinem Feind haben«, lobte Frau Faliali die Kreativität ihres Geschäftspartners, und die Herren Bohlen und Anders nickten erneut bekräftigend.

»Ich mich auch nicht«, sagte der Bürgermeister ungerührt.

Ja, er war stolz auf sich.

Was er hier gerade einfädelte, war gut für Hudlhub, und diejenigen, die das jetzt noch nicht nachvollziehen konnten, würden es später schon noch verstehen.

»So«, sagte der Bürgermeister, »bevor wir uns den Details unserer Vereinbarung zuwenden, trinken wir jetzt erst einmal einen … (Kunstpause) … echten … (Kunstpause) … Hudlhubber Schnaps. Fanny!«

Fanny war augenblicklich wieder wach.

»Was is, Bürgermeister?«

»Vier Blutwurz! Und zwar vom Feinsten.«

»Vier Blutwurz. Kommt gleich!

»Blut …?« In Frau Falialis Blick machte sich Entsetzen breit.

Bohlen und Anders nickten einfach mal mit dem Kopf.

Wie Wackeldackel, dachte Fanny hinter der Theke.

Der Bürgermeister war wieder in seinem Element.

»Blutwurz, meine liebe Frau Faliali, hat mit … (Kunstpause) … Blut nichts zu tun. Keine Sorge. Die … (Kunstpause) … Blutwurz gehört zur Familie der Rosengewächse, man nennt sie auch Dilledapp, Durmentill, Natterwurz, Rotwurz, Ruhrwurz oder Siebenfinger. Ein echter Genuss, sage ich ihnen. Allerdings muss ich darauf hinweisen, dass in Blutwurz, so wie wir sie in Hudlhub zu uns nehmen … (Kunstpause) … Alkohol enthalten ist. Ich weiß nicht … trinkt hier jemand keinen Alkohol? Wofür ich natürlich vollstes Verständnis hätte.«

Zur Abwechslung schüttelten jetzt mal alle die Köpfe.

Wobei die Frankfurter bei Alkohol nicht automatisch an Getränke mit über 50 Prozent denken würden, aber sie wussten ja nicht, was da auf sie zukam.

»Hudlhubber Schnaps könnte man natürlich auch vermarkten«, warf Herr Anders ein.

»Sehr cleveres Cross-Selling«, fand auch Herr Bohlen.

»Vielleicht müsste man nochmal über das Wort ‚Blut' im Namen reden«, gab Frau Faliali zu bedenken.

Dann war Fanny auch schon da.

Sie servierte die Blutwurze so, dass die Herren Anders und Bohlen auch noch etwas von ihrem üppigen Dekolleté hatten. Die Augen bekamen sofort etwas glasiges, und als jegliches Blut aus den beiden Gehirnen in die Körpermitte gewandert war, als Fanny die beiden förmlich hypnotisiert hatte, sah sie Frau Faliali giftig und triumphierend zugleich direkt an.

Ich habe die Macht.

Das war es, was Fanny Frau Faliali mit auf den Weg gab.

Ich bin die Macht und du nicht.

»Na dann, zum Wohl!«, brüllte der Bürgermeister und hob sein Glas. »Kennt ihr schon unseren Hudlhubber Trinkspruch? Der geht so: »Nur ned hudln, sag i, Leit seids gscheid, gönnt's euch mehra Gmiatlichkeit! Prost!«

Fanny hatte sich auf das, was nun kam, bereits vorbereitet.

Die Videofunktion ihres Smartphones war aktiviert. Die ungeübten Körper der Frankfurter reagierten wie erwartet, und wer das Asterix-Abenteuer »Der Kampf der Häuptlinge« kennt, wo die Druiden gegenseitig ihr Gebräu kosten, hat ein Bild davon, was gerade in Hudlhub geschah. Ein Bild des Grauens, über das wir an dieser Stelle den Mantel der Liebe legen wollen.

Fanny nicht.

Sie lud das Video direkt bei Facebook hoch.

»Blutwurz.« Mehr musste sie gar nicht dazuschreiben.

Es gab Hunderte Likes in weniger als zwei Stunden.

42 | 14:40

»Bürgermeister, wir müssen reden.«

Bernd Zackig war direkt zur Dorfwirtschaft gefahren.

Adelheid Kirchmair war nirgends zu sehen, wahrscheinlich stand sie wie so oft in ihrer geliebten Küche.

Aber Fanny war da, und der Bürgermeister, in Begleitung irgendwelcher runtergehungerter Businesstypen aus Frankfurt. Er hatte das Autokennzeichen am Range Rover vor der Tür gesehen, der mitten auf der Straße ganz mies geparkt war.

»Servus, Zackig«, sagte der Bürgermeister. »Unser Zeitungsreporter«, wandte er sich an seine Gesprächspartner.

»Servus, Bürgermeister, wir müssen reden«, wiederholte er, »jetzt!«

»Aber du siehst schon, dass ich hier in einer ...«

»Jetzt, Bürgermeister.«

Die Frankfurter Würstchen zuckten die Schultern und zückten die Smartphones.

»Schon gut, Herr Bürgermeister«, sagte Bohlen.

Zackig konnte auf seinem Bildschirm einen Game-Screen erkennen. Der war erstmal beschäftigt.

»Was gibt's denn so Wichtiges, Zackig«, fragte der Bürgermeister den Reporter draußen, vor der Tür, während er seine Hose am Bund hochzog und das Hemd nachstopfte. Diese Pose muss er sich bei Andreas Giebel abgeschaut haben, dachte Zackig.

»Du willst eine Moschee bauen«, sagte er schließlich mit einem provozierenden Unterton. Den hatte er absichtlich gewählt, um zu sehen, wie der Bürgermeister reagierte.

Aber der reagierte überhaupt nicht und stopfte, ohne mit der Wimper zu zucken, weiter sein Hemd in die Hose. War ja auch viel Hemd.

Und viel Hose.

»Aha«, sagte er schließlich.

Dann hatte er seine Kleidung wieder da, wo er sie haben wollte.

Er zog eine Schachtel »Ernte 23« mit dem Bild einer total eingefallenen, fahlen, ungesund blassen jungen Frau, die offensichtlich nur noch mit Schläuchen am Leben gehalten wurde, aus der Seitentasche und zündete sich eine mit einem verschrammten, roten Einwegfeuerzeug an, ein Werbegeschenk mit drei Buchstaben: SPD.

Hier, in und um Hudlhub hatte man keine genaue Vorstellung davon, wofür diese drei Buchstaben stehen. Bei Wahlen war die SPD seit Menschengedenken nicht über den Status einer Splittergruppe im unteren einstelligen Bereich hinausgekommen. Sogar die Grünen waren längst an ihnen vorbeigezogen und holten regelmäßig doppelt so viele Prozente, einmal sogar fast drei! Daran änderte sich allerdings auch nichts, als die CSU eines Tages begonnen hatte, sich rechts von Orban und der FPÖ zu positionieren.

Ein SPD-Feuerzeug in Hudlhub? Das war schon fast wie eine Oase in der Wüste Gobi.

Das Feuerzeug musste von weit, weit weg hierher gebracht worden sein. Von einem Hiesigen konnte es niemals stammen. Der Herr Bürgermeister kam offenbar ganz schön rum in der Weltgeschichte.

»Und wer erzählt dir so einen Schmarrn?«

»Ich habe meine Quellen«, erwiderte Zackig. Vielsagend. Nichtssagend.

»Dann sag mal ‚deinen Quellen', dass sie nicht einen solchen Scheiß verbreiten sollen. Und wennst es nicht gleich in deine Zeitung schreibst, dann sag ich dir auch, was los ist: Da drin in der Stube hocken drei Frankfurter Würstchen, die Zehntausende, wenn nicht Hunderttausende Euro nach Hudlhub bringen. Vielleicht sogar ... (Kunstpause) ... Millionen.« Dabei machte er eine abschätzige Kopfbewegung Richtung Gaststube. »Sie wollen einen Flagshipstore für Hudlhoopreifen bei uns bauen.«

»Und keine Moschee?«

»Nein, keine Moschee. Wobei ich persönlich überhaupt nichts gegen eine Moschee hätte, auch wenn du mir das nicht zutraust. Weil mir das wurscht ist, wer was glaubt. Hauptsache, die Leute sind glücklich. So seh ich das. Leben und leben lassen. So ticken wir Hudlhubber. Aber eine Moschee in Hudlhub – das wär ja nun wirklich ein Schmarrn. Da kommen doch auch nicht mehr Besucher pro Jahr hin als in unser Heimatmuseum, oder?«

»Hudlhub hat ein Heimatmuseum?«

»Da schaust, Zackig, oder? Hudlhub hat sehr wohl ein Heimatmuseum, aber im vergangenen Jahr hatten wir dort exakt 92 Besucher – nicht pro Tag, sondern insgesamt. Bestehend aus drei Grundschulklassen und einer versprengten Seniorengruppe. Und? Schlägst du diesen Rekordbesuch mit einer Moschee, Zackig?«

»Wahrscheinlich nicht.«

»Also red nicht so einen Schmarrn daher und erzähl so etwas nicht herum, sonst bekommt unser armer Herr Pfarrer noch Druck von seinem Bistum.«

Der Bürgermeister saugte an seiner Zigarette, dass mindestens ein Zentimeter Glut auf einmal entstand.

Zackig staunte. Er kannte erstens kaum jemanden, der noch rauchte, und schon gar nicht »Ernte 23«. Dass es die überhaupt noch gab! Dabei hätte »HB« viel besser zum Bürgermeister gepasst. Weil er doch so gern in die Luft ging, wenn er sich aufregte. Wie das HB-Männchen aus der Fernsehwerbung früher.

Wobei das HB-Männchen dem Bürgermeister nur inhaltlich ähnlich war, optisch nicht so. Schließlich sah das HB-Männchen nicht aus wie Andreas Giebel.

»Zackig, was wir hier vorhaben, das muss noch eine Weile unter uns bleiben, weil es noch nicht spruchreif ist«, sagte der Bürgermeister schließlich ernst. »Was ich vorhabe, ist etwas Großes. Etwas … (Kunstpause) … Bedeutendes. Etwas … (Kunstpause) … Außergewöhnliches. Mach es nicht kaputt, indem du drüber schreibst.«

»Das kann ich dir nicht versprechen, Bürgermeister«, erwiderte Zackig und schob sich seine langen dünnen Haare wieder hinter die Ohren. Beim letzten Friseurbesuch hatte er sie eindeutig zu kurz schneiden lassen, jetzt fielen sie ihm dauernd ins Gesicht.

»Ach geh, Zackig, wir kennen uns so lange …«

»Und du machst deinen Job, ich mach meinen. Es ist so: Ich schreibe nur dann etwas, wenn ich zwei voneinander unabhängige Quellen habe. So machen wir Journalisten das. Bisher habe ich nur eine Quelle. Also schreibe ich nichts. Aber wenn ich noch etwas höre, von jemand anderem, dann geht die Geschichte raus.«

»Du machst eh, was du meinst, Zackig«, knurrte der Bürgermeister. »Vielleicht kannst mich ja noch mal anrufen, bevor du wirklich was schreibst?«

»Darüber können wir gern reden.«

Damit war für den Bürgermeister das Gespräch beendet. Er drehte sich um und ging. Grußlos.

43 | 15:01

So, Herrschaften, dann wollen wir mal! Ich begrüße euch alle recht herzlich zu unserem kleinen Ausflug in eine zauberhafte kleine Gemeinde – nach Hudlhub!

Ich bin es wieder, euer lieber Paolo, und ich bin euer heutiger Reiseführer. Und wisst ihr was? Ihr dürft heute im Cabriobus mit nach Hudlhub. Ich gebe zu, es ist ein bisschen kalt, mitten im Februar, aber wir wollen ja, dass ihr etwas erlebt, nicht wahr? Und außerdem hat der Bus eine Heizung.

Also los geht's! Ihr werdet staunen, was man in Hudlhub alles erleben kann! Ich kenne mich hier richtig gut aus. Hudlhub, das ist für mich fast wie zu Hause. Ach, ihr glaubt mir das nicht? Aber das könnt ihr!

Denn vom Glauben lebe ich sehr gut. Man könnte sogar sagen, Glauben ist mein Geschäft. Seht mir einfach tief in die Augen – dann werdet ihr mir alles glauben!

Wie, das geht nicht? Ach, wegen der dunklen Sonnenbrille? Das mag sein. Tatsächlich habe ich etwas von einem Mafioso mit meinen kurzgeschorenen Haaren und meinem dunklen Teint und diesem Namen, den mir meine Freunde gaben: Paolo!

Aber wisst ihr was? Ich bin tatsächlich nicht von der Mafia. Eigentlich heiße ich nämlich Paul, aber das müssen wir an dieser Stelle nicht weiter breittreten, weil mich das womöglich entzaubern würde. Und ich bin – kein Witz – ein waschechter Bayer. Ich bin in Scheyern zur Welt gekommen und in Augsburg aufgewachsen, da staunt ihr, oder? Sozusagen ein Ex-Nachbar von Christine Reimer – ihr wisst schon: Dahoam is dahoam –, und aktueller Nachbar von Andreas Bourani und, naja, von Roy Black leider nicht mehr.

Ihr kennt noch alle den großen Schlagerstar Roy Black, oder? »Ganz in Weiß« und so? Den Mann, der nie ein Schlagerstar sein wollte, dann aber in diese Kiste hineinpurzelte und nie wieder aus ihr herauskam? Wenn meine Oma mir keinen Unsinn erzählt hat, bin ich sogar weitschichtig mit ihm verwandt. Noch lieber wäre ich allerdings mit Andreas Bourani verwandt. Tja, du kannst nicht alles haben, das Glück, den Sonnenschein – oh, schon wieder Roy Black.

Ihr seht – meine Oma selig hatte wohl doch recht.

Also keine Sorge.

Und ich bin bestens vorbereitet! Ich bereite mich immer bestens vor, wenn ich eine Aufgabe übernehme. Ich überlasse nie etwas dem Zufall.

Und heute Nacht war ich noch in Bozen im herrlichen Dom Maria Himmelfahrt und habe in der Nachbarschaft bei Maurerarbeiten mitgeholfen. Heute Morgen habe ich mitten in Österreich schon jemanden beim Brezen-Holen getroffen und danach, da habe ich jemandem im Süden von München eine ganz persönliche Himmelfahrt bereitet, haha! Schön, gell?

Ihr seht: Da rührt sich was! Es läuft!

Jetzt aber würde ich sagen: Legen wir endlich los.

Wir nähern uns der zauberhaften Gemeinde also vom Kloster Scheyern aus.

Wir fahren den Berg hinab und am wunderschönen Prielhof vorbei, wo es seit vielen, vielen Jahren immer zauberhafte Kulturveranstaltungen gibt, allen voran »Kunst im Gut«.

Gleich hinter dem Prielhof biegen wir links gen Westen ab und folgen der Kreisstraße PAF8. Links können wir den Schnatterbach entdecken, der auch Namensgeber für einige Ortschaften war, die wir gleich passieren werden.

Und hier sind wir auch schon: in Unterschnatterbach! Eine zauberhafte kleine Gemeinde zu eurer Rechten, die wir aber sogleich links liegen lassen, ebenso wie den Rauhof und Oberschnatterbach.

Wir könnten hier übrigens auch links abbiegen und uns Hudlhub über Winden und Durchschlacht nähern, aber das ist dann doch ein erheblicher Umweg.

Und glaubt mir: Das ewige Auf und Ab und Links und Rechts auf dieser Strecke würde euren Magen mehr belasten, als euch lieb ist! Und das wollen wir doch nicht, meine lieben Reiseteilnehmer! Nicht wahr!

Wir wollen doch, dass ihr noch Appetit habt, wenn wir nachher bei Adelheid Kirchmair in ihrer wunderbaren Dorfwirtschaft einkehren, wo euch die Fanny erlesene lukullische Schätze der Hudlhubber Küche auftischt!

Ja, Herrschaften, da dürft ihr ruhig klatschen, vor lauter Vorfreude, denn vom Essen verstehen unsere Hudlhubber Freunde etwas!

Ein paar Meter weiter gibt es noch einen weiteren Umweg nach Hudlhub – über Gailing. Diesen Weg kann ich euch durchaus anempfehlen, gerade das Anwesen von Helga Dürnbichler ist immer eine Reise wert, vor allem für Paare …

Man hört allerdings, dass sich da an den Besitzverhältnissen zeitnah etwas tun könnte.

Ihr ahnt es vielleicht schon: Ich selbst werde dort nachher noch auf einen Sprung vorbeischauen. Das hat sich zwar erst sehr kurzfristig ergeben, aber ich bekomme das schon alles unter einen Hut.

Zu unserer Rechten passieren wir jetzt Edling, dahinter liegt dann die Einöde Biberg, wo der berühmte Landtagsabgeordnete Ludwig Haderlein zu Hause ist. Wenn ihr euch intensiver mit seiner politischen Arbeit befassen wollen, dann darf ich euch sein Buch »Die Container-Theorie« ans Herz legen, das er im Jahr 2010 veröffentlicht hat. Es war vergriffen, wurde aber vor einer Weile neu aufgelegt.

Wenn ihr Biberg passiert habt, kommt ihr nach Großpalmberg. Dort befindet sich das Anwesen von Anton Entleitner, den man hier als Himbeer-Toni kennt, weil seine Familie seit Jahrhunderten erlesene Himbeeren anbaut.

Man sagt, die Tradition reicht bis in die Römerzeit zurück.

Ein Legionär namens Lucius soll seinerzeit zusammen mit einem Kameraden namens Tiberius in Hudlhub gestrandet sein. Auf dem Weg zwischen Augusta Vindelicorum und dem Limes hatten die beiden einst den Anschluss an ihre Truppe verloren. Und Lucius, der eigentlich Gärtner war, erkannte in jenem völlig unbekannten Tal eine besonders prachtvoll gedeihende Gattung der rubus idaeus.

Wo solche Früchte wachsen, kann es kein schlechter Ort sein, fand er und entschied sich, dass der Krieg fürderhin ohne ihn weitergehen sollte. Und so geschah es.

Der römische Gärtner wird damals nicht geahnt haben, dass er eine ganze Himbeer-Dynastie begründete.

Ihr seht: Ich habe meine Hausaufgaben gemacht. Ich weiß alles über Hudlhub.

Ich möchte euch nicht vorenthalten, dass die Entleitners vor zwei Jahren in die Schlagzeilen gerieten, weil in Großpalmberg auch Drogen im großen Stil angebaut wurden. Wie sich herausstellte, konnten die Entleitners aber überhaupt nichts dafür. Stellt euch vor: Sie waren nämlich erpresst worden! Gemein, gell?

Ja, solch kriminelle Dinge passieren in unserer Gegend! Das hättet ihr nicht gedacht, oder? Aber ich kann versichern: Ich war daran nicht beteiligt. Ich hatte damit nichts zu tun! Zumindest bisher nicht.

Einige von euch werden übrigens Toni Entleitners Frau kennen. Sind »Bild«-Zeitungsleser unter euch? Die Frau von Toni Entleitner war früher einmal mit einem Mittelfeldstar aus Düsseldorf liiert und hatte es als Spielerfrau immer wieder in den Blickpunkt der Öffentlichkeit geschafft.

Und ja, meine Herren Mitreisenden – die Fotos von ihr hätten euch bestimmt gefallen! Wir verstehen uns? Fotos? In der »Bild«-Zeitung? Haha! Ganz genau, meine Herren!

Ich kann mir schon vorstellen, dass ihr euch jetzt einen Abstecher nach Großpalmberg wünscht, aber leider fehlt uns die Zeit dafür. Denn nachdem wir eben Zell hinter uns gelassen haben, sind wir auch schon in Singern.

Hier biegen wir links ab, jetzt ist es nur noch ein Katzensprung nach Hudlhub, wo einst der Dorfphilosoph Matthias Kronleichter (1726–1754) den legendären Hudlhoopreifen erfand.

Ihr kennt doch den Hudlhoopreifen, oder? Besonders die Damen? Natürlich, den schleudert man sich um den Bauch.

Und das ist mein Rat dazu – den es heute ebenso kostenlos gibt wie die Katzenfelldecken, von denen sich nachher jeder Reiseteilnehmer ein Exemplar mitnehmen darf: Genießt die Schwingungen, das macht frei!

So, und da wären wir auch schon in Hudlhub! Zu eurer Rechten befindet sich – also im Westen der Gemeinde – der wunderschöne Hudlhubber Dorfweiher, dahinter schließt sich das sogenannte Hoabat an, für die Hudlhubber ein fast heiliger Ort. Geht da mal spazieren, ihr werdet die besondere Kraft, die besondere Ausstrahlung des Ortes spüren. Leider fehlt uns heute auch dazu die Zeit.

Übrigens stammt von hier auch die Erde, die der niederländische Künstler Herman de Vries (*1931 in Alkmaar) für sein Kunstwerk »from earth« und eine spezielle Hudlhubber Erdausreibung verwendet hat, die vor einer Weile im Museum für Konkrete Kunst in Ingolstadt zu sehen war. Sicherlich habt ihr schon davon gehört. Wenn nicht, könnt ihr darüber natürlich sehr gern mehr im Internet unter www.hudlhub.de nachlesen.

Gleich dahinter seht ihr das Hudlhubber Feuerwehrhaus mit dem angeschlossenen Sitzungssaal für den Gemeinderat mit dem wiederum angeschlossenen Sitzungssaal für besondere Bedürfnisse.

Zu eurer Linken seht ihr neun prächtige Bürgerhäuser, die man vom Baustil tatsächlich eher an Wasserburg am Inn erinnern. Es ist nicht überliefert, warum gerade dieser Stil hier zum Einsatz kam. Daneben seht ihr auch schon die Dorfwirtschaft, in der wir nachher einkehren werden.

Im übernächsten Haus lebt der Hudlhubber Bürgermeister, ihr erkennt sein Anwesen an den großen Säulen links und rechts der mehrstufigen Treppe, die hinauf in die Wohngemächer führt.

Und hier links geht es in die Eichenstraße, in der sich ein Bauernhof an den nächsten reiht. Und schaut euch nur diesen prächtigen Gockel mit seiner leuchtendgrünen Schwanzfeder an – ist er nicht ein ganz wunderbares Tier?

Ganz gewiss ist er der Star im Hühnerhof, da kann man ihn ja fast beneiden, nicht wahr? Ja, Herrschaften klatscht nur – das Niveau sinkt und die Stimmung steigt, eine nicht ganz neue Weisheit, die natürlich auch in Hudlhub Bestand hat.

Rechter Hand führt ein Feldweg hinaus aus Hudlhub in eine kleine Greppen und von da aus weiter zum Anwesen des früheren Hudlhubber Marktkapellmeisters Josef Reiß, der leider viel zu früh von uns gegangen ist.

Hier wurden vor einigen Jahren übrigens einmal einige Profikiller dingfest gemacht, die sich in dem verlassenen Haus versteckt und verbarrikadiert hatten. Bei ihrer Gefangennahme kam es zu einem regelrechten Gemetzel, einem Blutbad, bei dem Dutzende Knochen brachen und mehrere Polizeibeamtenzähne ausgeschlagen worden waren!

Und hier, nun zu eurer Linken, geht ein weiterer Weg ab, er führt nach Kainegg, wo im November 1927 sechs Menschen auf bis heute ungeklärte Weise ums Leben gekommen waren. Darüber ist sogar ein Buch verfasst worden. Der Titel: »So öd«, von Bettina Hinkel. Aber das ist schon wieder eine ganz andere Geschichte.

So, und nun verlassen wir Hudlhub für einen Moment, denn die wunderbare Hudlhubber Dorfkirche Zur Heiligen Mutter Gottes Verkündigung mit der nicht minder wunderbaren Leinberger-Madonna liegt – zusammen mit dem Pfarrhaus – ein paar Hundert Meter außerhalb der Gemeinde.

Man sagt, die Madonna habe einst schon einen Blinden wieder sehend gemacht, aber diese Geschichte ist schon so oft erzählt worden, ich möchte sie heute nicht wiederholen.

Und im vergangenen Jahr, beim großen Feuer, soll die Madonna dem Dorfpfarrer das Leben gerettet haben, indem sie sich schützend über ihn legte, als er inmitten der Flammen ohnmächtig geworden war!

Ja, Herrschaften, das ist kein Schmäh! Überzeugt euch selbst von ihrer ganz besonderen Kraft, nehmt euch Zeit und genießt diesen Augenblick.

Und wenn ihr alle genug Hunger habt, dann geht unsere Reise im Cabriobus weiter zur Dorfwirtschaft! Da werdet ihr Augen machen, denn unsere Fanny wird euch zuvorkommendst bedienen, darauf könnt ihr euch verlassen.

Und nun viel Freude in der Kirche – unsere Rundfahrt geht in zirka 20 Minuten weiter. Solltet ihr irgendwelche Fragen haben, wendet euch vertrauensvoll an mich!

Und natürlich könnt ihr auch alles, was ihr heute nicht gefragt habt, auch nachträglich nachlesen: in den großen Reportagen im Merian und bei National Geographic.

Am Rest der kleinen Rundfahrt werde ich mich leider nicht mehr beteiligen. Wie schon gesagt: Ich habe drüben, in Gailing zu tun. Also: Arrivederci!

44 | 15:11

Helga Dürnbichler atmete tief durch.

Su Meis Akupressur hatte wirklich geholfen, aber nur kurz.

Ein wenig Angst vor der eigenen Courage bekam sie nun aber doch. Sich mit einem Generalvikar anzulegen, war durchaus ein kleiner Husarenritt, der sich auch körperlich auswirkte. Verspannungskopfschmerzen waren das eine. Su Mei sah sofort, dass da mehr im Argen war. Panikattacken. Aber das wusste Helga Dürnbichler nicht. In ihrer Welt gab es nur Verletzungen an Haut, Knochen und Organen.

»Leg dich mal auf die Liege, Helga«, sagte Su Mei nur, und Helga Dürnbichler nahm das Angebot – eine Nacken- und Rückenmassage – tatsächlich ausnahmsweise gern an. Su Mei aber bearbeitete nicht nur die verspannten Muskeln, sondern gab ihr mit speziellen Techniken Halt, Stärke und Festigkeit zurück.

»Reicht schon, Su Mei«, nuschelte sie nach zwei Minuten in das Loch der Massageliege.

»Ganz luhig, Helga!«, erwiderte sie, »bleib einfach liegen und lass dich auch mal ein paal Minuten velwöhnen.«

Aber Helga nuschelte weiter. »Bin ich zu weit gegangen, Su Mei?«,

»Es ist ja jetzt eh passielt«, sagte Su Mei, die inzwischen eingeweiht war, »also denk nicht mehl dlübel nach. Und das Geld tut uns allen gut.«

»Da hast natürlich recht, Su Mei.«

Und Helga Dürnbichler atmete tief durch. Was sie in den vergangenen 20 Jahren alles geschafft hatte, nach dem unerwarteten, frühen Tod ihres Mannes! Ganz alleine war sie plötzlich dagestanden. Diesen Moment, als die Bankberater ihr offenbarten, wie sich ihr Mann finanziell übernommen hatte, hatte sie nicht mehr vergessen.

Konnte sie auch gar nicht.

Das Erbe auszuschlagen, stand für Helga Dürnbichler nicht zur Debatte. So begann damals ihr neuer Lebensabschnitt mit einem Berg von Schulden, den das Herz ihres Mannes nicht ertragen konnte.

Und sie fasste einen Entschluss. Sie nahm ihr Leben in die Hand, baute ihren kleinen, aber feinen Club auf, mit dem sie sich finanziell über Wasser halten konnte. Bis hierhin.

Und jetzt, mit ihren über 60 Jahren, sah sie nun endlich wieder Land. Mit der Finanzspritze des Generalvikars in einem Akt der Nächstenliebe würde sie die Kurve endgültig bekommen, würde sie sich endgültig freischwimmen.

Ihr Leben würde nun endlich leichter werden.

Zum ersten Mal seit dem Tod ihres Mannes würde sie wieder schuldenfrei sein und das Leben endlich wieder unbeschwert genießen können. Weil Traugott Foss ihr den Gefallen getan hatte, ausgerechnet in ihrem Etablissement das Zeitliche zu segnen, und weil er ihr einige Papiere hinterließ, die gewisse Herrschaften in Schwierigkeiten bringen würden.

Einmal, ein einziges Mal verließ Helga Dürnbichler den Pfad der Tugend, ein einziges Mal drehte sie ein Ding. Es würde schon gut gehen, dachte sie. Als kleines Licht würde sie sich irgendwie wegducken können.

»Danke, Su Mei!«, sagte sie.

Die Behandlung zeigte Wirkung, und die Kopfschmerzen waren so gut wie weg. Ein paarmal war ihr der Schmerz in den ganzen Körper gefahren, wenn Su Mei die richtigen Punkte erwischte.

Der kurze, etwas überraschende Stich in der Hüftgegend war da noch der harmloseste. Was für einen Nerv Su Mei da wohl erwischt hatte? Dann ließ der Schmerz auch schon wieder nach. Helga Dürnbichler genoss Su Meis goldene, wärmende Hände auf dem Rücken.

Jetzt wird alles gut, dachte sie.

45 | 15:35

Zackig dachte fieberhaft nach.

Wer konnte etwas wissen?

Die Huberbauerin vielleicht. Sie war der bestinformierte Mensch weit und breit. Aber sie war sicherlich nicht diejenige, die ihm mehr preisgeben würde, als ihm der Huberbauer eh schon gesagt hat.

Der einzige, der hier, in Hudlhub, sonst so richtig gut informiert war und der vielleicht auch etwas sagen würde, das war der Himbeer-Toni.

Anton Entleitner, der Großbauer aus Großpalmberg.

Der hatte es sich einst zur Aufgabe gemacht, die Welt mit den besten Himbeeren zu versorgen wie schon Generationen seiner Familie vor ihm. Man sagt, der Entleitner Toni stammt in direkter Linie von den alten Römern ab, und wenn man seine Statur, seine Haut, die kraftvollen Pranken, den quadratischen Schädel, den dicken Sportlerhals so ansieht, dann kann man ihn sich durchaus vorstellen, als Tribun auf einem geschmückten Gaul, das Schwert hoch hebend, den Gegner vor sich und die eigenen, kampfbereiten Truppen hinter sich wissend.

Auch jetzt, in diesem Augenblick, an diesem Sonntagnachmittag im Februar, tat der Himbeer-Toni, was getan werden musste.

Er schaute nach seinen Himbeerpflanzen, auf dass sie den Winter gut überstünden und sich ihre Ertragskraft weiter entfalten könnte. Ja, der Entleitner Toni war sich der Tradition wohl bewusst. Und er tat nicht nur, was getan werden musste, er tat noch einiges mehr.

Seit einer ganzen Weile hatte er dabei Hilfe. Die Elfenbeinprinzessin, seine Liebe auf den ersten Blick, wich auch hier nicht von seiner Seite, und auch in ihrem weißen Arbeitsgewand sah sie einfach nur zauberhaft aus.

Die Farbe der Erde, die sie sich versehentlich auf ihren nicht mehr ganz so hellen Teint geschmiert hatte, verlieh ihr etwas Keckes und tat ihrer Schönheit, ihrer Aura keinen Abbruch.

Ein zarter Windhauch wehte übers Land und versetzte die blonde Mähne der Elfenbeinprinzessin in Wallung. Ihr Teint war infolge des Lebens auf dem Land nicht mehr ganz so weiß wie damals, als sie sich in den Fängen jenes Bundesliga-Mittelfeldstars befand. Da war sie kaum von dem weißen Ledersofa, auf dem sie sich in seiner Villa bevorzugt aufhielt, zu unterscheiden. In Hudlhub hatte man ein Wort für solch blasse Erscheinungen: Kasloabe – Käseleib.

Heute war ihre Hautfarbe gesünder, und wahrscheinlich würde die »Bild«-Zeitung sie heute nicht mehr »Elfenbeinprinzessin« nennen. Andererseits würde die »Bild«-Zeitung sie heute auch nicht mehr wahrnehmen, weil sie ja keine Spielerfrau mehr war. Ihr letzter roter Teppich lag eine ganze Weile zurück.

Strahlend schön aber war sie bis heute.

Der leise Windhauch sorgte dafür, dass sich das weiße Arbeitsgewand mit Wonne noch enger an die vortrefflich geglückten Formen ihres Körpers schmiegte, Toni Entleitner gefiel, was er sah.

Bernd Zackig hatte gerade keine Zeit für schöne Körper.

Als er mit seiner Kreidler Florett in Großpalmberg eintraf, steuerte er zielstrebig auf den Himbeer-Toni zu. Er musste sich schon gezielt an seine Kinderstube erinnern, so fixiert und konzentriert war er darauf, seinen Job zu machen.

»Servus, Prinzessin!«, sagte er, ohne sie eines Blickes zu würdigen.

»Servus, Bernd. Aber du weißt schon, dass ich einen Namen habe?«

»Klar weiß ich das. Aber Prinzessin passt einfach viel besser zu dir. Und du weißt ja: Wir Presseleute benutzen sehr gern griffige Formulierungen.« Jetzt grinste er sie doch kurz an.

Die Elfenbeinprinzessin lachte nur, bedachte den Reporter mit einer lustig gemeinten, gespielt abschätzigen Handbewegung und widmete sich wieder den fröstelnden Himbeersträuchern.

»Was willst, Bernd?«, fragte der Entleitner, ohne seine Arbeit zu unterbrechen.

Zackig kam unumwunden zur Sache. »Was weißt du über die Moschee?«

»Eine Moschee ist ein ritueller Ort des gemeinschaftlichen islamischen Gebets. Warum fragstn?«, erwiderte der Entleitner ungerührt.

»Hast du Wikipedia auswendig gelernt?«

»Wieso?«

»Weil das, was du mir da erzählst, so klingt wie ein Wikipedia-Text.«

»Du hast gefragt, und du hast eine Antwort bekommen.«

»Ich meinte aber eine spezielle Moschee.«

»Aha. Dann meinst du die Moschee von Quba? Sie liegt am südlichen Stadtrand von Medina, und sie ist an einem Ort gebaut, an dem die wahrscheinlich älteste Moschee in der Geschichte des Islam stand.«

»Du hast tatsächlich Wikipedia auswendig gelernt.«

»Oder meinst du die Sultan-Ahmed-Moschee? Oder die Süleymaniye-Moschee? Oder die ...«

»Ist ja gut, Entleitner, ich hab's verstanden. Und nein, all das meine ich nicht. Ich meine die Hudlhubber Moschee.«

»Die Hudlhubber Moschee heißt ‚Zur Heiligen Mutter Gottes Verkündigung' und steht am Ortsrand. Eine andere Moschee kenne ich nicht.«

»Auch die nicht, die der Bürgermeister auf deinem Grundstück bauen will?« Zackig pokerte einfach mal ein bisschen drauf los. Mal schauen, ob was ging. Vielleicht stieg er ja doch drauf ein?

»Auf meinem Grundstück?« Der Entleitner lachte. »Was du schon wieder alles weißt.« Zackig stutzte. Sollte er ihn wirklich erwischt haben? Hatte er mit seiner Finte einen Treffer gelandet?

»Wenn jemand etwas auf meinem Grundstück baut, Zackig, dann bin ich das und sonst niemand. Dass das klar ist.«

Zackig dachte kurz nach.

»Und was baust auf deinem Grundstück?«

»Erstens geht dich das einen Scheißdreck an und zweitens bau ich gar nichts«, knurrte Entleitner. Nicht ein einziges Mal während dieses Dialogs hatte er Zackig in die Augen gesehen.

Der Reporter war kurz davor, zu gehen.

In diesem Moment aber richtete sich der Entleitner auf und streckte das Rückgrat, das in einem kraftvollen, v-förmigen Rücken steckte, durch. Natürlich nicht ohne den dazugehörigen, genussvollen Seufzer: »Ahhh!«

Dann ließ er sich auf Zackigs Blick ein.

»Wenn einer etwas auf meinem Grundstück baut, dann hat er es vorher gekauft.«

Kein Grinsen.

Keine Regung im Gesicht.

Nichts.

»Und welches Grundstück hast du gerade verkauft?«

»Ich habe überhaupt nichts verkauft«, sagte Entleitner. »Aber red doch mal mit dem Bürgermeister. Schon möglich, dass er sich für das Feld am westlichen Ortseingang interessiert.«

»Und was könnte er mit dem Grundstück wollen?«

»Mei, Zackig. Du fragst Sachen. Ja, was weiß denn ich? Vielleicht will er Hudlhoop tanzen?«

»Du meinst, er steigt in die Hudlhoopreifen-Vermarktung ein?«

»Wäre möglich.«

»Möglich ist vieles. Aber was hat das mit der Moschee zu tun?«

»Hast du denn überhaupt keine Fantasie, Zackig?« Der Entleitner streckte sich erneut und ließ die Hüften kreisen, um das versteifte Iliosakralgelenk in die Gänge zu bringen. »Denk doch mal nach: Was passiert denn beim Hudlhoopreifen-Tanz?«

»Keine Ahnung, Entleitner.«

»Schau halt, was ich hier mache.«

»Schwingen. Ah. Der Hudlhoopreifen versetzt mich in – Schwingungen?«

»Und was passiert, wenn du in Schwingungen gerätst?«

»Ich – äh – ich erreiche einen anderen Zustand?«

»Aha!«

»Transzendenz?«

»Sehr gut. Weiter!«

»Ich erlebe meine Spiritualität?«

»Was du nicht sagst. Schau, was ein Hudlhoopreifen alles kann. Und was machst, wenn du fertig bist mit dem ganzen Tanzen?«

»Mei … also … dann tät ich … dann hätt ich wahrscheinlich Hunger und tät … was essen?«

»Wäre doch möglich, oder? Denk weiter, Zackig.«

»Also bräuchte ich nicht nur einen Trainings- und Tanzraum …«

»… weiter …«

»… sondern auch ein Restaurant …«

»… weiter …«

»… und wenn ich so was eh schon hab, dann organisiere ich gleich noch kleine Managementkurse …«

»… sehr gut und weiter …«

»… und ich baue ein Tagungshotel …?«

»So langsam kommst auf den Geschmack, wie?«

»Er will die Nummer also ganz groß aufziehen?«

»Könnte schon sein.«

»Mit allem Drum und Dran?«

»Warum nicht?«

»Die Esoterik-Schiene bedienen …?«

»Das wär doch was, oder?«

»Samt Rückzugsraum …«

»Besinnst du dich etwa nicht ab und zu?«

»… Meditationsraum – für alle Konfessionen.«

»Auf was für Ideen du kommst, Zackig, wenn du dein kleines Zeitungsschreiberhirn mal ein bisserl anstrengst …«

»… ein großes Hudlhoop-Zentrum mit allem Pipapo.«

»Aha!«

»… mit Vergnügungspark …«

»Da schau her!«

»Und alle essen dann deine Himbeeren …«

»Das würde den Leuten zumindest nicht schaden. Die sind nämlich sehr gesund, meine Himbeeren. Im Moment kann ich dir leider keine anbieten, Zackig, im Februar wachsen sie nämlich nicht einmal in Hudlhub.«

»Wär mir eh zu gesund gewesen.«

»Ich seh schon: Fleisch ist dein Gemüse.«

»Eher.«

»Vielleicht kommst du ja eines Tages noch drauf: Obst und Gemüse – das ist etwas ganz Wunderbares.«

»Ich muss weg.«

46 | 15:47

Ferdinand Adler war ein Mann mit Prinzipien. Er befasste sich mit dem Leben an sich, er verstand den Körper als Teil eines Ganzen, er mühte sich um den Einklang mit der Welt.

Er war ein hinterfragender Mensch.

Ein ums andere Mal begab er sich auf die Reise zum inneren und äußeren Frieden. Er dachte über das Innen und das Außen nach. Er übte Rituale der Naturvölker, die sich auf das Wesentliche konzentrierten, weil es nur ganz wenig Unwesentliches in ihrem Leben gab. Er hatte verstanden, dass die meisten Aufregungen, die den Menschen in Unruhe versetzen, hausgemacht sind.

Total überflüssig.

In Gedanken hatte er sich mindestens fünfmal schon auf den Jakobsweg begeben, und zwar von Hudlhub aus. Tatsächlich verlief eine Route gleich um die Ecke, bis nach Santiago de Compostela und dann auch noch weiter bis ans Ende der Welt, nach Finisterre.

Finis und Terre. Adler musste grinsen. Man war sich ganz schön sicher gewesen, damals. Da also war die Welt zu Ende. Gleich hinter Spanien ging es steil bergab.

Dann kam Galileo Galilei. Und Christoph Columbus. Und Dr. Sheldon Cooper.

Eines Tages, da würde er ihn packen, den Jakobsweg, wusste der Adler Ferdy. Er würde losziehen, mit leichtem Gepäck, mit Rei in der Tube und einer Unterhose zum Wechseln und zwei paar Socken und einem superleichten Schlafsack und einem Ersatz-T-Shirt.

Und mit Heilsalbe für die geschundenen Füße. Die ist angeblich das Wichtigste überhaupt auf dem Jakobsweg.

Und dann, ja dann würde er sich selbst dabei zusehen, wie er eine Haut nach der anderen ablegte wie bei einer Zwiebel. Bis nur noch er übrig blieb.

Er, und die Wahrheit.

Einen Teil der Wahrheit kannte er schon: Er wusste, was krank macht: falsche Werte. Sich selbst gegenüber nicht ehrlich zu sein, sich in die eigene Tasche zu lügen. Andere zu betrügen, sie über den Tisch zu ziehen.

Einmal, zweimal, vielleicht dreimal ging so etwas gut, aber nicht auf Dauer. Denn man trifft sich immer zweimal im Leben.

Was auch krank macht: Wenn man zum einen dies und zum anderen das sagt, um sich überall lieb Kind zu machen. Denn irgendwann treffen sich die beiden – und man selbst steht als Lügner da. Das verzeiht der Körper nicht.

Und der Körper, das war Ferdinand Adler total bewusst, sein Körper war sein Tempel. Einen Tempel behandelt man mit Respekt, man hält ihn in Schuss, man renoviert ihn von Zeit zu Zeit oder lässt es, noch besser, gar nicht so weit kommen, dass man etwas renovieren muss. Das Leben war vor allem dann gut auszuhalten, wenn man es sich selbst nicht dadurch unnötig schwer machte, indem man sich selbst in die Enge trieb. Genau genommen hatten die Väter und Vorväter alle wesentlichen Prinzipien für ein glückliches Leben längst erkannt: Alles in Maßen, das sagten schon die alten Spartaner.

Frisch, fromm, fröhlich, frei. Dieser Satz stammt, was die wenigsten wissen (man wird es mittlerweile aber womöglich ahnen), vom Hudlhubber Dorfphilosophen Matthias Kronleichter (1726 - 1754), dem Erfinder der Hudlhoopreifens. Später wurde er – und das ist allgemein bekannt – von Turnvater Jahn übernommen.

Oder Juvenals mens sana in corpore sano, der Gedanke vom gesunden Geist im gesunden Körper, der ebenfalls vor Jahrhunderten schon nach Hudlhub kam. Mit dem kleinen Update, dass man beides als Einheit verstehen muss. Geist und Körper – das ist eins. Der Adler Ferdy hatte das längst begriffen: Wenn er dachte »Mein Körper schmerzt«, dann war das schon falsch. Denn sein Körper war ja er.

Also hatte er Schmerzen und nicht »sein Körper«. Eigentlich ganz einfach.

Also versuchte er, gut mit sich umzugehen. Also, mit seinem Körper. Der ja aber er selbst war. Also mit sich. In der Schwitzhütte. Beim Meditieren. Und überhaupt.

Ja, er hörte auf die Erkenntnisse der Vorfahren.

Auch auf den alten Immanuel.

Kant, der Gute. Würden ihm bloß mal ein paar mehr Leute zuhören: Handle so, dass dein Tun Vorbild für andere sein könnte. Wenn jeder das machen würde …

Vielleicht konnte man ihm ja so näherkommen mit der goldenen Regel: Was du nicht willst, dass man dir tu, das füg auch keinem andern zu. Das sollte doch eigentlich lösbar sein, war es aber leider offensichtlich doch nicht.

Ja, der Hudlhubber Geschichtslehrer dachte viel über das Leben nach. Und wie er eben den Landtagsabgeordneten Ludwig Haderlein im ICE auf dem Weg nach Hause so ansah, da kam er richtig ins Grübeln.

Was war das nur für ein Kerl?

In Hudlhub, da wirkte Haderlein wie ein selbstsüchtiger Großkopferter, der nach dem Motto »Jedem das Seine, mir das Meiste« lebte. Jetzt, hier, unter vier Augen, da entdeckte er eine ganz andere Seite des Landtagsabgeordneten.

Vor der gemeinsamen Zugfahrt hatte es ihm regelrecht gegraust. Stundenlang mit diesem Menschen eingepfercht zu sein – was für ein unseliger Gedanke. Und jetzt? Jetzt war er verwirrt. Ja, Haderlein hatte ihn verwirrt mit seiner Container-Theorie. Und mit der Art und Weise, wie der Großkopferte, der Wichtigtuer, Aufsprecher über Gemächtmacht redete, wie er andere entblößte, die auf den ersten Blick keinen Deut anders tickten als er selbst.

Adler biss in sein ofenfrisches Focaccia für zwei Euro vierzig, das er sich auf der Heimfahrt von Berlin aus dem Bordbistro des ICE mitgenommen hatte, es schmeckte erstaunlich gut. Saftig verteilten sich die mannigfaltigen Aromen in seinem Gaumen. Die Tomate schmeckte direkt nach Tomate, damit hatte er nicht gerechnet.

Wie hatte es neulich der Koch des besten Restaurants der Spargelstadt, das manchem eine zweite Heimat geworden war, so schön formuliert? »Jedes Lebensmittel hat das Recht, nach sich selbst zu schmecken.«

Kaum zu glauben, aber bei diesem Bordbistro-Focaccia war das der Fall. Lecker. Sehr lecker.

Adler schluckte und nahm den nächsten Bissen in den Mund. Beherzt packte er das Focaccia mit beiden Händen, er hielt es über den Mitteltisch im Wagen – mit solcherlei Speisen saute man sich schnell auch mal die Kleidung ein, das wollte er nicht.

Irgendwas war komisch.

Der nächste Bissen, er wollte nicht so recht rein.

Adler spürte, wie sein Kopf sich erhitzte.

Was war das für ein Druck?

Warum um alles in der Welt konnte er nicht mehr atmen?

Er wollte husten.

Ging auch nicht.

Adler hatte das Gefühl, als würden ihm die Augen regelrecht aus seinem Kopf heraustreten.

Er spürte, wie die Haut an den Augenrändern zu brennen begann. Sie wehrte sich.

Beklemmung.

Panik.

Der ganze Körper rebellierte.

Verdammt, da lief etwas schief.

Er würde gleich ersticken!

Totaler Systemausfall!!

Adler schälte sich aus dem Sitz. Zumindest war es das, was er tun wollte. Er versuchte, aufzustehen.

Haderlein tat ihm gleich, mit völlig ungerührter Miene.

Ganz ruhig drehte sich der Abgeordnete mit einer geschmeidigen Bewegung um den Schamanen herum. Der fühlte Haderlein plötzlich hinter sich, spürte, wie er seine Arme um ihn legte, wie der Daumen das Brustbein suchte, wie die Finger sich mit sicheren Bewegungen ein paar Zentimeter nach unten vortasteten. Dann drückten sie zu.

Adler sah den Tod, wie er durchs Abteil auf ihn zuraste.

47 | 15:48

Der Tod eines Menschen ist eine ganz schön komplizierte Angelegenheit. In Deutschland gibt es für alles Regeln, für den Tod sind sie ungewohnt schwammig.

Wobei es nicht so wäre, dass sich nicht schon Generationen von klugen Köpfen damit befasst hätten.

Der Anwalt Friedrich Freiherr von Logau (1604 - 1655) beispielsweise. Er sah das mit dem Tod so:

»Es ist ein fröhlich Ding um aller Menschen Sterben.
Es freuen sich darauf die gernereichen Erben.
Die Priester freuen sich, das Opfer zu genießen.
Die Würmer freuen sich an einem guten Bissen.
Die Engel freuen sich, die Seelen heimzuführen.
Der Teufel freute sich, im Fall sie ihm gebühren.«

Sicherlich hätte sich auch der Hudlhubber Philosoph Matthias Kronleichter (1726 - 1754) ausgiebig mit dem Thema Tod befasst, juristisch wie auch anthroposophisch, wäre ihm nicht sein eigener, für ihn unerwartet früh, dazwischengekommen.

Überliefert ist lediglich, dass er eine weit weniger euphemistische Vorstellung davon hatte als Friedrich der Große, der bekanntlich davon überzeugt war, dass derjenige Tag der schönste im Leben ist, an dem man es verlässt.

Matthias Kronleichter hätte es da wohl eher mit Woody Allen gehalten (wenn er ihn denn noch erlebt hätte), der in seinem Film »Die letzte Nacht des Boris Gruschenko« auf die Frage, warum er sich denn angesichts aller offensichtlicher Sinnlosigkeit des Lebens Selbiges nicht gleich nähme, seinen Helden antworten ließ, er wolle nicht am nächsten Tag in der Zeitung lesen, dass sie doch etwas gefunden hätten.

Also Gott oder so.

Der Tod lauert überall.

Hollywoods Traumfabrik wäre ohne den Tod völlig undenkbar.

Tom und Jerry richten sich gegenseitig im Minutentakt zugrunde, sterben dabei allerdings nie für lange.

Abseits vom Zeichentrick sorgt der Tod für Bedeutung: Stallone, Schwarzenegger, Bruce Willis, Dwayne »The Rock« Johnson und auch Leonardo Di Caprio oder Christoph Waltz – sie alle wären nichts ohne den Tod. So viele Geschichten, die sie erzählen, spielen stetig mit eben diesem Motiv.

Doch zumeist dreht sich Hollywood um die Tötenden, selten geht es um die Getöteten.

Die Geschichten derer, die von o-beinigen Revolverhelden aufgrund von Alkoholmissbrauch, Übermut, falsch verstandenen Balzritualen, zu vermutender Kleingemächtigkeit oder anderen Belanglosigkeiten umgenietet wurden, mutmaßlich, weil es dramaturgisch ganz einfach an der Zeit war, etwas Blut spritzen zu lassen, werden so gut wie nie erzählt.

All die Leichen, die ganz einfach zum falschen Zeitpunkt am falschen Ort sind – ihre Geschichten haben nie eine Sau interessiert.

Tatsächlich bedient sich Hollywood des Todes, um sich selbst Bedeutung zu verschaffen, in der Regel unter der Prämisse, dass der Tod das ist, was er ist: Teil des Lebens. Das würde womöglich auch Friedrich der Große unterschreiben.

Es ist eben so: Der Tod gehört zum Leben. Auch in Hollywood. Und im ARD-»Tatort«. Und auch in diesen ganzen Alpenkrimis.

Überall lauert der Tod.

Aber wann genau jemand wirklich tot ist, das ist so eine Sache. Der Todeszeitpunkt – ein ganz heikles Thema.

Was der Qualitätsstreifen »Sharknado«, der in den Jahren nach seiner Veröffentlichung Kult wurde und – ohne beleidigend zu sein – getrost zu den schlechtesten Kinofilmen aller Zeiten gezählt werden darf, sehr schön belegt. Da wird der Hauptdarsteller auch mal am Stück von einem Hai verschlungen.

In der Regel genügt das, um tot zu sein.

Aber wann genau tritt der Tod ein? Mit dem Runterschlucken? Oder erst, wenn die Hai-Verdauung anläuft? In »Sharknado« ist der Hauptdarsteller nach seiner Verspeisung übrigens keineswegs tot. Er hat nämlich seine Kettensäge dabei.

Damit kann er sich von innen heraus durch die Flanke des Bauchraums einen Weg zurück ins Leben bahnen. Und was für ein glücklicher Zufall, dass er im Inneren des Tieres auch noch die attraktive und spärlichst bekleidete Nebendarstellerin trifft, die eine ganze Weile zuvor ohne Fallschirm aus einem Hubschrauber gefallen und deshalb für tot erklärt worden war.

Wer konnte schon ahnen, dass sie das immense Glück hatte, von ebendiesem Hai, der von einem Tornado in luftige Höhen gewirbelt worden war, gefressen worden zu sein. Und im Innern des Hais war sie beim Aufprall auf der Erde nach jenem Sturz aus gut 1000 Metern

Höhe ganz wunderbar geschützt. Sie landete sanft und schlug dem Tod ein Schnippchen.

Und jetzt seid Ihr dran, Ihr Anwälte, die Ihr den Nachlass der hübschen Nebendarstellerin bereits geregelt hattet.

Wo, bitteschön, ist denn der Faktor Glück beim Todesbegriff geregelt?

Und Glück ist – wie der Tod – ebenfalls ein Teil des Lebens.

Ja, damit muss man sehr wohl rechnen, das muss man juristisch sehr wohl einkalkulieren, dass der Hai auch noch den Hauptdarsteller fraß, samt seiner Kettensäge.

Der einzige, der am Ende wirklich tot war, war dann nämlich der Hai. Naja, und die Nebendarstellerin insofern, als sie trotz ihres grandiosen Überlebens und ebensolchen Aussehens in »Sharknado 2« keine weitere Nebenrolle mehr bekam. Oder bekommen wollte, das weiß man nicht so genau.

Was jedenfalls zeigt: Der Tod ist eine komplizierte Angelegenheit.

Den Mitarbeitern der Bestattungsbranche ist das weitgehend wurscht. Sie rücken an, wenn der Totenschein zumindest in Aussicht gestellt ist.

Kein Puls mehr? Bestatten.

Leichenstarre eingetreten? Bestatten.

Verwesungsgeruch? Bestatten.

Für die Bestatter stellt sich die Situation so dar: Der tote menschliche Körper ist ein Leichnam, der »totenfürsorgebedürftig« ist, wie es im Fachjargon so schön heißt. Die Totenfürsorgepflichtigen sind nach Bestattungsrecht der Bundesländer zur Durchführung der Bestattung verpflichtet. Der Erbe ist nach Paragraf 1968 BGB zur Zahlung der Bestattungskosten verpflichtet.

Womit wir wieder bei Friedrich Freiherr von Logau und seinem »fröhlichen Tod« wären.

Wenn John Wayne, John Rambo, Chris Hemsworth oder Chris Pine in ihren Filmen die Knarre zücken, ist die Sache mit dem Tod juristisch gesehen relativ einfach.

Ganz anders sieht das aus, wenn der Tote Organspender ist.

Dann genügt es nicht mehr, wie einst Dr. Leonard »Pille« McCoy im Raumschiff Enterprise neben einem Leichnam zu knien, der nur noch aus leerer Haut besteht, weil ihn ein Weltallmonster ausgezuzelt hat wie Gustl Bayrhammer seine Weißwurst, und bedeutungsschwanger mitzuteilen: »Der Mann ist tot, Jim!«.

Jim, das war bekanntlich Captain James Tiberius Kirk, sein Chef.

Nein, wenn ein Organspenderausweis ins Spiel kommt, dann bedarf es dann doch einer juristischen Definition – obwohl das deutsche Recht, wie schon erwähnt – den Tod an sich nicht juristisch definiert hat.

In den Jahren vor 1978 hatte sich, gar nicht weit weg von Hudlhub, ein damals noch angehender Anwalt in der benachbarten Spargelstadt ausgiebig mit genau dieser Thematik auseinandergesetzt. Der Mann war ein echter Tausendsassa. Er sorgte dafür, dass es in Deutschland ein Europäisches Spargelmuseum gibt. Seine Dissertation aber drehte sich noch um etwas ganz anderes: um das deutsche Transplantationsrecht. Also: um den Tod.

Und je mehr Körperteile die Ärzte transplantieren konnten, weil die technische Entwicklung voranschritt, umso entscheidender wurde damals die Frage, wann denn ein Mensch tot genug war, um ihm Organe entnehmen zu können. Die Experten einigten sich schließlich darauf, dass es ausreichte, den Hirntod festzustellen. Es musste ja noch etwas übrig sein, das man entnehmen und anderen Menschen übergeben konnte.

Die Kriterien für die Diagnostik waren 1968 erstmals durch eine Kommission der Harvard-Universität benannt worden. In einer Zeit also, als Dr. Leonard »Pille« McCoy, Captain Kirk und Mister Spock selbst schon mit Ableben durch Absetzen der Serie bedroht waren, obwohl sie alles so schön mit ihren Phasern und Photonentorpedos über den Haufen ballerten, was gemäß der Obersten Direktive der Sternenflotte über den Haufen geballert werden durfte. Der Todeszeitpunkt für die Serie war sozusagen längst festgelegt, aber scheinbar ist da doch was dran an der Idee vom Leben nach dem Tod.

Für die Enterprise ging es nach ihrem Tod erst richtig los.

Für die meisten Menschen eher nicht so. Man weiß es bekanntlich nicht so genau. Es sei denn, man liest hinterher in der Zeitung, dass sie doch etwas gefunden haben.

Jedenfalls hatte jener Anwalt aus der Spargelstadt 1978 mit seiner Dissertation einen Beitrag dazu geleistet, was noch heute im Transplantationsrecht gilt. Demnach ist es für einen verbrieften Tod erforderlich, dass ein irreversibler Totalausfall von Großhirn, Kleinhirn und Hirnstamm vorliegt.

Es gibt verschiedene medizinische Methoden, diesen irreversiblen Totalausfall von Großhirn, Kleinhirn und Hirnstamm zu überprüfen. Der wissenschaftliche Beirat der Bundesärztekammer legte anno 1982 die ersten Entscheidungshilfen fest. Eine immer weiter verbesserte Diagnostik zur Feststellung des Gesamthirntodes erforderte in den Jahren 1986, 1991 und 1997 Fortschreibungen der Entscheidungshilfen.

Heute stellt sich die Sache so dar: Vor einer Organentnahme müssen der Ausfall der Hirnfunktionen oder der endgültige, nicht behebbare Stillstand von Herz und Kreislauf des Spenders durch zwei Ärzte unabhängig voneinander festgestellt werden.

Helga Dürnbichlers vollständiger Hirntod trat an jenem 12. Februar um 15 Uhr 48 ein.

Von diesem Moment an war sie mausetot.

Zwei Ärzte, die das hätten beurkunden können, waren gerade nicht anwesend.

Allerdings schlummerte ihr vorschriftsmäßig ausgefüllter Organspendeausweis in diesem Augenblick aber unentdeckt zwischen allerlei Gedöns ganz unten in einer Küchenschublade.

48 | 15:49

Ferdinand Adler wartete darauf, dass jetzt sein Leben an ihm vorüberziehen würde.

Er bekam immer noch keine Luft.

Er hörte sich röcheln und würgen.

Er sah die entsetzten Blicke der Menschen um ihn herum.

Er nahm noch wahr, wie ihn zunehmend schwarzer Nebel umhüllte.

Und der immense Druck, den Ludwig Haderleins Finger, dessen Hände, die Handballen auf ihn ausübten, zermalmte seinen Brustkorb.

Gleich, gleich würden seine Rippen nachgeben, sie würden brechen, zerbersten und in Tausenden, winzigen Splittern fiese Löcher in seine Eingeweide reißen.

Das Letzte, was Ferdinand Adler sah, war ein Stück Focaccia, das in gefühlter Zeitlupe durch den schwarzen Nebel im Zug schwebte.

In einer stabilen Vorwärtsbewegung beschleunigte es, ging in eine ballistische Flugbahn über, blieb dann aber an der Lehne der Sitzbank hängen, die sich Haderlein vorhin ausgesucht hatte, und rutschte schließlich in Zeitlupe am gemusterten Stoff herab, der so viel Schmutz verzieh.

Ganz allmählich realisierte Ferdinand Adler, dass er wieder atmen konnte.

Er beugte sich nach vorne, stützte die Hände auf den Knien ab.

Er röchelte, rang nach Luft.

Ludwig Haderlein stand immer noch hinter ihm, hielt ihn fest.

Der ahnte sehr wohl, wie das auf den Videos, die gerade auf den internen Speichern von mindestens drei Smartphones hochauflösend in 4K abgelegt wurden, aussehen würde: Er, der Landtagsabgeordnete, in einem Zug und vor ihm ein vornüber gebeugter Mann, dessen Hinterteil eng an sein Gemächt gepresst war.

Diese Bilder, sie würden um die Welt gehen.

Das Ende seiner Karriere, dachte Haderlein.

Er auf Youtube, in einer eindeutig zweideutigen Pose.

Nächster Clip: George Dablju, wie er Angela Merkel eine Nackenmassage in der UN-Versammlung verpasste, worauf sie entsetzt zusammenzuckte und die Schultern auf eine Art und Weise hochzog, wie sie es sonst nur tat, wenn sie ein Tor der Deutschen Nationalmannschaft bejubelte. Leid und Freude mündete bei Merkel gern in ein und derselben Bewegung.

Oder noch schlimmer: gleich irgendwelche Tiervideos von poppenden Orang-Utans, überzüchteten Pudeln – und immer wieder: Er im ICE.

Sie würden ihn fertigmachen.

Er würde die Titelseite der »Bild«-Zeitung füllen, auf eine Weise, wie er es sich nie und nimmer gewünscht hätte.

Er würde wie eine Sau durchs Dorf getrieben werden.

Dann aber geschah etwas, womit der langjährige Berufspolitiker Ludwig Haderlein nicht gerechnet hatte.

Ferdy Adler richtete sich auf, immer noch tief schnaubend, dann nickte er mit dem Kopf.

»Gut!«, röchelte Adler.

Dann drehte er sich um und legte eine Hand auf Haderleins Schulter.

»Danke«, röchelte er.

Und im ICE-Waggon mit seiner tadellos funktionierenden Neigetechnik brandete Applaus auf.

Tosender Applaus.

Die Menschen hielt es nicht mehr auf ihren Sitzen.

Überall johlende, klatschende, beeindruckte, verklärt dreinschauende, freundliche Menschen.

Haderlein sah sich irritiert um.

Ja, sie meinten ihn. Tatsächlich.

Weil er den Heimlich-Griff kannte.

Weil er so geistesgegenwärtig war, ihn auch anzuwenden.

Weil er hier offensichtlich ein Menschenleben gerettet hatte.

Haderlein wusste nicht so recht, wie er reagieren sollte. Er verneigte sich leicht, respektvoll, vor den johlenden Mitreisenden. Einige kamen näher, klopften ihm auf die Schulter, legten ihm eine warme Hand auf den Rücken. Was für ein merkwürdiges Gefühl, Haderlein kannte das nicht.

Was war denn das, das sich da in ihm breit machte?

Etwas Wohliges.

Nicht unangenehm.

Ehrliche Zuneigung hatte er bisher so noch nicht in seinem Leben erfahren.

49 | 15:52

Steffi und die anderen waren inzwischen im Schlachthof angekommen.

Der Norbert war schon da, er ist ja immer da. In der Münchner Szene kennt man ihn gut, mit seinem Bart, der auch deshalb so gut zur Geltung kommt, weil die Frisur oben sehr viel Platz für Wirkung lässt.

Steffi und die anderen waren hier schon bei Konzerten von anderen gewesen. Insofern war es ein eher komisches Gefühl, die Instrumente in die Kuhbar zu tragen und die Bühne gleich links neben der

Eingangstür zu beziehen. Der Abend strahlte eine gewisse Vertrautheit aus. Steffi kannte den Raum nämlich auch aus dem Fernsehen, immer wieder mal werden kleinere Formate in der Kuhbar aufgezeichnet, für muenchen.tv zum Beispiel, mit der Schiederin. Marion Schieder, um genau zu sein.

Draußen, im Gang, war alles voll von Plakaten.

Die großen und manche noch nicht ganz so große Namen des Showgeschäfts, die sich hier die Klinke in die Hand geben, grüßen von den Wänden und weisen plakativ auf ihre nächsten Auftritte hin. Auch Steffi und ihre Mitmusiker hingen hier.

Die Arbeit vor dem Auftritt war längst Routine geworden. Taschen reinbringen, Stative aufbauen, Boxen hinstellen, Mikrofone und Instrumente verkabeln, Händewaschen, dann der Soundcheck. »Nur ned hudln, sag i, Leit seid's gscheit: Gönnts euch doch a bisserl mehra Gmiatlichkeit!«, sang Steffi. Und dann: »Heee, wartet mal, mein Smartphone.«

»Das gehört aber nicht zum Text!«, grinste Lukas von der Band. »Charlie?«

Steffi nickte. Eine Whats-App

Hey.

Hey.

Wie läufts?

Wie immer.

War bei den Hallers.

Und?

Sie denken drüber nach.

Ist das gut oder schlecht?

Eher gut, würde ich sagen.
Die Wohnung ist jedenfalls
super. Wirklich groß.

Bringst deine 400 Videokassetten unter?

Alle. Und Platz für eine Yogamatte ist auch noch.

Klingt gut.

Und für ein Musikzimmer für dich.

Klingt immer besser.

Sag ich doch.

Und woran hängts?

Sie wollen mal drüber schlafen. Kann auch sein, dass sie das Haus ganz aufgeben und sich was Neues bauen.

Was Neues? So neu sind sie doch gar nicht mehr.

Eben drum. Sie denken drüber nach, ob sie nicht was Kleineres bauen.

Ach so. Ein Austragshäusl?

Sowas in der Art.
Dann könnten wir vielleicht später den ganzen Hof haben.

Wär das nicht gleich wieder ein bisserl groß?

Nö. Wieso. Dann zieh ich mit meiner Werkstatt um. Und Ihr hättet auch gleich einen Probenraum. Da könnts gleich noch ein Tonstudio mit dazu bauen.

Meinst? Naja. Das wär
schon schön. Von Hudlhub
möcht ich ungern weg.

Wer schon? Ich auch nicht.
Hier ist schon meine Heimat.

Meine auch.

Na dann. Lassen wir
die Hallers mal überlegen.

Schön dass du gefragt hast.

Ist doch logisch.

Ist es das?

Logisch ist das logisch.

Na dann. Wir müssen hier
jetzt weiter. Soundcheck.

Schon klar. Viel Spaß!
Hab dich lieb!

Hab dich lieb.

Charlie hatte kurz darüber nachgedacht, ob er Steffi davon erzählen sollte, was heute beim alten Haderlein passiert war.

Vom schrecklichen Tod des alten Mannes. Von der heimlichen Brauerei. Vom ganzen Wahnsinn im Haus des Abgeordneten. Er ließ es, er wollte Steffi nicht ablenken. Und sicher hätte sie sofort wieder gedacht, er hätte zu viel riskiert. Charlie wusste wohl, dass immer auch ein bisschen Sorge mitschwang, wenn er ausrückte, wenn er loszog, um das zu tun, was man als Mitglied des Feuerwehrtrupps von Hudlhub eben so tun muss.

Nein, es war richtig, Steffi damit jetzt in Ruhe zu lassen, sie nicht abzulenken, so kurz vor dem Auftritt.

Nach seinem Einsatz in Biberg bei den Haderleins war Charlie nicht gleich zurück in seine Werkstatt gefahren, das konnte er nicht. Er hatte nicht den Kopf dafür. Zumal er eh erst einmal verdauen musste, dass sein Instinkt doch richtig gewesen war.

Whirlpool.

So ein Schmarrn.

Der Haderlein hatte dann doch keinen Whirlpool für irgendwelche wilden Sexspielchen daheim, sondern eine ausgewachsene Brauerei und eine illegale noch dazu. Und ihn hatte der feine Herr Abgeordnete zum Erfüllungsgehilfen gemacht, na wunderbar. Ganz toll. Ausgezeichnet.

Angesichts des Todes von Opa Haderlein war Geld zwar nicht wichtig, aber ein wenig sorgte er sich schon, ob er die Zentrifuge nun noch bezahlt bekäme. Immerhin steckten da mehrere Tage Arbeit und etliches an Material drin, und er hatte ja demnächst einen Umzug zu finanzieren.

Ob der Herr Abgeordnete jetzt noch bezahlen würde?

Schließlich war seine Brauerei gerade ertrunken. Vielleicht hatte er ja Glück. Er hatte mal von einer Whiskybrennerei auf Islay in Großbritannien gelesen, deren einstiger Betreiber war in seinem eigenen Whiskyfass ertrunken. Später wurde eben dieser Whisky, Laphroaig, die Lieblingsmarke von Prinz Charles.

So gesehen, gab es da fast eine Parallele. Dort der Whiskeybrenner, hier der Großvater – Charlie versuchte, den pietätlosen Gedanken wieder wegzuwischen. Immerhin war der alte Opa Haderlein heute erst gestorben.

Darüber macht man keine Scherze, dachte Charlie. Weg damit.

Drum fuhr er lieber zu den Hallers, um zu sehen, was denn da in Sachen gemeinsamer Zukunft mit seiner Steffi möglich war.

Die Zukunft kann ja so schnell vorüber sein, dachte Charlie.

Obwohl – der alte Haderlein hatte zwar seinen 110. Geburtstag nicht mehr erlebt, aber mit 109 zu versuchen, die illegale Hausbrauerei zu retten, zeigte dann ja doch, dass so eine Zukunft auch ganz schön lang sein kann.

Dann war er bei den Hallers angekommen.

Er musste nicht klingeln.

Die beiden standen gegenüber auf der Straße und himmelten wieder einmal den Gockel der Nachbarn an, den guten Luigi mit seiner besonders schönen, langen, grünen Schwanzfeder. Den mochten sie nämlich wirklich sehr gern.

War ja auch ein prächtiger Kerl, dieser Luigi.

Die Hallers waren gut gelaunt.

Genau der richtige Moment, um mit der Tür ins Haus zu fallen.

50 | 15:53

»Danke, Haderlein«, sagte Ferdinand Adler noch einmal. Alle im Zug hatten inzwischen ihre Plätze wieder eingenommen.

»Geht's?« Haderlein fragte das sehr leise, er war immer noch angefasst von der Reaktion der Mitfahrer.

»Ja, geht wieder«, sagte Adler. »Geht gut. Geht sogar sehr gut. Ich muss zugeben, es hätte mich durchaus geärgert, wenn ich ausgerechnet heute abgedankt hätte. Der Tag, an dem ich zum ersten Mal in meinem Leben einen Bundespräsidenten gewählt habe, ist keiner, an dem man sterben sollte.«

Haderlein nickte.

»Ist ja gutgegangen«, sagte er.

»Woher kannst du so was, Haderlein?«, fragte Adler.

»Den Heimlich-Griff? Mei, man lernt so dies und jenes über die Jahre«, sagte Haderlein. Wie er so dasaß, wirkte er auf eine merkwürdige Weise entspannt, fast gelangweilt. Als würde Lebenretten zu seinen alltäglichen Beschäftigungen gehören.

»Sind die Rippen noch ganz?«

Adler tastete seinen Brustkorb ab, es tat nichts weh.

»Alles bestens«, sagte er.

»Dann passt's ja.«

Adler war irritiert.

Dieser Mann erinnerte ihn daran, dass man mit vorgefertigten Meinungen, mit Vorurteilen ganz besonders vorsichtig sein muss. Die meisten Menschen haben eben doch verschiedene Facetten, sie sind nicht eindimensional.

Haderlein nicht zu mögen – dafür gab er selbst viele Gründe.

Er konnte ein richtiger Großkotz sein, ein Wichtigtuer. Sehr wahrscheinlich war er korrupt, korrumpierbar, auf seinen Vorteil bedacht. Aber eben nicht nur. Es gab da auch eine andere Seite.

Eben noch waren sie in Berlin gewesen, wo auf jeden Abgeordneten gefühlte 50 Lobbyisten kamen. Eigentlich hätte er sich Haderlein gut in dieser Welt vorstellen können. Bis vor wenigen Stunden war Adler sicher, dass der Hudlhubber Abgeordnete geradezu perfekt in dieses System der zumindest emotionalen Korruption gepasst hätte. Jetzt war er nicht mehr ganz so sicher.

Adler sah zum Fenster hinaus.

Draußen war Bayern. Bald waren sie wieder daheim, in Hudlhub.

Dort war die Welt noch in Ordnung.

51 | 16:12

Helga Dürnbichler war tot.

Su Mei blieb nichts anderes, als die Polizei zu rufen. Und die Polizei hatte die Zeitung informiert. Bernd Zackig war eben erst auf dem Rückweg in die Redaktion, als ihn der Anruf erreichte. Er drehte gleich wieder um.

In Gailing gab es für den Reporter einiges zu fotografieren. Polizeioberkommissar Leo Preckel, im Nebenberuf übrigens DJ, setzte ihn ins Bild.

»Ich dachte mir, es interessiert dich, Zackig, wenn es drei Tote an einem Tag in Hudlhub gibt.«

»Allerdings. Hab schon was läuten hören. Und was ist genau passiert?«

»Das wissen wir noch nicht, Zackig«, sagte Preckel, »aber du kannst sicher sein, dass eine Obduktion angeordnet wird.«

»Ist ja schon krass, oder? Erst stirbt dieser Rotonda-Geistliche in dem Swingerclub, gleich um die Ecke der unsterbliche alte Haderlein, und dann stirbt auch noch die Puffmutter hinterher!«

»Zackig, ein Swingerclub ist kein Puff. Nicht, dass du da einen Schmarrn in deine Zeitung schreibst.«

»Das ist nicht meine Zeitung.«

»Nicht, dass du einen Schmarrn in die Zeitung schreibst. Zu dem anderen darf ich dir nichts sagen, du kennst die Spielregeln. Aber komisch ist das schon.«

»Und wer hat Frau Dürnbichler gefunden?«

»Eine Krankengymnastin, mit der die Tote wohl gut befreundet war. Wir haben sie schon vernommen. Sie hat jetzt einen guten Freund angerufen, der sie abholt. Sie war ja völlig durch den Wind. Da, das scheint er zu sein.«

Ein schwarzer Mazda rollte gerade in den Hof, und ein schmächtiger Mann stieg aus. So, wie er auftrat, hätte er gut und gerne auch ein Mafioso sein können. Kurz geschorene Haare, der dunkle Teint, die im Februar völlig überflüssige Sonnenbrille, die perfekt sitzende Kleidung über einem Körper ohne Körperfett.

Leo Preckel ging auf ihn zu, die beiden redeten kurz miteinander, der Polizist deutete aufs Haupthaus, dann gingen sie rein.

Es dauerte nicht lange, da kam der Mafioso wieder raus, er hatte Su Mei sein Sakko übergelegt, seine Hände stützten ihren vor

Schmerz und andauernden Weinkrämpfen zuckenden Körper, sanft geleitete er sie zum Wagen.

So leise, wie er gekommen war, verschwand der schwarze Mazda wieder, von nahezu allen unbemerkt.

Und das, obwohl hier die Hölle los war.

Die Mitarbeiter der »Trauer Sauer GmbH« hatten tatsächlich immer noch Transportsärge übrig und brachten gerade einen ins Haus, vorbei an den Heerscharen von Rettungskräften des Bayerischen Roten Kreuzes und der Stützpunktfeuerwehr, die diesmal einspringen musste, weil die Helden des Feuerwehrtrupps von Hudlhub nahezu alle ausgeflogen waren.

Nur Leo Preckel bemerkte, wie der schwarze Mazda den Hof verließ. Er deutete mit der Hand einen Gruß an, den der Mazda-Fahrer, ebenso angedeutet, erwiderte.

Dann nahm er den Reporter nochmal beiseite.

»Weil du vorhin die Rotonda erwähnt hast – was weißtn da?«

»Über die Rotonda? Nicht viel. Ein komischer Verein, in dem auch unser Landtagsabgeordneter Ludwig Haderlein Mitglied sein soll.«

»Wennst mich nicht zitierst, Zackig, dann kann ich das bestätigen.«

»Wisst ihr mehr?«

Preckel räusperte sich.

Das hieß ja.

»Ich verpfeif dich schon nicht.«

»Also gut. Auf Helga Dürnbichlers Smartphone war ein Foto von einer Liste mit Namen, sie hat es heute erst gemacht. Vielleicht eine Mitgliederliste.«

»Echt? Zeig!«

Leo Preckel sah sich kurz um, keiner beachtete sie in diesem Augenblick. Er tippte aufs Display und gewährte dem Reporter einen Blick drauf.

»Das sind ja etliche bekannte Namen …«, staunte er. »Minister. Industrielle, ein Staranwalt!«

» Und hohe Kirchenleute …«, nickte Preckel.

»Und da: tatsächlich Haderlein. Und dieser Traugott Foss. Ja, Wahnsinn! Was ist denn das für eine Vereinigung?«

»Das wissen wir tatsächlich auch noch nicht, Zackig. Hast du eine Idee?«

»Nein, leider. Aber dass die ausgerechnet heute hier auftauchen …«

»Wieso, was ist denn heute?«

»Na, wo die Sache mit der Moschee die Runde macht.«

»Mit welcher Moschee, Zackig?«, fragte der Polizist nach. Zackig merkte nicht, dass er ausgehorcht wurde.

»Naja, das Gerücht heißt: Der Bürgermeister will eine Moschee in Hudlhub bauen, aber er bestreitet das. Es geht wohl eher um etwas Überkonfessionelles, der Entleitner hat da was angedeutet.«

»Der Entleitner? Sollten wir den mal besuchen?«

»Kann nicht schaden, Preckel, aber sag nicht, dass du den Tipp von mir hast.«

»Natürlich nicht, Zackig. Und du, schreib nichts über diese komische Rotonda.«

»Versprochen, Preckel. Zumindest nicht mehr als nötig.«

»Was für ein Tag in Hudlhub«, tippte Zackig wenig später in sein Smartphone. »Ein Toter im Swingerclub, der vermutlich älteste Bayer ertrinkt in einer illegalen Brauerei und dann stirbt auch noch die Swingerclubbetreiberin. Da sage noch einer, in Hudlhub könne man bloß dem Gras beim Wachsen zuschauen. Und was plant der Bürgermeister? Will er wirklich eine Moschee neben die Pfarrkirche Zur Verkündigung der Heiligen Mutter Gottes bauen? Mehr morgen in der Zeitung!«

Dann aktivierte er die Push-Funktion.

Jeder, der den Dienst aktiviert hatte, bekam diese Nachricht sofort auf sein Handy.

Es war inzwischen sechzehnuhrzweiundvierzig.

52 | 16:42

»Ich muss eine lauchen.«

»In meinem Auto wird nicht geraucht.«

»Ich blauch abel eine. Ach so, bei dir kann ich ja normal reden. Ich muss eine rauchen.«

»Das geht jetzt nicht, Su Mei.«

»Ich muss jetzt eine Zigarette rauchen!«

»Ist ja schon gut, Su Mei, ich fahr rechts ran.«

Die Straße schlängelte sich durch das Schnatterbachtal. Am Südrand des kleinen Rinnsals erhoben sich pittoreske Baumreihen, die gut und gern als Motive für emotionsgeladene Aquarelle herhalten konnten. Tatsächlich hatte sich der Malkurs der Volkshochschule der lebenswertesten Stadt des Universums – er befindet sich wenige Kilometer östlich von Hudlhub – diesen Ort schon einige Male für eine Exkursion ausgewählt, allerdings im Sommer.

Zwischen Singern und der Abfahrt nach Gailing stellte Paolo den schwarzen Mazda rechts aufs Bankett, ein wenig ragte er noch in die Straße. Kein Problem auf dieser übersichtlichen Strecke.

Paolo wollte eben den Schlüssel umdrehen, da schnappte er noch die letzten Worte der Meldung im Radio auf, er hatte BR5 eingeschaltet. »… sagte der neue Bundespräsident auf die Frage, ob er mit dem Ergebnis zufrieden sei.« War sowieso vorher alles ausgekartelt, dachte Paolo, läuft ja immer so. Er glaubte nicht an Zufälle.

Und auch nicht an Wahlen.

Wer könnte das besser wissen als er.

Paolo zückte ein nagelneues Smartphone, steckte eine nicht minder nagelneue Prepaid-Karte hinein, machte es an und tippte eine Handynummer, die er auswendig konnte. Höllenmeier hob beim zweiten Klingeln ab.

»Die Angelegenheit hat sich zur vollsten Zufriedenheit aller Beteiligten erledigt«, hörte Su Mei ihn sagen. Und dann noch: »Ja, Ihnen auch. Und einen schönen Sonntagabend noch. Heute gibt es ja einen ‚Tatort'. Ja, wenn's ein Münsteraner oder ein Münchner ist, dann schau ich's mir auch an. Wie? Die Österreicher? Ja, die auch. Also, einen schönen Abend noch!«

Lächelnd legte Paolo auf.

Dann nahm er die Prepaid-Karte wieder aus dem Handy, wischte alles mit einem Babybedarfsfeuchttuch ab, legte beide Teile auf den Asphalt, zermalmte erst das Telefon, dann den Speicher mit seinem Schuh, hob den Technikbrei auf und warf alles, verteilt auf mehrere Himmelsrichtungen in die umliegenden Äcker.

Su Mei lehnte sich derweil ans Heck des Autos und saugte den Rauch tief in ihre Lungen.

Paolo zog sich seine schwarze Winterjacke an, stellte sich neben sie und ließ die Hände in die Hosentaschen gleiten.

»Schlimmer Tag, heute«, sagte er. »Hast Glück, dass ich grade in der Nähe war, heute Nacht hatte ich noch in Bozen zu tun.«

Su Mei nickte.

»Warum bist denn gerade hier draußen, in dieser Einöde unterwegs?«, fragte Paolo.

»Ich bin hierher geschickt worden. Man hat einiges vor, in dieser Gegend, und die Rotonda ist hier gut vernetzt.«

Paolo sah sich um und nickte. »Ist ja auch ganz schön hier.«

»Es war ganz schön hier«, erwiderte Su Mei. »Es ist mir gut gegangen. Frau Dürnbichler war eine Nette. Es tut mir sehr leid, dass sie gehen musste. Nun brauche ich eine neue Tarnung.«

Paolo nickte noch einmal. Was sollte er dazu auch sagen? Dass Helga Dürnbichler eine gute Seele war, das hatte er schon erkannt, als er das Haus betreten hatte.

Nach einer Weile brach er das Schweigen aber doch.

»Ist das eigentlich schwer, das mit dem ‚L' statt dem ‚R' so konsequent durchzuziehen?«

Su Mei antwortete nicht gleich.

Sie legte den Kopf in den Nacken, sie ließ den Rauch langsam, genüsslich in den Himmel aufsteigen. Nach einer Weile schüttelte sie sanft den Kopf.

War wohl nicht so schwer.

»War das wirklich nötig?«, fragte sie nach einer Weile. Sie sah Paolo dabei nicht an.

»Bei Foss sowieso. Er hatte begonnen, sein eigenes Spiel zu spielen. In Bozen baute er eine zweite Basis auf. Er war drauf und dran, mit unseren Mitteln eigenes Kapital aufzubauen.«

»Die Kupferstiche.«

»Du sagst es. Zum Glück ist er auf unseren Köder angesprungen und kam zu dir.«

Su Mei nickte. »Aber die Dürnbichler. Wär das nicht ohne die Spritze gegangen?«

»Du meinst, wir hätten ihre Erpressung einfach geschehen lassen und hoffen sollen, dass sie Ruhe gibt?«

Su Mei nickte.

»Diese Entscheidung haben wir beide nicht zu treffen, Su Mei.« Sie erwiderte nichts, genau genommen wusste sie es ja selbst.

»Meinst du, sie hat leiden müssen?«, fragte sie schließlich.

»Sicher nicht, wir haben die Spritze dutzendfach eingesetzt, sie löst eine kurze Traumphase aus, aus der man dann ganz einfach nicht mehr aufwacht. Humaner kann man nicht sterben. Und genau das muss unser Anspruch sein – bei unserem Hintergrund.«

Su Mei nickte.

»Und das Beste: Das Zeug ist überhaupt nicht nachweisbar. Die Obduktion bei Foss wird nichts ergeben. Und bei Frau Dürnbichler wird man keine Obduktion machen. Und wenn – auch egal. Wir sind wirklich sehr diskret.«

Su Mei nahm einen weiteren tiefen Zug, erst nach einer ganzen Weile strömte der Rauch hinaus in den trockenen Februarnachmittag. Sie zündete mit der Glut ihrer Kippe gleich die nächste an.

»Diskret, ich weiß«, sagte sie nur.

»Hader nicht, Su Mei«, flüsterte Paolo, »du hast dich darauf eingelassen, und die Ziele, die wir verfolgen, sind edel. Die Rotonda ...«

»Ich weiß«, hauchte Su Mei. »Aber manchmal ... ich mochte Helga ...«

»Dann hättest du sie bremsen müssen. Es bekommt niemandem gut, sich mit gewissen Leuten anzulegen.«

»Ich war einfach zu spät. Als ich ins Zimmer kam, war schon alles gesagt. Helga ist ... Helga war ... ein guter Mensch, sie hatte es nicht leicht.«

Paolo nickte, er senkte den Kopf und schwieg.

»Ich kenne das Gefühl, das du jetzt hast.«

Er griff in die Jackentasche und holte die Mitgliederliste heraus, die Su Mei ihm gegeben hatte, und ließ den Blick über die Namen schweifen.

»Das hast du gut gemacht, Su Mei«, sagte er. »Es war wichtig, das hier zu sichern, damit nicht noch mehr Leid geschehen muss. Ich frage mich allerdings immer noch, wie Foss so dumm sein konnte, solche brisanten Daten mit sich zu führen. Ich kenne ihn seit Jahren. Ich habe keinen blassen Schimmer, welcher Teufel ihn geritten hat. Wenn jemand sein eigenes Ding macht, muss man doch dreimal vorsichtig sein.«

»Bei ihm hatte ich ja auch kein Problem, zu tun, was getan werden musste. Bei Helga schon.«

»Du hast das heute sehr gut gemacht, Su Mei. Ein Herzinfarkt im Swingerclub – so was hinterfragt niemand. Das ist ein wirklich sehr glaubwürdiger Tod für einen Mann in den besten Jahren. Und dass er ein Geistlicher war – mei, auch der Klerus besteht aus Menschen. Ich glaube trotzdem nicht, dass die Medien das Thema breittreten werden.«

Su Mei rauchte ungerührt weiter.

»Ich hoffe, all das war es wert«, sagte sie.

»Wie meinst du das?«

»Naja, ihr habt da euren Höllenmeier im Bistum eingeschleust, er wird die Seilschaften ausbauen, dann wird seine Reise weitergehen. Wenn er nicht auffliegt.«

»Er wird nicht auffliegen. Er ist lang genug im System, um zu wissen, was er tun darf und was nicht. Kein Mensch wird merken, dass er nicht nur die Interessen des Bistums vertritt, denn er wird die Interessen des Bistums selbstverständlich vorbildlichst vertreten.«

»Natürlich. Und du und ich machen die Drecksarbeit.«

»Und?« Paolo gab sich ungerührt. »So läuft das eben.«

»Ich meine, mit Gott hat das ja alles nichts zu tun. Es geht doch um nichts anderes als um Geld.«

»Und um Macht.«

»Aber du machst es wegen dem Geld.«

»Du doch auch.«

»Klar. Aber Höllenmeier ist keine Masseurin. Bei ihm sollte es um Gott gehen. Und was ist mit den anderen Entscheidern in der Rotonda, wissen die alle, was wir da tun, damit die Rotonda rundläuft?«

»Du bist ja lustig, Su Mei. Natürlich wissen sie es nicht. Sie machen Türen für die Rotonda auf, ohne etwas zu ahnen. Damit erfüllen sie ihren Teil und bekommen von unseren Auftraggebern ab und an ein Zuckerl. Ein Feinerle. Sie müssen nichts wissen. In diesem Geschäft ist es besser, wenn man nicht allzu viel weiß. Das gilt im übrigen auch für dich, Su Mei. Manchmal ist es vielleicht besser, sich nicht zu viele

Gedanken zu machen. Einige Leute in der Rotonda sind nicht ganz ungefährlich.«

Su Mei lachte bitter. »Du und ich, wir sind gefährlich.«

»Und einige andere mehr. Ich habe gelernt, dass es besser ist, nicht zu viele Fragen zu stellen.«

»Ach, quatsch. Wir wissen beide sehr genau, worauf wir uns eingelassen haben.«

»Schon gut, Su Mei. Ich bin ein Profi, du bist ein Profi. Wir wissen natürlich, was wir tun.«

Su Mei rauchte schon wieder eine. »Helga war wirklich ein netter Mensch. Der Anruf bei Höllenmeier, er passt überhaupt nicht zu ihr. Ich verstehe nicht, wie sie das tun konnte, wo sie diesen Mut hergenommen hat. Am Ende kann es sogar sein, dass sie es für mich gemacht hat.«

Paolo sagte eine Weile nichts.

Dann durchzuckte ihn ein Gedanke.

»Und du bist sicher, dass sie keine Kopien von der Liste gemacht hat?«

Su Mei nickte.

»Sie hat keinen Kopierer. Auch kein Faxgerät. Alles gut.«

»Und sie hat auch kein Foto mit dem Handy von der Liste gemacht?«

Su Mei erstarrte. Verdammt. Daran hatte sie nicht gedacht. Sie schwieg.

»Su Mei?« Paolo ging langsam auf sie zu. »Su Mei, du hast doch sicher ihr Smartphone gecheckt?«

Su Mei schloss die Augen.

»So ein Mist!«, flüsterte sie.

53 | 16:42

Der Bürgermeister war sehr zufrieden mit sich.

Nachdem die Frankfurter aufgebrochen waren, hatte er sich noch einen doppelten Blutwurz gegönnt.

»Den hast dir verdient, Bürgermeister«, sagte Fanny, als sie das Glas direkt neben seiner Hand abstellte. Sie legte ihre Linke auf seine Schulter. »Mit was für Gesindel man sich in deinem Job abgeben muss.«

»Das war kein Gesindel, Fanny. Diese Frankfurter Würstchen werden Hudlhub von vorn bis hinten mit Geld zuscheißen. Du machst dir keine Begriffe. Ich sage dir: Wir stehen vor goldenen Zeiten!«

»Wennst meinst, Bürgermeister«, sagte Fanny, ließ von ihm ab, lehnte sich an den Nachbartisch und verschränkte die Arme vor der Brust. »Ich weiß nicht, ob ich Geld will, das von solchen Leuten kommt.«

»Fanny, es ist nicht das Zeitalter für Prinzipien. Schau dir die Welt an, wie sie ist. Heute zählen keine Fakten mehr, es ist nicht mehr allzu viel so, wie es einmal war. Entweder du schwimmst mit – oder du gehst unter. Ich halte nicht viel von untergehen.«

»Mag ja sein, dass du recht hast, Bürgermeister. Ich tät mich trotzdem nicht wohl fühlen, wenn ich mit solchen Leuten Geschäfte machen müsste.«

»Das sind keine Kriminellen, Fanny, im Gegenteil. Die Frankfurter Würstchen sind redliche Leute. Sie sind nur ganz anders als wir. Sie haben andere Werte. Es geht darum, zu schauen, inwieweit wir unsere und ihre Welt zusammenbringen.«

»Du wirst schon wissen, was du tust, Bürgermeister«, sagte Fanny und verzupfte sich hinter die Theke.

Der Bürgermeister holte sein Smartphone raus und rief seine Mails ab. Das hatte er nicht gemacht, seit die Frankfurter eingetroffen waren – und das war inzwischen dreieinhalb Stunden her.

Dreieinhalb Stunden!
Da staunte auch der Bürgermeister.
Die Verhandlungen waren ihm gar nicht so lang vorgekommen.
Noch mehr staunte er allerdings, was passierte, als sein Handy alle Daten synchronisierte.
23 verpasste Anrufe, darunter mehrere von der Polizei.
Und eine Push-Nachricht von der Zeitung.

Wie bitte?
Der alte Haderlein tot?
Und die Dürnbichler Helga?
Wie war das möglich!
Und der Zackig hatte es doch getan und den Schmarrn von der Moschee verbreitet. Dieser elende Zeitungsschmierer, dieser elendige. Wenn der mir unter die Finger kommt, dachte der Bürgermeister.
Aber die Dürnbichler Helga! Der Bürgermeister rief bei der Polizei an. Sie bestätigte alles. Inzwischen sei auch die Kriminalpolizei draußen. Höchst dubios, das alles.
Ich muss da hin!, dachte er. Der Bürgermeister sprang auf und stob zur Tür hinaus.
»Was hast es denn mit einem Mal so eilig?«, fragte Fanny.
»Hast du kein Internet?«, fragte der Bürgermeister unwirsch.
»Doch schon.«
»Und hast das mit dem alten Haderlein und der Dürnbichler gelesen?«
»Nein, wieso? Ich hab nur vorhin kurz ein Video hochgeladen, und dann hab ich mein Smartphone in die Handtasche gesteckt. Was ist denn los?«
»Schau nach, dann weißt es!«
Und weg war er.

Der Bürgermeister sprang in seinen Daimler und raste los. Den Weg nach Gailing war er schon so oft gefahren, er kannte ihn blind. Unterwegs klickte sich der Bürgermeister noch auf seinem Smartphone mit einer Hand durch seine E-Mails. Unglaublich, wer heute wieder alles was von ihm wollte! Aber sie würden warten müssen. Er musste sich jetzt um die Dürnbichler Helga kümmern.

So oft war er bei ihr gewesen, in den letzten Jahren, seine Frau ging ja zum Glück früh zu Bett und bemerkte gar nicht, wenn er erst weit nach Mitternacht nach Hause kam.

Das Handy vibrierte.

Eine SMS.

Der Bürgermeister las sie sofort.

»Ermittlungen …«, stand da, weiter kam er nicht.

Es war, als hätte er in diesem Augenblick eine Mordsdrumwatschn bekommen.

Der Bürgermeister spürte, wie sein Kopf kurz nach vorn und dann gleich wieder nach hinten geschleudert wurde.

Intuitiv trat er auf die Bremse und kuppelte aus. Er verstand nicht gleich: Was war denn überhaupt los?

Der Krach war ohrenbetäubend. Scheppern. Knallen. Pfeifen. Quietschen. Schreie.

Alles gleichzeitig.

War das eine Explosion?

Als der Bürgermeister die Augen öffnete, sah er – nichts. Das heißt: Er sah schon etwas.

Weiß.

Alles weiß.

Alles war weiß.

Gleißend weiß.

Und dieses Weiß, es klebte in seinem Gesicht.

Dann fiel das Weiße runter und gab den Blick auf zwei blutüberströmte Gesichter frei. Ein Mann und eine Frau, sie starrten ihn an.

Aus weit aufgerissenen, entsetzten, leeren, toten Augen. Ein Italiener und eine Asiatin.

Äh, nein, ein Auge war gar kein Auge. Da steckte vielmehr ein Stück Glas an der Stelle im Kopf, wo womöglich einmal ein Auge gewesen sein könnte. War das der Rest einer Sonnenbrille?

Wobei Kopf, von einem Kopf konnte man auch nicht wirklich reden. Bei dem Mann war die halbe Schädeldecke weggerissen, man konnte ihm sozusagen unmittelbar beim Denken zusehen. Das Gehirn lag frei.

Wobei, das stimmt so auch nicht. Das, was vom Gehirn noch übrig war.

Der Bürgermeister verstand immer noch nicht.

Was machten denn diese beiden Menschen in seinem Auto?

Da müsste doch eigentlich die Windschutzscheibe sein ... wo um alles in der Welt war denn die Windschutzscheibe? Ah ja, ein Teil steckte im Kopf der Frau, natürlich. Und wo ...?

Wo war eigentlich das Smartphone? Er hatte doch gerade eine SMS bekommen. Er hatte sie noch gar nicht fertig gelesen. Ermittlungen, das war da gestanden, und dann ...?

Der Blick suchte das Display. Dort, wo das Smartphone gerade noch gewesen war.

Komisch. Das Smartphone hatte er gar nicht mehr in der Hand.

Und – die Hand war auch nicht mehr da, wo sie sein sollte. Sie baumelte vielmehr lustig unter seinem Unterarm herum, in einem sehr merkwürdigen Winkel.

Das muss doch weh tun, dachte er, als er dem Stück Fleisch an seinem Arm beim Abhängen zusah, und da erst meldeten sich pochende, atemberaubende Schmerzen.

Wirklich atemberaubend.

Apropos Atem.

Der Bürgermeister konnte das nicht, atmen.

Ging nicht. Naja, so gut wie nicht.

Wenigstens die Lungen befanden sich noch da, wo sie sein sollten, der Airbag hatte dafür gesorgt. Womöglich hatte er sich ein paar Rippen geprellt.

Oder gebrochen. Er konnte das grade nicht so genau sagen.

Er war halt ein stattlicher Mann, und wenn er im Auto saß, dann war der Weg vom Ende des Körpers bis zum Anfang des Lenkrads nun mal nicht sehr weit.

Die Möglichkeiten des Airbags, sich vorbildlich aufzublähen, waren da halt doch einigermaßen eingeschränkt.

Der Bürgermeister spürte, dass hier eine ganze Menge nicht stimmte. Und er spürte, dass ihm schwindelig wurde.

Der Kreislauf.

Jedenfalls ging es ihm immer noch besser als diesen beiden Gesichtern vor ihm. Er war nicht sicher, ob hinter diesen zerschmetterten Fratzen noch etwas dran war, das auf seiner Motorhaube liegen konnte. Schauen wir doch mal nach, dachte er sich, und erhob sich.

Spannend, gestern konnte er das noch gar nicht: sich aus dem Fahrzeug heraus einfach nach oben zu erheben und sich selbst von oben beim Sitzen und Leiden zuzusehen.

Ohje, die armen Teufel hatte es übelst erwischt, dachte der Bürgermeister. Offenbar hatte er sie ungebremst überfahren. Wie schnell er gefahren sein mochte? 70? 90? 110? Alles möglich.

Von hier oben konnte er ihre Hüften gut erkennen, man konnte von oben reinsehen. Die Hüften hatten nämlich keine Rümpfe mehr. Die waren wohl vom Unterkörper abgetrennt worden. Richtig, da war ja noch ein Auto. Scheinbar waren die beiden zwischen ihr eigenes und sein Fahrzeug geraten.

Die Hüften müssen stehen geblieben sein, und die abgetrennten Oberkörper schleuderten zunächst gegen die Heckscheibe des anderen Fahrzeugs und fielen dann noch auf seine Motorhaube. Die war übrigens auch schon mal länger gewesen, die Motorhaube. Hatte sich hier eigentlich alles halbiert?

Halbiert!

Verstehen Sie?

Halbiert!

Der Bürgermeister lachte über seinen eigenen Witz.

Halbiert! Ist ja lustig.

So richtig gut lachen konnte er aber nicht, er bekam nämlich immer noch keine Luft.

Dann wurde alles um ihn herum schwarz.

54 | 16:49

»Bürgermeister? Hallo! Bürgermeister! Kannst mich hören?«

Vorsichtig öffnete der Angesprochene die Augen und blickte in ein vertrautes Gesicht.

Diesen Mann kannte er. Den vertrauenerweckenden grauen Bart. Die gutmütigen, warmherzigen Augen. Schoener hieß der Mann. Rudi Schoener, hieß er.

Rudi Schoener war Notarzt.

»Rudi? Was machst du denn da?«, fragte er den Arzt.

»Ganz falsche Frage, Bürgermeister«, erwiderte der. »Die korrekte Frage lautet: Was hast du denn da gemacht, Bürgermeister?«

»Wieso, was hab ich denn gemacht?«

»Glück hast gehabt, dass ich in der Nähe war.«

Ganz allmählich dämmerte dem Bürgermeister, dass er einen Unfall hatte. Die Schmerzen in der Brust und der Hand waren brutal.

»Was ist mit meiner Hand?«, fragte er.

»Die ist im Moment dein kleinstes Problem«, sagte der Arzt trocken. »Wir werden dein Handgelenk und deine Hand operieren müssen, das wird schon wieder werden. Aber vielleicht solltest du in Zukunft nicht mehr mit deinem Smartphone spielen, wenn du Auto fährst.«

»Wieso Smartphone?«, fragte der Bürgermeister verwirrt.

»Don't app and drive, Bürgermeister. Hast du davon noch nie was gehört? Hast du Pokémons gejagt oder was war das?«

»Poké-was?«

»Po-ké-mons. Du wirst doch wissen, was Pokémons sind. Du liest aber schon Zeitung, Bürgermeister? Solltest du tun in deiner Position.«

»Jetzt sag halt endlich, was los ist, Rudi! Zefix! Wieso bist du hier?«

»Weil du einen Unfall gebaut hast, Bürgermeister.«

»Einen Unfall? Ich?«

»Ja, einen Unfall. Du.«

»Und wie ist das passiert?«

»Wie gesagt: Wenn ich mir deine Hand so ansehe, hast du mit dem Handy gespielt. Und beim Aufprall sind dir so viele Knochen gebrochen, dass die Splitter nur noch von der Haut zusammengehalten werden. Aber wie gesagt: Das kriegt man heutzutage alles wieder hin, es ist ganz erstaunlich, was die Medizin alles kann. Lass dir das von einem alten Doktor gesagt sein.«

»Was denn für ein Aufprall? Jetzt red doch endlich!«

»Mei, Bürgermeister, wenn man beim Autofahren auf sein Handy starrt, dann kann man natürlich auch nicht sehen, dass ein Auto am Straßenrand abgestellt ist.«

»Ein Auto?«

»Ja, Bürgermeister, ein Auto. Und zwei Menschen standen am Kofferraum und unterhielten sich.«

»Und die habe ich gerammt?«

»Oh ja, Bürgermeister. Mit dem Smartphone in deiner Hand.«

»Und ist ihnen was passiert?«

»Ja, Bürgermeister. Sie hatten nicht so viel Glück wie deine Hand.«

»Sie sind …?«

»Ja, Bürgermeister. Sind sie. Wir konnten nichts mehr für sie tun.«

»Aber das ist ja furchtbar!«

»Das kannst du laut sagen. Gar kein schöner Anblick, so was. Da war nicht mehr viel übrig außer jeder Menge Matsch. Immerhin kannst du sicher sein, dass sie nicht leiden mussten. Der Aufprall war so brutal, dass sie sofort tot gewesen sein müssen. Alle beide. Weil du beim Autofahren ein Smartphone in der Hand hattest.«

»Jetzt hör doch endlich mal mit dem Scheiß-Smartphone auf.«

»Keinesfalls, Bürgermeister. Ich habe nämlich eine Stinkwut auf alle, die beim Autofahren mit dem Handy spielen. Wir Notärzte müssen dann den ganzen Dreck zusammenkehren. Dabei gibt es keine Nachricht auf der Welt, die nicht auch zehn Minuten warten kann. Merk dir das für den Rest deines Lebens, Bürgermeister.«

»Ich hab's verstanden. Aber wer …«

»… die beiden waren, die du über den Haufen gefahren hast, mit dem Handy in der Hand? Die Polizei überprüft noch ihre Personalien. Sie scheint man hier zu kennen, eine Asiatin, die mit der Dürnbichler Helga befreundet war …«

»Doch nicht Su Mei?«

»Doch, so heißt sie wohl. Kennst du sie?«

»Und wie ich Su Mei kenne. Oh mein Gott!«

»Ja, meld dich mal bei ihm, bei deinem Gott. Wird schon nötig sein, Bürgermeister. Wer der Mann war, weiß man noch nicht. Die Polizei versucht noch, seinen Namen herauszubekommen. Viel ist ja nicht von ihm übrig geblieben.«

»Su Mei!«, stöhnte der Bürgermeister. »Die gute Su Mei. Sie war so eine Liebe. Wie konnte das … ich versteh das nicht …«

»Du wirst das alles schon noch verstehen, Bürgermeister. Jetzt bringen wir dich erst mal ins Krankenhaus, da schauen die Kollegen vom Traumazentrum dann mal genauer nach, was bei dir noch alles kaputt gegangen ist, bei dem Aufprall, zu dem es kam, weil du gemeint hast, beim Autofahren unbedingt mit deinem Smartphone spielen zu müssen.«

55 | 19:41

Der ICE aus Berlin überquerte die bayerische Grenze.

Bald waren sie wieder daheim, die beiden Hudlhubber Helden, die in der Hauptstadt Geschichte geschrieben hatten, weil sie die Ehre hatten, einen neuen Bundespräsidenten zu wählen, auch wenn die Personalie schon vor Monaten in Hinterzimmern ausgekartelt worden war.

So funktioniert nämlich Demokratie nach den Vorstellungen der Gewinner der Demokratie: Sie sorgen dafür, dass es möglichst nichts zu wählen gibt, weil ein sozialistisches Ergebnis ja viel schöner ist als eine echte Wahl.

Wobei dieselben Demokraten sozialistische Systeme selbstverständlich total ablehnen. Aus Prinzip.

Jedes Volk bekommt eben genau die, die es verdient.

Mit großer Wahrscheinlichkeit würde der Neue zumindest nicht wieder so ein Reinfall werden wie der, den die Kanzlerin damals ins Amt gehievt hatte, obwohl ihm einiges an Größe dafür gefehlt hatte. Dessen Nachfolger, der nun Rentner war, hatte einiges zu tun gehabt, um dem Amt sein Ansehen halbwegs wieder zurückzugeben.

Hat geklappt.

Etwas gelangweilt schaltete Ferdinand Adler sein Smartphone ein. Nach der Sitzung der Bundesversammlung hatte er es zwar zurückgeholt, bisher aber nicht die Notwendigkeit gesehen, es einzuschalten.

Es gab Wichtigeres als das Smartphone, für jemanden wie Ferdinand Adler sowieso.

Er war ja nicht nur ehrenamtlicher Politiker bei den Freien Wählern und Lehrer für Geschichte und Englisch an der Realschule, er war eben auch Schamane.

Und er war es gewöhnt, sein Handy gerade während der Rituale, bei denen die Stunden oft nur so verflogen, immer wieder in den Flugmodus zu versetzen.

Die meisten seiner Schüler konnten sich gar nicht vorstellen, wie ein Leben ohne Smartphone wäre, aber sie konnten sich ja so vieles nicht vorstellen, was früher zum Leben gehört hatte und heute keine Rolle mehr spielte.

Ferdy Adler seufzte, als er diesen Gedanken dachte.

Kein Wunder.

Wer in der Schule mit vorgefertigten Arbeitsblättern aufwächst, wer nicht mehr denken und fühlen, sondern nur noch ankreuzen muss, der wird sich schwer tun, seine Vorstellungskraft zu schulen. Ein nicht wieder gutzumachender Verlust, fand Adler.

Mit Wonne zelebrierte er vor seinen Schülern die Stilllegung seines Smartphones, und er genoss das Entsetzen in ihren Gesichtern, wenn das Undenkbare geschah: Herr Adler ging tatsächlich offline!

Er machte es dann gerne so, dass er dabei zu röcheln begann, dann fasste er sich an den Hals, kündigte sein unmittelbar bevorstehendes Ableben an, ließ sich dann langsam auf die Knie fallen, dann ein letztes Aufbäumen und er brach vor seinen Schülern auf dem Boden zusammen.

Jetzt war Herr Adler offline.

Dann erst stand er wieder auf und nahm mit seinen Schülern die hängenden Gärten der Semiramis durch.

Möglich, dass er die Röchel-Show in der Schule nach dem Erlebnis heute im Zug künftig nicht mehr machen würde.

Ja, Ferdinand Adler hatte ein vergleichsweise gesundes Verhältnis zur virtuellen Welt, die längst Teil der analogen – früher sagte man: realen – geworden war. Reale Virtualität. Das digitalisierte Analoge. Wie auch immer.

Ganz auf die Annehmlichkeiten eines solchen Geräts verzichten, wollte Ferdy Adler natürlich auch nicht. Und er war es seinen Schülern schuldig, einigermaßen mit der Zeit zu gehen und soweit up to date zu sein, halbwegs zu wissen, wie sie ticken.

Diesmal aber fiel er fast vom Glauben ab, als er sein Smartphone einschaltete.

Denn er entdeckte Bernd Zackigs inzwischen einige Stunden alte Push-Meldung. Und die nächste auch, die er später hinterhergeschickt hatte: »Hudlhubber Bürgermeister verunglückt bei Autounfall schwer. Zwei Tote. Damit steigt die Bilanz der Toten an diesem Sonntag in Hudlhub auf fünf.«

Ferdy Adler war geschockt.

Fünf Tote in Hudlhub!

An einem Tag.

Wie? Wer? Was?

Er stupste Haderlein an.

»Hee, Haderlein, wach auf!«

Beim zweiten Mal schlug er die Augen auf. »Was gibt's denn, Ferdy?«

»Das musst du selber lesen, ich kann dir das nicht ersparen.«

Haderlein war viel zu müde, um wahrzunehmen, wie entsetzt Adler war. Er streckte sich verschlafen, dann erst langte er nach dem Smartphone, das Adler ihm auffordernd wackelnd, als würde er einem Hund seinen Lieblingsknochen anbieten, entgegenstreckte.

In der nächsten Sekunde war er hellwach und fingerte sofort in den Jackentaschen nach seinem eigenen Gerät.

»Oh Gott! Oh mein Gott!«, rief er. »Wo hab ich denn …?«
Dann fiel es ihm ein.
Sein Smartphone – lag das am Ende noch im Bundestag?
Richtig.
Er hatte es tatsächlich vergessen.

»Kann ich …?« Er sah Ferdinand Adler fassungslos an.
Der Großvater.
Und all die anderen.
Oh mein Gott!
Nicht doch der Großvater.
Haderlein wählte die Nummer seines Verwalters. Die Landwirtschaft hatte er ja vor Jahren, nach dem Unfalltod des Vaters, verpachtet.
»Ja, ich bin's. Ist das wahr mitm Opa?«, fragte er.
Dann hörte er eine ganze Weile zu.

Sein Kopf sackte dabei immer weiter nach vorn, gleichzeitig zog er die Schultern hoch, bis sie fast auf Höhe der Ohren waren.
Ab und zu nickte er, schüttelte den Kopf, schließlich hielt er mit einer Hand die Stirn.
»Mei, ich hab mein Handy in Berlin vergessen, kann doch mal passieren«, sagte er nach einer Weile. Offenbar hatte ihn der Verwalter gerade darauf hingewiesen, wie oft er versucht hatte, ihn zu erreichen
»Und er ist wirklich aufgestanden?«
Wieder hörte er eine ganze Weile zu.
»Ist noch was zu retten?«, fragte er dann.

Ferdinand Adler war nicht ganz sicher, wie das gemeint sein könnte. Jedenfalls war nicht zu übersehen, dass Haderlein nun noch weiter in sich zusammensackte.
»Und was war bei der Helga?«

Adler glaubte, einige Wortfetzen aus dem Telefon verstehen zu können, vorher schien schon mehrfach das Wort »Brauerei« gefallen zu sein, aber er konnte sich keinen Reim drauf machen, wieso der Verwalter angesichts dieser Situation dauernd von Bier redete.

»Und der Bürgermeister?«

Zuletzt fiel das Wort »Moschee«, und davon war ja auch irgendwas in Zackigs Push-Meldung gestanden.

»Alles hinüber«, stammelte Haderlein nur, als er aufgelegt und Adler das Telefon zurückgereicht hatte. Ferdinand Adler war diskret genug, jetzt keine Fragen zu stellen. Wenn Ludwig Haderlein etwas zu sagen hatte, dann würde er es schon tun.

Haderlein schaute zum Fenster hinaus.

Den Feuchtigkeitsfilm, der sich über seine Augen legte, wertete Adler als Zeichen der Zuneigung zum Großvater. Der Abgeordnete überraschte ihn immer wieder.

Eigentlich hätte Adler erwartet, dass der Tod eines so alten Familienmitglieds keine größere Regung bei Haderlein auslöste.

Tatsächlich waren es Tausende Gedanken gleichzeitig, die Haderlein wie wild durch den Kopf schossen. Seine Brauerei war kaputt. So viele Jahre Arbeit, so viel Geld – alles für die Katz'?

Er würde sich erklären müssen. Man würde ihm nachweisen, dass diese Brauerei nicht nur ein Anschauungsobjekt war. Womöglich würde man sogar drauf kommen, dass er die Wasserleitung nach Hudlhub illegal angezapft hatte.

Die Presse würde über ihn schreiben.

Die Steuerfahndung würde er am Hals haben, weil es nicht erlaubt ist, im großen Stil unangemeldet Bier zu brauen. Und all seine Pläne, all seine Bemühungen, die Welt mit dem gesündesten Bier überhaupt zu verblüffen – dahin. Damit auch die Schlagzeilen, die ihm den Ruhm eingebracht hätten, den er seiner Ansicht nach schon lang verdient hatte.

Und er war so kurz davor gewesen.

Mit Toni Entleitners Hilfe hatte er ein Verfahren entwickelt, um die überaus gesunden Himbeer-Flavonoide zu extrahieren und war drauf und dran es zu schaffen, sie dem Bier so beizumengen, dass sie ihre Wirkung beim Brauvorgang nicht verlieren – und vor allem nicht nachweisbar gewesen wären.

Natürlich, er könnte das Wissen, das er sich über die Jahre erarbeitet hat, weitergeben, er könnte sich Partner und offizielle Wege suchen, um dieses Gesundheitsbier an den Start zu bringen, aber das war doch nicht dasselbe.

Er würde sein Geheimnis und auch den Ruhm teilen müssen. So viele Jahre Arbeit, all die Energie, all die Träume – alles dahin. Er wüsste zu gern, was da schief gegangen war.

Und der Großvater.

Der alte Mann hatte tatsächlich versucht, alles zu retten? Er wird Augen gemacht haben, als er die Brauerei sah, dachte Haderlein. Wie er das überhaupt geschafft hat, ganz allein, von seinem Bett bis in den Schweinestall.

Hoffentlich hat er nicht leiden müssen.

Und jetzt – war der Großvater tot.

Damit war nun er der letzte lebende Haderlein.

Womöglich der Allerletzte.

Haderlein stierte zum Fenster hinaus, er fühlte, wie die ganze Welt um ihn herum zusammenbrach. Am liebsten hätte er jetzt laut geschrien, aber das ging ja nicht. Ein bayerischer Landtagsabgeordneter schrie nicht in der Öffentlichkeit. Außer er stand im Bierzelt und trieb seine Rede dem finalen Höhepunkt entgegen, energisch mit den Fäusten wedelnd, womöglich ganz leicht auf den Füßen wippend, während das Volk unten in Hundertschaften die Krüge gläubig gen Himmel und den Blick beeindruckt vorwärts gen Redner richtete.

Aber Haderlein war nicht im Bierzelt. Er saß in einem ICE, und hier war er der Held, weil er dem Adler Ferdy vorhin das Leben gerettet hatte. Neinnein, er konnte sich jetzt nicht gehen lassen.

Draußen rauschte die Landschaft an ihm vorbei.

Die Dürnbichler Helga.

Auch tot. Unfassbar.

Sie war so fröhlich, so gut gelaunt gewesen, wie eh und je, vorhin, als sie sich verabschiedete und den orangefarbenen Schein, den Haderlein ihr zugesteckt hatte, mit einer eleganten Bewegung zwischen den Brüsten verschwinden ließ.

Haderlein konnte sich aus den Informationen, die er von seinem Verwalter bekommen hatte, noch nicht ganz zusammenreimen, in welchem Zusammenhang ihr Tod mit den Moschee-Gerüchten stand. Was war da durchgesickert?

Was wusste dieser Zackig von der Rotonda?

Das war nicht ungefährlich.

Und ausgerechnet jetzt. Vorhin noch hatte er das getan, worum ihn die Rotonda-Freunde gebeten hatten: Er sollte den neuen Bundespräsidenten zur Eröffnung des Hudlhoopreifen-Zentrums einladen, und was hatte er gesagt? »Warum nicht?«, hatte er gesagt, im Überschwang des Ereignisses. Und: »In Hudlhub war ich ohnehin bisher noch nicht.«

Der Bundespräsident in Hudlhub! Das wäre mal ein Ereignis.

Aber wenn die Rotonda jetzt in ein falsches Licht gerückt würde, von der Presse – dann würde er schon einen Ausweg finden, um vom gemachten Versprechen zurückzutreten, der Herr Bundespräsident.

So mühsam war dieses Netzwerk gesponnen worden, so viel Zeit und Arbeit steckte da drin.

Zu gern wüsste er, was schiefgegangen war. Er würde es herausfinden.

Er würde geradebiegen, was geradezubiegen war.

Und er würde wieder aufstehen, so viel war klar, aber für den Moment war alles einfach nur furchtbar.

Haderlein fiel ein, dass er nicht allein war.

Ferdy Adler würde mehr wissen wollen, wahrscheinlich starrte er ihn die ganze Zeit erwartungsvoll an.

So unauffällig wie möglich blinzelte er in die Richtung des Begleiters.

Nein.

Was für ein diskreter Mann.

Der Reisebegleiter hatte die Augen geschlossen und den Kopf in den Nacken gelegt. Ferdy Adler konnte andere sein lassen. Denn er ruhte in sich. Er konnte warten.

Ludwig Haderlein war ihm dafür in diesem Augenblick unendlich dankbar.

NACHSPIEL

1 | 20:01

»Herr Pfarrer! Herr Pfarrer!«

»Ja, was denn?«

»Herr Pfarrer!«

»Jetzt gib halt Ruhe, wir sind mitten in der Wandlung!«

»Aber … Herr Pfarrer …« Ministrant Ferdinand war es ja auch unangenehm, aber das ging ja gar nicht. So leise und so eindringlich wie möglich flüsterte er: »Herr Pfarrer, jetzt hören S' mir halt bitte zu.«

»Also gut, Ferdinand, was ist denn?

»Sie machen den Lavobo …«

»Es heißt das Lavabo, und ich weiß selbst, dass ich gerade das Lavabo mache.«

Hochwürden war fast ein bisschen unwirsch.

Es war Abendmesse in Hudlhub, und für einen Sonntag war die Kirche Zur Heiligen Mutter Gottes Verkündigung ausgesprochen gut besucht. Normalerweise fanden sich 20, vielleicht 30 Gläubige ein, heute waren es über 200. Aus allen Ortsteilen waren sie gekommen. Aus Gailing, aus Edling, von überall her. Da konnte er sich doch nicht am Altar während der Wandlung mit seinem Ministranten unterhalten.

»… aber … mit der Albe?«

»Wieso mit der Albe?«, fragte der Pfarrer verständnislos. Die Albe, die hatte er unter dem Messgewand, aber mit der Albe reinigt man die vier Finger, die gleich den Leib des Herrn berühren werden, nicht.

Was hatte er denn heute, der Ferdinand?

Vielleicht sollte er mal mit den Eltern reden, nicht, dass da Drogen im Spiel waren. Wobei, vielleicht sollte er das zunächst mit Ferdinand selbst bereden. Wenn die Kirche vorbei war.

»Schauen Sie doch bitte einmal genau hin, Herr Pfarrer.«

Herr Pfarrer schaute.

Und Herr Pfarrer stutzte.

Herr Pfarrer ließ die Albe, den Unterrock unter dem Messgewand, sinken.

Herr Pfarrer räusperte sich.

Und Herr Pfarrer schaute verschämt gen Boden.

Nein, er wollte die verblüfften Gesichter seiner Gemeinde in diesem Augenblick nicht sehen. Herr Pfarrer nahm das vorgesehene Tuch und fuhr mit dem Lavabo fort.

»Danke, Ferdinand«, murmelte er.

Er konnte fühlen, wie ihm die Schläfen pochten. War das peinlich. Was mussten die Leute denken. Hatte er sich tatsächlich allen Ernstes gebückt, das Messgewand gelupft, die Albe gepackt und hochgehoben, um sich damit die Finger zu reinigen? Er konnte sich nicht daran erinnern. Beim besten Willen nicht. Offensichtlich war er doch ganz schön durch den Wind.

Die Routine half ihm, in diesem Augenblick.

Der Pfarrer hob die Augen zum Kreuz, senkte sie wieder, verbeugte sich leicht, ließ die Hände auf dem Altar ruhen und sagte das Gebet, das er so oft schon gesagt hatte, suscipe sancta trinitas: »Heilige Dreifaltigkeit, nimm diese Opfergabe an, die wir dir darbringen zum Andenken an das Leiden, die Auferstehung und die Himmelfahrt unseres Herrn Jesus Christus, zu Ehren der seligen, allzeit reinen Jungfrau Maria, des heiligen Johannes des Täufers, der heiligen Apostel Petrus und Paulus, dieser und aller Heiligen. Lass sie ihnen zur Ehre, uns aber zum Heile gereichen, und lass die im Himmel unsere Fürsprecher sein, deren Gedächtnis wir auf Erden feiern.«

Dann wandte er sich der Gemeinde zu, und er hoffte inständig, sie hätten nicht hingeschaut, während des Lavabos.

Sie hatten hingeschaut.

Einige hatten noch immer den Mund offen, und der Pfarrer betete, dass er wenigstens den Hosenstall zugemacht hatte. Aber das war jetzt auch schon egal.

Und sie würden es ihm verzeihen, am Ende eines Tages, nach dem Hudlhub nicht mehr wie Hudlhub war.

All die Toten.

All das Blut.

All das Leid.

All die Tränen.

Hochwürden dachte an die liebe Helga Dürnbichler, an den guten, alten Opa Haderlein und natürlich auch an die anderen Opfer dieses Tages, den er niemals – niemals! – vergessen würde.

Wie all die anderen Hudlhubber auch.

Was hier tatsächlich, wirklich passiert war, das würde kaum jemand von ihnen erfahren. Auch der Lokalreporter Bernd Zackig nicht. Ah, da vorne stand er ja und machte ein Foto.

Oh Gott, hoffentlich hat er mich eben nicht fotografiert, dachte der Pfarrer und warf einen fragenden Blick hinüber zum Herrn, aber der schüttelte wie immer nicht den Kopf.

Aber er sprach zu ihm, wie immer mit der Stimme des Herrn aus den Don-Camillo-Filmen: »Alles ist gut, mach einfach weiter, mein Sohn.«

Das erleichterte Hochwürden dann doch sehr.

Nein, auch Bernd Zackig würde die ganze Wahrheit nicht erfahren, was auch immer er in die Zeitung schrieb, es würde bestenfalls die halbe Wahrheit sein.

»Der Herr nehme das Opfer an aus deinen Händen zum Lob und Ruhme seines Namens, zum Segen für uns und seine ganze heilige Kirche«, sagten die Gläubigen, die Wandlung näherte sich ihrem Ende.

Der Pfarrer hatte vorhin mit dem Bistum telefoniert, mit einem alten Bekannten aus Studienzeiten. Der wusste einiges zu berichten, von der Fondazione Rotonda Tiberiana, und den Rest hatte er sich selbst zusammengereimt.

Welche Geschäfte genau dieser Freundeskreis betrieb, das wusste der Pfarrer nicht, aber so viel war klar: Da wurden Strippen gezogen, und da wurde Geld verdient. Viel Geld. Die Rotonda war eine Seilschaft, in der man sich gegenseitig half.

Welche Rolle Generalvikar Höllenmeier spielte, war ihm nicht klar, aber: Er spielte eine. Er würde sehr vorsichtig sein, in Zukunft, wusste der Pfarrer.

Sicher war er aber auch, dass er vor Höllenmeier in nächster Zeit seine Ruhe haben würde. Er ging fest davon aus, dass der Generalvikar in nächster Zeit einen großen Bogen um Hudlhub machte. Und das fand er richtig gut.

»Amen«, sagte der Pfarrer.

2 | 21:02

Ja spinnst, ist das grell. Da kannst ja gar nichts sehen. Nichts außer – ja zefix, sowosamma?

Sowosamma, das hat doch der Fredl Fesl früher immer gesungen, weil die Ureinwohner kleiner waren als das afrikanische Dschungelgras und immer hochhüpften und »Sowosamma?« riefen. »Kellnerin a Bier« heißt das Lied.

Ich tät ja jetzt auch gern hüpfen, und gegen eine Kellnerin und ein Bier hätte ich auch nichts, aber … irgendwie … nein … geht nicht. Wie festgenagelt lieg ich hier und … ja, was eigentlich? Zefix, kann mal jemand das Licht ausmachen! Warum genau kann ich mich eigentlich nicht bewegen? Genau genommen spüre ich auch nichts.

Was sagt der neben mir? Wer ist denn das überhaupt? Ganz weiß angezogen ist er, mehr kann ich aus den Augenwinkeln überhaupt nicht erkennen.

»Propofol«.

Er hat Propofol gesagt.

Propofol kenn ich. Aus dem Fernsehen. Das hab ich schon mal gehört. Ganz bestimmt. Definitiv. Auf alle Fälle, ja spinnst. Das ist doch das Zeug, von dem man so gut schläft, wenn man ein überforderter Popstar ist.

Ja sagen S' einmal, wieso geben Sie jetzt mir ein Propofol, Sie!!? Wissen Sie, ich kann sogar sehr gut schlafen. Es macht mir nicht einmal etwas aus, wenn meine Alte neben mir schnarcht. Da habe ich ein jahrzehntelanges Training hinter mir. Ich kann wirklich blendend schlafen, ganz hervorragend. Also gehen Sie mir bittschön weg mit ihrem Propofol.

Ja, hören sie nicht? Können Sie nicht hören? Können Sie mich nicht hören? Wie laut muss ich denn noch plärren?

Der hört mich wirklich nicht.

Redet mit der Frau da rechts an meiner Hand, als ob ich überhaupt nicht da wär. Eine schöne Frau ist das. Auch ganz weiß gekleidet. Die Haare hat sie zurückgebunden. Nur den Mund kann ich nicht sehen, der ist irgendwie abgehängt.

Ist das etwa eine weiße Burka?

Die Frau ist ja regelrecht vermummt.

Ja zefix, bei uns herrscht doch ein Vermummungsverbot. Oder bin ich in einen Harem gekommen?

Wieso gibt es denn hier vermummte Frauen?

Nur ihre Augen kann ich sehen, und die sind sehr schön. Wirklich sehr, sehr schön. Ganz dunkel und groß, ich würde sagen mandelförmig. Und sie macht da an meiner Hand rum. Ich bekomme eine Maniküre in einem Harem? Das ist ja schon schön, gell? Unglaublich!

Ich kann ihr zuschauen dabei, weil alles, was sie tut, auf einen Fernseher übertragen wird, der oben an der Decke hängt. Also, ein Curved Flatscreen wie bei mir daheim ist das ja nicht gerade, und einen Designpreis wird sie für dieses Gerät auch nicht gewonnen haben, das Gehäuse ist cremefarben wie früher.

Aber das Bild. Das Bild ist gestochen scharf.

Jetzt arbeitet sie sich die Finger hoch, über den Handrücken, sie hat schon alles sehr schön freigelegt. Kahnbein, Mondbein, Dreiecksbein, Erbsenbein, Kopfbein, Hakenbein – da staunen Sie, dass ich das alles weiß, gell? Ich hab halt auch mal aufgepasst in der Schule, auch wenn es schon eine Weile her ist.

Ein bisserl durcheinander wirkt das alles bei mir, die Handwurzelknochen sind nicht alle da, wo sie hingehören, das sehe ich auf den ersten Blick. Das Fleisch und die Haut hat sie aber sehr ordentlich auf die Seite geschoben, die Haremsdame, damit bei der Maniküre nichts im Weg herumgeht, gell? Ja, wirklich sehr schön macht sie das.

Und wie liebevoll sie alles zusammenbastelt.

Sehr begabt, die vermummte junge Dame, das muss ich schon sagen. Wirklich: Sehr begabt!

Mit einem ganz kleinen Akkubohrer macht sie Löcher in die kaputten Knöchelchen, dann setzt sie ganz kleine Metallschienen an und schraubt sie mit ganz kleinen Schrauben fest. Was für ein Akkuschrauber ist das eigentlich? Eine Makita ist das nicht. Und von Bosch auch nicht. Oder ein Dewalt? Komisch, bei uns im Baumarkt hab ich den noch gar nicht gesehen.

Sie, Fräulein Haremsdame, sagen sie mal, mit was für einem Akkuschrauber schrauben sie da eigentlich an meiner Hand herum?

Wobei – wieso schraubt die da überhaupt an meiner Hand herum? Wenn ich es mir so überlege, habe ich noch nie von einer Maniküre gehört, wo man einem die Haut abzieht, das Fleisch wegnimmt und die Knochen putzt. Lustige Bräuche haben sie ja schon, die Araber, oder? Haha! Haha! Hahaha!

Da, jetzt sagen sie was. Ganz versteh ich das ja immer noch nicht: Ich kann sie hören, aber sie mich nicht. Ja, was ist denn das!

»... meine ich schon, dass er ganz schön Glück gehabt hat.«

»Bringen Sie das wieder in Ordnung, Frau Kollegin?«

»Wir werden sehen. Zum Glück war ich keine der Schülerinnen, die nur gut in Handarbeiten waren. Ich bin immer schon lieber mit meinen Brüdern in der Werkstatt gestanden.«

»Da hat er aber Glück, der Bürgermeister.«

»Kann schon sein. Und kann übrigens sein, dass er uns gerade zuhören kann, ich möchte die Dosis aber nicht erhöhen. Was schätzen Sie, wie lange kann sich das mit der Hand noch hinziehen?«

»Mei, Sie wissen ja, wie das mit den 1000-Teile-Puzzlen ist: Am Anfang meint man, man schafft das nie, aber wenn dann mal der Rand und der Himmel fertig sind, geht der Rest eigentlich ganz flott. Zwei, drei Stunden noch, schätze ich. Den ‚Tatort' werden Sie heute leider verpassen. Aber das hier konnte beim besten Willen nicht warten.«

»Egal, hab den ‚Tatort' programmiert. Ich schau ihn mir nachher an, ich kann nach solchen Schichten eh nicht gleich einschlafen.«

»Wer kann das schon. Wenigstens er hier wird gut schlafen.«

»Das denke ich auch. Der Aufprall muss heftig gewesen sein. Wenn die beiden, die er mit seinem Auto zerquetscht hat, gar nicht mehr bei uns ankommen, dann war der Aufprall bemerkenswert.«

»Die Gnade der späten Geburt.«

»Wie bitte?«

»Naja, wäre dieser Unfall zwanzig Jahren früher passiert, hätte es in Hudlhub Neuwahlen gegeben. Da waren die Airbags noch nicht so gut wie heute. Jetzt hat er halt ein bisserl eine zertrümmerte Hand und ein wenig Kopfweh – und das war's. Die Gnade der späten Geburt.«

»So meinen Sie. Das stimmt. Er hätte sich das alles ersparen können.«

»Hoffentlich waren es wenigstens spannende Nachrichten, die er gelesen hat, während der Fahrt an seinem Smartphone. Vielleicht hat er ja eine Geliebte.«

»Bitte, Frau Kollegin.«

»Wieso? Könnte doch sein.«

»Könnte doch sein, könnte doch sein. Natürlich könnte das sein, aber nicht alle Männer betrügen ihre Partnerinnen.«

»Das habe ich doch auch überhaupt nicht behauptet. Apropos Partner: Weiß man eigentlich schon etwas über die beiden, die er ...«

»Sie meinen – zermatscht hat?«

»Zermatscht – das ist wohl der in diesem Fall angemessene medizinische Fachbegriff.«

»Tatsächlich habe ich vorhin einige Informationen von der Polizei bekommen.«

»Die niedliche Wachtmeisterin, die Sie befragt hat, Herr Kollege.«

»Die außergewöhnlich niedliche Wachtmeisterin, die mich befragt hat, ganz genau, Frau Kollegin.«

»Und?«

»Natürlich habe ich jetzt ihre Telefonnummer, wenn Sie es genau wissen wollen, Frau Kollegin.«

»Nicht dieses ‚und', Herr Kollege, das war mir eh klar. Ich kenne Sie ja nun auch schon eine ganze Weile, und deshalb haben Sie meine Telefonnummer nicht.«

»Sehr witzig, Frau Kollegin.«

»Gell. Und?«

»Ach so, ja. Die beiden Opfer sind offenbar bereits identifiziert, die Dame stammte wohl aus Malaysia, und der Mann ist ein Augsburger mit italienischen Wurzeln. Beide waren polizeibekannt, da gibt es wohl dicke Akten.«

Dicke Akten. Wieso dicke Akten? Und was für Telefonnummern? Ganz ehrlich verstehe ich überhaupt nichts. Ich kann mich an überhaupt nichts erinnern. Was ist denn heute überhaupt für ein Tag? Also, am Sonntag war ich auf der Jagd, das weiß ich noch. Mit dem Entleitner und seiner Frau. Und dann war ich mittags bei den Frankfurtern. Die Fanny war wirklich lustig.

Eine Schau war das, als die Fanny schließlich begonnen hat, Hudlhoopreifen zu tanzen. Ich habe ja gar nicht gewusst, wohin ich zuerst schauen sollte, so wogend war das. Ja, und dann habe ich selber getanzt.

Ganz erstaunlich, was für ein gutes Gefühl das war! Ganz wunderbar. So befreiend! Und ich hätte gar nicht gedacht, dass ich über so einen eleganten Hudlhoopreifenkörper verfüge. Ganz leicht war es, den Reifen über der Taille zu halten, obwohl ich ja – wenn wir mal ganz ehrlich sind – gar nicht so viel Taille habe.

Wahrscheinlich deshalb.

Und wie sie mich alle angefeuert haben, grad schön war's. Ein richtiger Veitstanz. Wie ein Derwisch bin ich durch die Gaststube, und ich habe mich gedreht und mich gedreht, und die Wirtin ist aus ihrer Küche gekommen und hat »Auf geht's, Bürgermeister« gerufen, und die Fanny hat für mich geklatscht und gejubelt, und sogar die Frankfurter Würstchen haben ihre Gesichter zu so etwas Ähnlichem wie einem Lächeln verzerrt, natürlich kontrolliert.

Und ich habe mich gedreht und mich gedreht und mich gedreht und mich gedr…

»Frau Kollegin, vielleicht könnten Sie sich doch ein bisschen beeilen, unser Patient kollabiert gerade.«

3 | 22:03

In der Zenettistraße ging Steffis Konzert dem Ende entgegen.

Steffi und die Band sangen und spielten voller Herz und Leidenschaft, und die Freude, die sie selbst am Musizieren hatten, übertrug sich auch aufs Publikum. Sie mochten den Raum sehr, sie waren ja nicht zum ersten Mal hier, und sie sangen mehrstimmig über das Leben, wie es in Hudlhub ist. Gerade stimmten sie »Schatten« an.

»In der Nacht fanga de Schattn an zu flüstern / a jeder woaß a ganz besondre Gschicht / sie ziagn woaß Gott was raus aus meinem Herzen / a jeder überrascht mi mit am Gsicht. / An manche kann i mi kaum no erinnern / nur stauna, was i alles sieg und hör / und wie sie ihre Gschichtn farbig ausmoin / da kimmt mei Fantasie kaum hinterher. / Schatten springa seltn über Schatten / sie treten äußerst ungern aus sich raus / A Hauch von Schein, mehr derfst dir nicht erwarten / und d'Morgendämmrung löscht alles aus / löscht alles aus.«

Der letzte Ton blieb im Raum stehen, er hallte von Wand zu Wand, das Publikum ließ ihm Zeit, um ihn dann, endlich, nach einer gefühlten Ewigkeit in Applaus aufzulösen.

Nach dem letzten Song kam Steffi zu den anderen Hudlhubbern, es waren einige eingetrudelt. Mitglieder des Feuerwehrtrupps von Hudlhub, Ludwig, Max und wie sie alle heißen.

»Wie schön, dass ihr gekommen seid!«, sagte sie und drückte die Jungs herzlich, zuletzt ihren Charlie.

»Wir bekommen die Wohnung«, flüsterte er ihr ins Ohr. »Ich hab nochmal mit den Hallers gesprochen, vorhin.« Mit der nun folgenden Reaktion hatte Charlie gerechnet, allerdings nicht mit allen Details. Er hatte noch nicht ausgesprochen, da hing Steffi schon an seinem Hals und strahlte ihn an.

»Das ist ganz wunderbar, Charlie!«, hauchte sie atemlos. »Das ist wirklich gut. Weißt, warum?«

»Warum?«

»Weil …«, sagte Steffi und blickte ihrem Liebsten tief in die Augen, »weil wir bald deutlich mehr Platz brauchen werden. In ungefähr sieben Monaten.« Dann gab sie Charlie einen zärtlichen Kuss, ließ ihn los, ging auf die Bühne zurück, um noch zwei, drei Zugaben zu spielen.

Das Vorspiel fürs Lied lief schon, als Steffi ihren Platz am Mikrofon einnahm. Sie wagte noch einen vorsichtigen Blick hinüber zu Charlies Platz.

Er stand immer noch unverändert da, wie vom Donner gerührt. Nur sein Blick war jetzt ein anderer. Sie konnte sehen, wie er übers ganze Gesicht strahlte, und seine Augen, sie hatten einen ganz merkwürdigen, wunderbaren Glanz.

4 | 23:04

Klonk – Klirr.

Stille.

Klonk – Klirr.

Stille.

Klonk – Klirr.

Stille.

Klonk – Klirr.

Stille.

Alles ist Rhythmus im Leben. Musik sowieso.

Sport ist ein Spiel mit Rhythmus. Wenn Springer anlaufen. Wenn Hürdensprinter ihre Hindernisse nehmen. Wenn Hammerwerfer ihr Sportgerät beschleunigen. Wenn Turner um die Holme wirbeln.

Auch Schreiben ist Rhythmus. Dem Takt folgen – und auch mit ihm brechen. Wenn ein Nebensatz sich an den nächsten reiht, bis ein großes Ganzes entstanden ist, das sich womöglich in ausladende, elegische Dimensionen erhebt, um dann, schließlich, in einem einzigen, winzigen, scheinbar unbedeutenden, nichts- und vielsagendem Satzzeichen zu münden, das in der Lage ist, alles infrage zu stellen, wie wäre das ohne Rhythmus? Wie? Was? Warum? Kurzes Stakkato als Bruch in einer Gedankenkette, Schreiben ist Rhythmus.

Malen ist Rhythmus. Der lange, weiche Pinselstrich, dann das schnell Getupfte. Schnell und langsam, weich und hart – das alles gibt es in Gemälden, und es ist der Schwung oder der Nicht-Schwung, der bestimmt, warum etwas so oder so geworden ist.

Die Natur ist Rhythmus. Der Wald rauscht an einem heißen Sommertag anders als im kühlen Winter. Das Meer singt zwar sein immerwährendes Lied, aber es verändert den Takt. Mal fünf, sechs Wellen, die im gleichen Tempo auf den Strand gleiten, sanft, fast zärtlich, gleichförmig. Dann traut sich eine daher, die etwas fester ist, die etwas Gischt mitbringt, die für einen Akzent sorgt, ein Beckenwirbel über dem durchlaufenden Takt.

Bierflaschenzerdeppern ist Rhythmus.

Am Hals packen.

Den Arm heben.

Den Schwerpunkt hinter die Schulter legen.

Die Vorwärtsbewegung einleiten.

Klonk – die Flasche trifft auf die Wand des Stadls.

Klirr – die Flasche landet und zerspringt.

Und von vorne.

Das ist der Raum für die Stille.

Klonk – Klirr.
Stille.

Klonk – Klirr.
Stille.

Hochwürden konnte das Geräusch nicht gleich zuordnen, als er den steilen Anstieg nach Biberg nahm. Er war viel zu müde, um zu schlafen. Also hatte er sich seinen warmen Mantel gepackt, eine Fellmütze mit herunterklappbaren Ohrenwärmern aufgesetzt, war in warme Stiefel geschlüpft und hatte sich auf den Weg gemacht.

Sich zu bewegen, ist manchmal besser als Kopfkino.

Je näher der Pfarrer dem Haderlein'schen Anwesen kam, umso lauter wurde die Geräusch-Kombination.

Immer schön im Rhythmus.

Der Pfarrer beschloss, nachzusehen und in den Hof einzubiegen. Er ahnte, dass er den letzten Haderlein hier treffen würde. Genaugenommen hatte er gehofft, dass es zu einer Begegnung kommen würde.

Haderlein saß auf einem umgedrehten Biertragerl vor einer Feuerschale. Neben ihm standen in Griffweite weitere, achtlos abgestellte Tragerl.

Von Zeit zu Zeit griff Haderlein nach einer Flasche und warf sie über das Feuer hinweg gegen die Mauer, die das Anwesen einfasste.

Die Schritte und der schwere Atem des Pfarrers nach dem Anstieg entgingen ihm nicht. Er drehte sich lustlos um.

»Hochwürden! Sie hier?«

Haderlein stand auf, stellte dem Pfarrer ein weiteres Tragerl neben sich an die Feuerschale und bot es als Platz an.

Der Pfarrer ließ sich ungelenk nieder, sehr darum bemüht, sich dabei nicht wehzutun. Er hatte heute schon einiges aushalten müssen. Klappte.

Haderlein öffnete wortlos zwei Flaschen, hielt eine davon dem Seelsorger hin, der nahm sie oben am Hals und nickte höflich, ließ dann den Flaschenboden gegen den der Haderlein'schen Flasche prallen, nahm einen Schluck und ließ sich nicht anmerken, was er von dem Gebräu hielt.

Der Pfarrer war zu Exerzitien immer wieder auch in Klöstern gewesen, wo noch Mönche brauten. Er wusste, worum es bei einem guten Bier geht.

»Selbstgemacht«, sagte Haderlein.

Der Pfarrer sah wortlos in die Flammen und nickte.

»Schmeckt furchtbar«, sagte Haderlein.

Der Pfarrer sah wortlos in die Flammen und nickte.

»Ist aber sehr gesund.«

Der Pfarrer sah wortlos in die Flammen und nickte.

»Ich wollte das gesündeste Bier Bayerns brauen.«

Der Pfarrer sah wortlos in die Flammen und nickte.

»... oder am liebsten der ganzen Welt.«

Der Pfarrer sah wortlos in die Flammen und nickte.

»Was gesund ist, muss nicht immer schmecken.«

»Wie geht es Ihnen, Herr Haderlein?«, fragte der Pfarrer unvermittelt und starrte weiter in die Flammen.

»Mir?« Haderlein hob zu einem bitteren Lachen an. »Mir geht es wunderbar, wie sollte es mir denn sonst gehen?«

Der Pfarrer sah wortlos in die Flammen und nickte.

Haderlein packte wieder eine Flasche und warf sie über das Feuer hinweg an die Wand.

Klonk – Klirr.

Stille.

Dann noch eine, schließlich noch eine.

»Kann ich sein Zimmer noch einmal sehen?«, fragte der Pfarrer. Haderlein erhob sich und nickte. Der Pfarrer folgte ihm.

Die beiden gingen ins Haus. Vorbei an der Tür zur Brauerei, sie war wieder verschlossen. Der Pfarrer machte das Fass nicht auf.

Sie folgten dem langen Gang, den der alte Haderlein vor wenigen Stunden so stolz bewältigt hatte. Der Pfarrer hatte unweigerlich das Bild von dem alten Mann im Kopf, wie er sich hier auf seinen dünnen Beinchen, die in unförmigen langen Unterhosen steckten, entlanggeschleppt haben musste. Er sah ihn aufrecht, überrascht von den eigenen Fähigkeiten. Lächelnd.

Die Tür knarzte.

»Könnte man mal wieder ölen«, sagte Haderlein heiser.

Der Pfarrer betrat den Raum fast schon ehrfürchtig. Er faltete die Hände vor dem nicht vorhandenen Bauch. Viel hatte sich nicht verändert seit damals, vor zwei Jahren, als er gekommen war, um die Krankensalbung vorzunehmen. Alle dachten damals, dass nun für den alten Haderlein das letzte Stündlein gekommen war. Von wegen. Dass das Bett nun leer war, mit der aufgeschlagenen Decke, wie wenn man mal eben kurz zur Toilette gegangen ist, mutete unwirklich an.

Der Pfarrer sprach ein leises Gebet, dann nickte er dem Abgeordneten dankbar zu und ging hinaus.

Haderlein löschte das Licht, nicht ohne selbst noch einen Blick durchs Zimmer schweifen zu lassen, das er so noch nie bewusst gesehen hatte, ohne den Großvater.

Als er die Tür wieder zuzog, machte sie keinen Mucks.

»Ich danke ihnen, mein Sohn«, sagte der Pfarrer.

»Ich danke Ihnen für diesen Moment, Herr Pfarrer«, sagte Haderlein, »ich weiß nicht, ob ich ihn erlebt hätte, wären Sie nicht gekommen.«

Draußen setzten sich die beiden Männer wieder ans Feuer.

Der Pfarrer spürte, dass noch etwas zu sagen war, an diesem Tag. Er griff seine Flasche und hielt sie dem Abgeordneten hin.

»Prost, Herr Haderlein«, sagte er und nickte ihm aufmunternd zu, »so schlecht ist es nun auch nicht.«

Haderlein lachte heiser, prostete zurück, und beide nahmen einen tiefen Schluck. Dann legte er die Flasche in seine linke Hand und starrte sie eine Weile an. »Alles ist so vergänglich«, sagte er schließlich.

Der Pfarrer ließ den Moment für eine Weile wirken.

»Schön, dass Sie sich das bewusst machen«, murmelte er dann.

»Wie meinen Sie das?«

»So, wie ich es sage.«

»Sie meinen, mir wäre nicht bewusst, wie vergänglich alles ist?«

Der Pfarrer blickte ihm tief in die Augen und nickte.

»Wie kommen Sie darauf?«

»Warum tun Sie das alles?«

»Was meinen Sie?«

»Na, das hier. Sie betreiben hier eine heimliche Brauerei. Warum so? Was soll die Heimlichtuerei? Es würde mich nicht wundern, wenn Sie auch noch das Wasser heimlich abzapfen. Das würde auch erklären, warum in Hudlhub manchmal kein Wasser aus der Leitung kommt.«

Haderlein starrte in die Flammen und sagte nichts.

»Und die Geschichte mit der Rotonda. Was wollen Sie mit einer solchen Vereinigung?«

»Das sind lauter spannende Leute. Und es gehen ganz erstaunliche Türen auf, denn die Rotonda ist hervorragend vernetzt. Wenn Sie wüssten, wo ich in Rom schon überall war, weil ich Mitglied der Rotonda Tiberiana bin. Ich war an den heiligsten Orten, die selbst Sie als Angehöriger der Kirche nie zu sehen bekommen.«

»Das mag die eine Seite sein«, sagte der Pfarrer ungerührt. »Es gibt aber auch eine andere.«

»Ich weiß nichts von einer anderen Seite, Herr Pfarrer. Man kennt sich, und man hilft sich, das ist alles.« Haderlein sah dem Pfarrer dabei direkt in die Augen.

»Gut möglich, dass das so ist, Herr Haderlein. Allein, da fehlt mir der Glaube. Ihre Rotonda ist nicht nur ein netter Freundeskreis, glauben Sie mir.«

»Wenn Sie das sagen.«

Haderlein war einigermaßen irritiert. Verstohlen sah er ihn für einen Moment von der Seite an. Er kannte den Pfarrer inzwischen sehr, sehr lange. Und er hatte ihn immer als sehr vorsichtig erlebt, etwas ungelenk, vielleicht sogar naiv. Dass er sich bei diesem Thema – für seine Verhältnisse – regelrecht aus dem Fenster lehnte, irritierte ihn. Das klang ja so, als würde die Fondazione Rotonda Tiberiana, in die er vor ein paar Jahren eingeladen worden war, kriminelle Geschäfte machen, als würde sie Killer beschäftigen wie Jules Winnfield und Vicent Vega in »Pulp Fiction«; das waren die beiden, die sich damals ausgiebig mit der Qualität von Burgern auseinandersetzten.

Wenn er an die Rotonda dachte, dann käme ihm eher der Scheinriese von Jim Knopf in den Sinn, der immer kleiner wird, je näher er kommt, dachte Haderlein. Gefährlich? Die Rotonda? Das waren doch lauter ehrenwerte, nette Leute. Gut, man half sich mal hier, mal da, weil jeder wen kennt, der wen kennt, der weiß, wie's geht. Netzwerken, das ist doch etwas ganz Wunderbares.

»Gut möglich, dass Sie nur benutzt werden«, sagte der Pfarrer, und wieder zuckte Haderlein zusammen.

Benutzt? Wofür denn? Er verstand nicht, der Pfarrer sagte nichts. Er wusste ja selbst nicht sehr viel.

Der Pfarrer nahm noch einen Schluck. »Wer bin ich, dass ich Ihnen Ratschläge geben würde.«

»Ich wäre dankbar für ein paar Ratschläge«, sagte Haderlein, und das wiederum irritierte den Pfarrer. Denn es klang so, als würde er es ehrlich meinen.

Der Pfarrer nickte und starrte in die Flammen.

»Alles ist so vergänglich«, sagte er. »Jetzt ist selbst eine immerwährend Konstante wie Ihr Großvater nicht mehr da. Vieles von ihm bleibt. Schöne Momente, manches, was er aufgebaut hat und wovon auch sie profitieren. Was weltlich war, konnte er nicht mitnehmen, denn alles ist vergänglich. Obwohl Ihr Großvater ein ganz wunderbarer Mann war. In Ihnen, mein lieber Herr Haderlein, lebt er weiter.«

Haderlein legte ein paar Holzscheite in der Feuerschale nach, dann nahm er wieder eine Flasche und warf sie gegen die Wand. Dann noch eine, schließlich noch eine. Dem Pfarrer entging nicht, dass er Tränen in den Augen hatte.

»Ich weiß gar nicht, warum Sie so nett zu mir sind«, presste Haderlein schließlich hervor, und fast klang es, als würde er schluchzen. »Ich habe meinem Großvater viel zu wenig Zeit gewidmet. Und ja, ich habe das Wasser nach Hudlhub angezapft. Ich bin schuld daran, dass Ihre Kirche beinahe abgebrannt wäre, weil die Feuerwehr kein Löschwasser hatte. Aber glauben Sie mir, ich wusste das damals nicht. Ich weiß sowieso nicht, warum ich all das tu, und was das alles bringt! Ja, ich umgebe mich mit Leuten, die ihre eigenen Interessen verfolgen, und ja, ich verfolge auch nur meine Interessen – und jetzt … jetzt ist alles … jetzt ist alles.«

Haderlein warf schluchzend die nächste Flasche.

Das war blöderweise die, aus der er eben noch getrunken hatte. Er nahm eine Neue, öffnete sie und trank.

»Sie haben recht, Herr Pfarrer. Es ist schon so. Alles ist vergänglich. Man kann nichts mitnehmen. Was nützen mir meine Ländereien, meine Invests, meine Kontakte – wenn ich am Ende eines solchen Tages allein hier, zu Hause, sitze. Niemand ist da, der auf mich wartet. Nicht einmal mehr der Großvater. Nicht einmal mehr … Su Mei. Gut, sie hat nur gegen Geld auf mich gewartet, aber sie hat zumindest so getan.«

Klong – Klirr.
Stille.

Klong – Klirr.
Stille.

»Alles ist jetzt hinüber. Meine schöne Brauerei! Hin. Meine Pläne. Hin. Es ist alles so … sinnlos.«

Vorsichtig erhob sich Hochwürden, schob sein Tragerl ein bisschen näher an Haderlein heran, setzte sich wieder, erhob sich aber sogleich erneut, weil er ungeschickterweise das Tragerl mit der Kante genau auf den großen Zeh gestellt hatte, das tat wirklich fürchterlich weh. Warum ihm nur immer wieder so etwas widerfuhr, fragte er sich. Wollte Gott ihn prüfen? Das nächste Mal, wenn sie sich unterhielten, würde er ihn endlich fragen. Ein paarmal schon hatte er sich das vorgenommen, aber immer, wenn es soweit war, dachte er nicht dran.

Jetzt legte er Haderlein die Hand auf die Schulter.

»Nicht sinnlos, Herr Haderlein. Vergänglich. Das ist ein Unterschied.«

Klong – Klirr.
Stille.

Klong – Klirr.
Stille.

»Sie werden mit der Zeit herausfinden, was wirklich wichtig ist. Soll ich Ihnen etwas verraten? Es ist nicht das Materielle. Natürlich ist es schön, sich ab und an einmal etwas zu gönnen, jeder tut das.«

»Sie etwa auch, Herr Pfarrer?« Haderlein wischte sich die Augen trocken und sah Hochwürden an.

»Aber natürlich.«

»Wie ich, wenn ich ein schönes Jagdgewehr sehe ...«

»So ähnlich ...«

»Erst neulich habe ich wieder eine neue Merkel erstanden ...«

»Merkel?«

»Ja, Merkel. Ein sehr renommierter Waffenhersteller.«

»Ach so. Mit Merkel verbinde ich etwas anderes. Und ja, mein lieber Herr Haderlein, es ist in Ordnung, wenn man sich ab und an etwas gönnt. Bei mir wäre es wahrscheinlich keine Waffe, aber wenn ich eine schöne St.-Martins-Figur sehe oder einen heiligen Antonius oder auch ein Marienbildnis, da kann ich dann manchmal auch nicht widerstehen – und kaufe es. Einfach so, obwohl ich es gar nicht brauche.«

»Das ist schön.«

»Ja, das ist schön, aber das, was wirklich guttut, sind andere Dinge. Die man mitnehmen kann, wenn man eines Tages vor dem Herrn steht. Und auch da gibt es viel Wertvolles. Schon in der Abschiedsrede des Paulus an den Ältesten von Ephesus steht geschrieben: Geben ist seliger denn ...«

»... denn nehmen, ich weiß, Herr Pfarrer, das habe ich schon in der Schule gelernt.«

»Gelernt haben Sie es vielleicht, mein Lieber, aber haben Sie es auch verstanden? Machen Sie sich doch einmal bewusst, was diese Worte bedeuten. Versuchen Sie, zu begreifen. Und wenn Sie begriffen haben, dann handeln Sie vielleicht auch danach. Und dann ... dann werden Sie spüren, was wirklich wichtig und viel weniger vergänglich ist, als manches andere.«

Klong – Klirr.

Stille.

Klong – Klirr.

Stille.

»Meinen Sie wirklich, Herr Pfarrer?«

»Ja, das meine ich wirklich, mein Sohn. Versuchen Sie, zu begreifen. Tun Sie das Richtige. Das bringt Ihnen Ihre Brauerei nicht wieder und schon gar nicht Ihren Großvater. Aber ich bin mir ziemlich sicher, dass es Sie ihm ein Stück näher bringt. Und nun, mein Lieber ...« – Hochwürden erhob sich ächzend – »lasse ich Sie mit Ihren Gedanken zurück. Ich bin müde, und ich muss schlafen.«

Haderlein erhob sich, umarmte den Pfarrer spontan, dann setzte er sich wieder, nahm die nächste Flasche und warf sie gegen die Wand.

5 | 23.55

Am Firmament leuchteten die Sterne um die Wette.

Auf der Autobahn rollte ein schwarzer Mazda mit Höchstgeschwindigkeit gen Norden. Der Fahrer schien es eilig zu haben. Erst als sein Smartphone begann, »Washington« von Lucio Dalla zu singen, reduzierte er seine Geschwindigkeit leicht.

»Ja, hallo? ... Ja, Giacomo hier ... Ich bin schon in Deutschland, ja ... Ja, ich fahre direkt ins Krankenhaus und nehme Kontakt mit dem Bürgermeister auf ... Nein, ich weiß noch nicht, wie es ihm geht ... Er wurde ope ... Funkloch! Funkloch! ... operiert wurde er! ... Ja, schlechtes Netz in Deutschland ... Man hört das ja immer wieder ... ja, und ganz mieses Interne ... Hallo? Hallo? ... Funkloch ... Ja, jetzt geht es wieder .... Wie? ... Grundstücke? ... Ja, darüber werden wir sprechen ... Auf alle Fälle ... Ja, natürlich werden wir mit den Hudlhoopreifen tanzen ... Nein, es wird keine weiteren Probleme geben ... Vertrauen Sie mir, ich weiß, was ich tue ... Ja, ist gut ... Also dann, gute Nacht.«

Nach dem Gespräch drückte der Fahrer des schwarzen Mazdas das Gaspedal wieder bis zum Anschlag durch. Er war gut drauf. Alles war bereit. Er war bereit.

Wie gut, dass er den Wagen vorhin noch saubergemacht hatte.

Rahmbraten mit Parmesanpüree

Zutaten (für 4 Personen):
1 kg Schweinenacken, 2 Karotten, 2 Knoblauchzehen, 1 große Zwiebel, 1–2 Bio-Brühwürfel, 100 ml trockener Weißwein, 1 EL Schmelzkäse, 1 kg mehlige Kartoffeln, 2 EL Grana Padana Käse, 150 ml Milch, 1 EL Muttersalz, Pfeffer, Muskatnuss, 1 EL getrockneten Thymian.

Zubereitung:
Fleisch waschen, trockentupfen, mit Salz und Pfeffer einreiben und in einen Bratentopf mit Deckel legen. Karotten, Zwiebeln und Knoblauch schälen und in grobe Stückchen schneiden. Alles zum Braten geben. Die Sahne, den Wein und die Brühwürfel dazugeben. Deckel drauf und bei 200 Grad (Ober-/Unterhitze) für 1,5 Stunden in den Ofen.
Danach den Braten wenden, den Thymian dazugeben und die Soße einmal durchrühren. Bei 180 Grad noch einmal für weitere 30 Minuten in den Ofen, ohne Deckel.
Die Kartoffeln schälen und in Würfel schneiden. In einem großen Topf mit Salzwasser weich kochen. Wasser dann abgießen und Kartoffeln mit einem Stampfer zerstampfen. Topf wieder auf das Kochfeld stellen und auf niedrige Stufe stellen. Dann so viel Milch zum Stampf geben, bis es eine geschmeidige Masse ist. Butter unterrühren und mit Salz, Pfeffer und Muskat abschmecken. Zum Schluss noch den Käse unterrühren.
Nach den zwei Stunden müsste der Braten zart sein, wenn nicht, noch etwas länger drin lassen.
In die Soße den Schmelzkäse einrühren, eventuell noch etwas mit hellem Soßenbinder eindicken und nochmal abschmecken mit Salz und Pfeffer – fertig.

Weltfrieden

Zutaten (für zirka zehn kleine Gläser):

Für den Boden:
25g Mandelblättchen, 75g Vollkorn-Butterkekse, 25g zerlassene Butter
Für die Creme:
1 Biozitrone, 4 Bioorangen, 130g brauner Zucker, 1 Vanilleschote, 600 ml Sahne.

Zubereitung:

Die Mandeln in einer Pfanne ohne Fett rösten. Mit einem Messer fein hacken. Die Kekse in einen Gefrierbeutel geben und mit der Teigrolle zu Krümeln zerkleinern. Krümel und Mandeln mit der zerlassenen Butter gut mischen und die Masse auf dem Boden der Gläschen verteilen und gut festdrücken. In den Kühlschrank stellen.
Von der Zitrone und drei der Orangen die Schale abreiben (nicht das Weiße, das ist bitter) und beiseite stellen. Saft aller Früchte auspressen und zirka 240 ml abmessen. Mit Zucker und Zesten mischen und bei mittlerer Hitze in einem Topf zehn Minuten köcheln, bis ein dicker Sirup entsteht.
Sahne angießen, Vanilleschote dazu und erneut zehn Minuten köcheln, bis es etwas andickt.
Durch ein Sieb gießen und auf die gekühlten Gläser verteilen.
Mind. vier Stunden gut kühlen und nach Wahl verzieren.